Fire&Ice

Band 3

Shane Carter

Allie Kinsley

Cover Foto: bigstockphoto.com, curaphotography

ISBN: 149541612
ISBN-13: 978-1495416125

PROLOG

SHANE

Das Mittelalterfestival in Talin war wie jedes Jahr der Hammer! Shane hatte leider einen Tag länger arbeiten müssen, sodass ihm der erste Tag fehlte. Dafür entwickelte sich dieses Jahr zu einem der besten!

Zwar war mit seinem besten Freund und Jagdpartner Ryan Black dieses Jahr wenig anzufangen, dafür kam ihm die Auswahl an hübschen, willigen Mädels noch größer vor.

"Wir müssen zu unserem Auftritt, Bro!", sagte er zu Ryan, der irgendwie abwesend in die Menge starrte.

"Alles klar, lass uns aber so herum laufen!", antwortete er und seine Stimme klang, als wäre er mit seinen Gedanken bei ziemlich gutem Sex.

"Ahh ... wie war nochmal ihr Name?", fragte Shane, als er die kleine kurvige Blondine erspähte, der Ryan immerzu nach rannte.

"Sky", sagte Ryan, als wäre es ein Gebet.

Trottel! Da laufen ihm so viele Weiber nach und er hechelt der einzigen hinterher, die ihn nicht haben möchte!

"Die ist der Hammer! Ich will sie endlich! Verdammt!", fluchte Ryan und steuerte direkt auf sie zu.

Wow, Baby, wer bist du, zum Teufel?

"Mein Gott, sieh sie dir nur an ... oder lieber nicht, sonst kommst du noch auf blöde Ideen", grummelte Ryan neben ihm.

Oh, ich sehe sie, Kumpel. Meine Güte, wer hat diese Göttin hier her gebracht?

Sie blieben stehen und Ryans Objekt der Begierde stolperte geradewegs in ihn hinein. Warum konnte die Traumfrau neben ihr nicht das Gleiche bei ihm machen? *Heieieiei, die ist ja Sex auf zwei Beinen!*

"Es freut mich wirklich, dass dir gefällt, was du siehst, Sky, und ich stehe jederzeit gerne für eingehende Musterung zur Verfügung. Leider muss ich aber in zwei Minuten auf der Bühne sein, sodass wir unser Vorhaben auf später verschieben müssen", sagte Ryan, aber Shane würde den Auftritt sofort sausen lassen, wenn auch nur die geringste Chance bestünde, dass diese Traumfrau seinen Körper genauer untersuchen wollte.

Er lächelte sein schönstes Lächeln, während er sie eingehend musterte. Ein Lächeln, von dem er ganz genau wusste, wie es auf Frauen wirkte. Egal, wie alt sie waren, sie verfielen reihenweise seinem Charme.

Shane benötigte all seine Willenskraft, um einfach weiter zur Bühne zu gehen, anstatt diese herrliche Frau in sein Zelt zu zerren.

Auch Ryan sah ziemlich mitgenommen aus.

"Brauchst du eine kalte Dusche, ne schnelle Nummer oder hast du auch so noch genügend Blut für dein Gehirn zur Verfügung, um unsere Show durchzuziehen?", feixte Shane, musste aber selber seine Hose zurecht rücken, um genügend Platz für seine Erektion zu schaffen.

Fuck, wie gerne würde er sich jetzt tief in der Göttin vergraben!

STOPP! Ende Kopfkino! Anfang Auftritt!, ermahnte er sich selbst.

"Hast du das Wahnsinns-Mädel neben der zukünftigen Mrs. Black gar nicht gesehen? Mann, die hat mich quasi mit Blicken ausgezogen!", antwortete Shane auf Ryans demonstrativen Blick auf Shanes Latte.

"Maya", sagte Ryan.

"Ich dachte, sie heißt Sky", antwortete Shane und runzelte verwirrt die Stirn.

"Nein, ja, ach, sie heißt Sky und Maya war die Frau neben ihr. Und ja, wir können die Show starten, ich bin bereit."

Maya ... schöner Name. Sex mit Maya ... mhm … schöner Wortlaut!

"Sehe ich", grinste Shane und war selber mehr als bereit, die kleine Maya zu besteigen.

Shane gab dem Rest der Gruppe das Zeichen zum Start.

"Hey Bro', wo gehst du hin?", fragte er Ryan, der nach seinem Auftritt ziemlich schnell verschwinden wollte.

"Sky suchen", antwortete dieser knapp. Ja, Shane war durchaus klar, dass es Ryan überhaupt nicht passte, dass er sich bei seinem Beutezug einfach einklinkte. Aber mal ehrlich, wer könnte bei so einer Wahnsinnsfrau wie Maya widerstehen?

Allein bei dem Gedanken daran, dieses Prachtexemplar in sein Bett zu locken, richtete sich sein bestes Stück auf. Könnte er auch nur annähernd Ersatz für diese Frau finden, würde er es vielleicht sogar tun. Ryan zuliebe.

Ja, Ryan zuliebe würde er sich für ein paar Tage ablenken lassen. Wenn Ryan seine Beute erst einmal geschlagen hatte, würde er auch keinen Schaden mehr anrichten, wenn er in deren Umfeld wilderte.

Irgendwie hatte er Ryan aus den Augen verloren oder sein Freund hatte ihn absichtlich abgehängt.

Wahrscheinlich, als ich den Zwillingen nachgesehen habe ...

Es blieb ihm nichts anderes übrig, als sich auf die

Suche nach ihm zu machen.

"Herzdame gefunden?", grinste er Ryan entgegen, als er ihn auf sich zukommen sah. Wie Ryan so verrückt nach dieser Frau sein konnte, war ihm einfach ein Rätsel.

"Ja, aber sie wurde verschleppt", brummte Ryan zurück. Shane hob fragend eine Augenbraue und Ryan erläuterte weiter: "Sie bekam Besuch von irgend so einem blonden Schönling, der sie suchte und dann zurück zu ihrem Tisch brachte."

"Du weißt, wo sie sitzen? Maya?"

Ohhh yeah! Maya!!

Er konnte es kaum erwarten, diese Traumfrau wiederzusehen!

Maya, kleine Maya, was raschelt im Stroh ... sang er innerlich fröhlich vor sich hin und malte sich bereits aus, wie er sie in einem der weichen Strohbetten in ihrem Lager verführte.

"Ja, weiß ich, Alter! Schräg gegenüber, in diese Richtung und dann vor dem großen Apfelbaum rechts, vierter oder fünfter Tisch, kann mich nicht genau erinnern", antwortete Ryan mit einem grenzdebilen Grinsen.

Mayaaaa ... ich komme!, grinste er dreckig in sich hinein.

Shane fand den Tisch ohne Probleme. Zwar konnte er Maya nicht auf den ersten Blick ausmachen, aber Sky sah er dafür sofort. Diese reichte ihm auch vollkommen, um sich an den Tisch zu setzen.

"Hallo, Sky, richtig? Ich bin Shane, Ryans Freund aus Amerika", sagte er und grinste sein bestes Schlitzohrgrinsen.

Am Tisch war nur noch ein Stuhl frei. Auf diesen ließ er sich dann auch prompt fallen.

Skys Gruppenmitglieder waren recht ruhig geworden und versuchten wohl zu ergründen, was er hier wollte. Shane war es egal. Er war es gewöhnt, angestarrt zu werden. Die Blicke der Frauen waren wie so oft lüstern. Er gefiel ihnen, das war ihm durchaus klar. Shane genoss es, gut beim weiblichen Geschlecht anzukommen. So hatte er stets die Qual der Wahl. Auch dass die Männer der Gruppe es nicht allzu gut fanden, wenn jemand wie er sich zu ihnen und ihren Frauen gesellte, leuchtete Shane durchaus ein. Helfen konnte er ihnen nicht. Er hatte schließlich ein Ziel, das er verfolgen wollte.

Schnell verschaffte er sich einen Überblick über die Gruppe. ... Maya fehlte, leider!

"Hi Shane, wie geht's? Was treibt dich zu uns?", sagte Sky und klang etwas angespannt.

Shane zuckte die Schultern. Er wollte nicht gleich mit der Tür ins Haus fallen.

"Ich sah dich und dachte, ich komm mal vorbei und sag dir und Maya hallo, aber ich sehe, sie ist gar nicht da? Aber dafür andere nette Gesellschaft", sagte er grinsend.

Die Blondine zu seiner Rechten war ziemlich heiß und absolutes Beuteschema. Der Mann zu seiner Linken sah ihn auch ziemlich eindeutig an.

Shane war sehr offen mit seiner Sexualität. Er probierte alles aus und hatte auch schon so ziemlich alles durch.

Nachdem er den Mann dreist und unmissverständlich angegrinst hatte, schien der für einige Augenblicke wie gelähmt. Er erholte sich aber schnell und grinste nicht minder eindeutig zurück.

Er streckte Shane die Hand entgegen und sagte: "Hi, ich bin Jonas. Ich bin für zwei Tage zu Besuch hier und eventuell nächste Woche noch einmal." Shane gab ihm die Hand und wandte sich dann wieder an die schlanke Blondine zu seiner Rechten.

"Und du, Honey?"

"Zoey. Ich bin die ganze Zeit da, wie steht's mit dir, Schätzchen?" Zoey grinste, als hätte sie gerade den Jackpot geknackt.

Kannst du haben, Baby! Mhm ... ein Dreier mit diesen beiden Leckerbissen könnte beinahe einen Abend mit Maya überbrücken. ... nicht allzu lange zwar, aber mehr Zeit kann ich für Ryan leider nicht aus den Knochen leiern. Dafür ist my little Maya einfach zu heiß! Verdammt heiß! Stopp! Kopfkino ... grrr. Konzentrier dich auf Blondie, Shane, sonst wird das mit dem Dreier nichts!

"Ebenso", antwortete Shane also und versuchte zumindest so auszusehen, als würde er an Blondie denken und nicht innerlich Maya anbeten.

Oh, die kleine Göttin würde bald in seinem Bett liegen. Vielleicht sollte er Ryan vorwarnen, dass er bei Sky Gas geben musste ...

Dann legte er die Arme auf die Rücklehnen der Beiden. Sie sahen sich kurz an, versuchten wohl, den anderen abzuschätzen und Shane hoffte, dass beide auf sein Angebot einstiegen. Einer allein konnte ihn bestimmt nicht von seiner Maya ablenken.

Jonas zuckte mit den Achseln und grinste Zoey und Shane an. Auch für Zoey schien diese Dreier-Kombi in Ordnung zu sein, denn sie fragte im nächsten Moment, ob Jonas und Shane später mit ihr auf den Berg gehen würden, um die Mitternachtsfeuershow anzusehen.

Ja, ja, von wegen! Durchtriebenes Luder!, grinste Shane in sich hinein.

Die Gespräche aller drehten sich eine Zeit lang um das nächtliche Spektakel und einer von Skys Gruppe machte sich daran, die nächste Runde für den Tisch zu besorgen. Shane drückte ihm kurzerhand ein paar Scheine in die Hand, um allen für die Gastfreundschaft die Getränke zu spendieren.

"Shane, da bist du, ich hab dich schon überall gesucht", hörte Shane die Stimme seines besten Freundes.

Im nächsten Moment wurde der Stuhl neben Sky hervorgezogen und Ryan ließ sich darauf fallen. Shane brauchte nur ungefähr fünf Sekunden, um zu verstehen, dass Ryan ihn hinterrücks und ohne zu fragen für seinen eigenen Plan eingespannt hatte!

Gerissener Mistkerl!, dachte er und begann, träge zu lächeln.

"Hi Sky, so sieht man sich wieder", grüßte Ryan und

nickte in Jonas Richtung.

Der gab frech zurück: "Hätte ich vorher von deinem Freund Shane gewusst, hätte ich Sky zu dir an den Tisch getragen, anstatt hierhin zurück."

Sie unterhielten sich eine Zeitlang, ehe Shane die Stimme seiner Traumfrau hörte.

"Bin gerade zurück und hab die Vorstellungsrunde wohl leider verpasst."

Maya zog eine Augenbraue hoch, als sie Jonas, ihn und Zoey sah, die deutlich enger zusammen gerückt waren als noch vor wenigen Minuten.

"Setz dich auf meinen Schoß, Honey, hier ist noch Platz für dich", sagte Shane auf ihren Blick hin.

Er erkannte, dass er seine Entscheidung zugunsten seines besten Freundes bereits bereute. Auch Zoey und Jonas zusammen würden ihn nicht von seiner Maya ablenken können.

Die Art, wie sie spöttisch schnaubte und sich mit einem ‚Nein, Danke!' an Sky wandte, sagte ihm aber, dass dieser Zug bereits abgefahren war.

SHIT!

Nun gut, dann würde er ihr eben einen Tag geben, um sich abzuregen und dann erneut angreifen. Eine Nacht mit den zwei Exemplaren in seinen Armen musste er sich doch deshalb doch lange nicht entgehen lassen.

Morgen würde Maya schon einsehen, dass niemand Anspruch auf Exklusivrechte bei einem Prachtexemplar wie ihm hatte.

Ja, und morgen würde er sich seine Traumfrau schnappen.

1 NEUE ZIELE, ALTE FREUNDE

Sechs Monate später ...

MAYA

Sky war nun seit über einem halben Jahr in den USA. Es war nicht leicht für Maya, ohne ihre beste Freundin auszukommen. Natürlich hatte sie noch andere Freunde und auch ihre Familie in Deutschland, aber Sky war ihr Fixpunkt.

Selbst in der Zeit, in der Sky in der Beziehung zu ihrem kontrollsüchtigen und tyrannischen Exfreund gefangen gewesen war, hatten die Freundinnen mehrfach täglich telefoniert und Maya hatte Sky, sooft wie es ihnen beiden möglich war, besucht.

Diese Zeit hatte sie sogar noch fester zusammengeschweißt, da Skys ständiger Begleiter Fabio von ihrem Ex in keinster Weise geduldet worden war. Sky hatte Maya zusätzlich als Fabio-Ersatz benötigt, da diese Situation ihr stark zugesetzt hatte.

Um vor dem Tyrannen zu flüchten und sich ein neues Leben aufzubauen, war Sky nach Amerika ausgewandert und lebte nun dort mit ihrem neuen Lebensgefährten

Ryan.

Auch wenn Maya es laut niemals zugeben würde, sie war ein bisschen neidisch auf ihre beste Freundin. Natürlich hatte Sky es mehr als verdient, endlich mit ihrer großen Liebe zusammen zu sein. Das stand völlig außer Frage. Maya hatte Ryan ja selbst das ein oder andere Mal unter die Arme gegriffen, um es ihm bei ihrer verschlossenen Freundin leichter zu machen.

Nur suchte Maya schon seit so langer Zeit einen Partner, mit dem sie eine Familie gründen konnte. Zwar kam sie beim starken Geschlecht gut an, das wusste sie auch, aber es handelte sich immer nur um oberflächliches Interesse an ihrem Äußeren.

Ja, sie war schön. Südländischer Typ. Dunkle Haut, dunkelbraune, lange Locken, die ihr fast bis zum Po reichten. Kurven an den richtigen Stellen hatte sie ebenfalls. Sie war nicht zu groß und nicht zu klein und hatte zudem ein wunderschönes Gesicht.

Ausdrucksvolle, dunkelbraune Katzenaugen. Eine kleine Nase und Lippen, wie sie wohl in den meisten feuchten Träumen des männlichen Geschlechts vorkommen würden.

Und genau so wurde sie häufig auch behandelt. Wie ein Abenteuer, wo sie doch eigentlich nur die brave Familienmama sein wollte.

Ihre Mutter sagte immer, dass es für jeden Topf einen Deckel gäbe. Maya war sich da nicht so sicher. Sie war mittlerweile 26 Jahre alt und hatte noch keinen Mann getroffen, mit dem es länger als sechs Monate geklappt hätte.

Ihre Mutter hatte in diesem Alter schon vier Kinder und einen liebevollen Ehemann gehabt. Maya wünschte sich nichts mehr, als das gleiche Glück wie ihre Eltern zu finden. Die beiden hatten sich bereits im Alter von 15 Jahren kennengelernt und waren immer noch glücklich verliebt. Sie und ihre sechs Geschwister waren in einem liebevollen und turbulenten Haushalt groß geworden.

Sie hatte Angst, dass, wenn sie ihren Mann fürs Leben nicht bald finden würde, ihr Traum von einer eigenen Großfamilie nicht in Erfüllung gehen würde. Dass sie zu alt war, um ebenso wie ihre Mutter und ihre Granny sechs Kinder groß zu ziehen.

Deshalb hatte sie auch aufgehört, ihre Zeit mit Männern zu verschwenden, von denen sie sich sicher war, dass sie nicht für ihren Familienplan taugen würden.

Männer wie Shane ... der verflixte Mistkerl! Könnte ich ihn nur endlich aus meinem Kopf kriegen!

Die Kindertagesstätte, in der sie bislang gearbeitet hatte, wurde vier Wochen zuvor geschlossen. Hätte sie schon ihren Traummann, könnte sie sich jetzt, da sie keinen Job mehr hatte, intensiv ihrer Familienplanung widmen. Ihr Job als Erzieherin war ihr immer wichtig gewesen und war eindeutig ihr Traumjob. Trotzdem hatte sie immer geplant, ihre Arbeit mit ihrem ersten eigenen Kind aufzugeben und sich voll und ganz ihrer Familie zu widmen.

Nun ja, leider läuft im Leben nicht immer alles wie geplant und so stand sie jetzt ohne Mann und ohne Familie da.

Als sie Sky von ihrer neuen Situation erzählte, hatte diese darauf bestanden, dass Maya sie besuchen kam. Nach einigem Hin und Her konnte sich Maya dazu durchringen, zu ihr zu fliegen. Der Flug war teuer, aber wann sollte sie jemals wieder die Gelegenheit haben, bis auf den Flug nahezu unbegrenzten kostenlosen Urlaub in Amerika zu machen.

Ganz davon abgesehen, freute sie sich wahnsinnig, ihre Freundin endlich wiederzusehen.

Maya saß gerade vor ihrem Koffer auf dem Bett, als es an ihrer Tür klingelte. Sie öffnete und war überrascht, Fabio zu sehen.

"Hey", sagte dieser leise.

"Hi du, komm rein."

Maya ließ die Tür offen stehen und wandte sich wieder ihrem Koffer zu.

"Brauchst du was, Fabio?"

"Ähm ... ja ... Maya, könntest du mir sagen, wie es ihr geht?"

"Du weißt, wie es Sky geht, Fabio. Sie schreibt dir, du antwortest ihr nur nicht", sagte Maya, etwas schroffer als nötig, aber wie die beiden einander umkreisten, nervte sie langsam gewaltig.

"Ich weiß nicht, ob sie die Wahrheit sagt. Das letzte Mal ging es ihr auch nicht gut, obwohl sie es immer wieder beteuert hat."

Ihrem Koffer zugewandt, verdrehte Maya die Augen.

"Dieses Mal ist es doch eine ganz andere Situation. Du siehst es nur nicht, weil du es nicht sehen willst. Du musst darüber hinwegkommen. Sie gehen lassen und endlich jemanden finden, mit dem du selbst glücklich sein kannst!"

"Niemand wird je an Sky herankommen!", gab Fabio energisch zurück.

Er atmete einmal tief durch und sagte dann ein wenig ruhiger: "Aber egal, hör zu ... ich ... ich werde eine Weile weggehen und versuchen, ein wenig Abstand zu bekommen. Ich habe mich für ein Programm angemeldet, das beim Aufbau von Dörfern in Dritte-Welt-Ländern hilft. Ich werde also ab Ende des Monats für vier Monate weg sein. Ich kann aber nur ruhigen Gewissens gehen, wenn ich mir sicher sein kann, dass du auf jeden Fall dafür sorgst, dass es nicht wieder so eskaliert wie mit ihrem Ex. Und hol dir bitte Hilfe, wenn es so kommen sollte. Gregor oder was weiß ich. Nur das ..."

Weiter kam er nicht, denn Maya unterbrach ihn.

"Oh, bitte Fabio. Wir haben alles im Griff. Entspann dich! Und jetzt nochmal zurück. Du gehst? Vier Monate? Wohin? Talin geht aber auf jeden Fall wieder klar, oder?"

"Ja, ich brauch einfach mal einen Tapetenwechsel. Sky kommt nicht davon zurück, dass ich in meiner Wohnung sitze und mich selbst bemitleide. Ich muss den Kopf wieder frei bekommen. Zunächst sind wir in einem Dorf in Nordafrika. Und ja, eigentlich sollte ich Anfang Juni wieder zurück sein und Talin wäre somit sicher."

Wer hätt's gedacht!, dachte Maya und schüttelte einen Moment später über sich selbst den Kopf. Sie war doch sonst nicht so gehässig ... sie brauchte endlich einen passenden Mann ... und Sex ...

"Wow, das sind ja Neuigkeiten", sagte sie schließlich nur, weil die Pläne sie wirklich überraschten.

"Ja, versprich mir einfach nur, auf dich und Sky aufzupassen."

"Natürlich, Fabio. Sie ist immerhin auch meine beste Freundin! Und du weißt genau, dass ich auch das letzte Mal alles getan habe, um sie da raus zu holen. Aber sie ist jetzt vorsichtiger und wenn du deine Eifersucht mal in den Griff bekommen würdest, würdest du auch sehen, dass Ryan ganz anders ist, als ER es jemals war!“

Fabio nickte nur traurig und Maya hatte wirklich Mitleid mit ihm.

Sie umarmten sich. Sie wünschte ihm so sehr, dass er endlich selbst seine große Liebe finden würde. Dass er sich nach all den Jahren immer noch an Sky klammerte, fand Maya furchtbar. Er war so eine treue Seele und hatte es eindeutig verdient, endlich selbst die Liebe seines Lebens zu finden.

So wie du!, fauchte die Stimme in ihrem Inneren, die kein Verständnis dafür hatte, dass Maya so besorgt um das Liebesleben anderer war, wo doch ihr eigenes nicht lief.

Vielleicht hatte Fabio Recht, vielleicht war es genau der richtige Weg und der richtige Zeitpunkt. Einfach weg von all dem Alltagstrott und raus in die große Welt.

Sie drückte ihn noch einmal fester an sich und fühlte sich durch Fabios Entschluss in ihrem eigenen bestärkt.

Boston, ich komme!

Als er gegangen war, packte Maya ihre Sachen zu Ende. Sie rief sich ein Taxi und kontrollierte noch ein letztes Mal ihre Unterlagen.

Gut, dass sie schon seit längerem geplant hatte, Sky zu besuchen, sodass Pass und Visum soweit vorbereitet gewesen waren.

Das Taxi kam und sie machte sich auf die lange Reise in die neue Heimat ihrer besten Freundin.

„Maya, MAYA!“

Maya blickte sich um und suchte die Stimme, die nach ihr rief. Endlich fiel ihr Blick auf Sky, die winkend auf sie zugelaufen kam. Sie fielen einander in die Arme und sie drückte Sky mit aller Kraft an ihre Brust.

„Ich hab dich so unglaublich vermisst“, murmelte sie Sky ins Ohr und fühlte, wie die tonnenschwere Last von ihrer Brust abfiel.

Sie war hundemüde und verschwitzt von der langen Reise und doch war sie nicht gewillt, Sky loszulassen, um in ihre vorübergehende Heimat zu fahren.

„Ich dich auch“, sagte Sky und löste sich langsam von ihr.

„Wo hast du dein Gepäck? Brain kann es für dich tragen.“

Sky deutete auf einen süßen, blonden Mann, der einige Meter hinter ihr stand. Der Angesprochene trat näher und ein spitzbübisches Lächeln zierte seine Lippen.

„Der bin dann wohl ich. Brain Cruise. Es freut mich, Sie kennenzulernen, Miss Santana“, sprach dieser schöne, fremde Mann Maya an.

„Freut mich auch. Bitte sagen Sie Maya zu mir.“

„Ist mir ein Vergnügen. Sind das Ihre Koffer?“

Maya nickte und sah zu, wie Brain scheinbar mühelos ihre Koffer hob und den zwei Frauen bedeutete, voraus zu gehen.

Vor dem Gebäude stand eine schwarze Audi A6 Limousine, auf die Sky zielstrebig zuhielt. Sky riss die Tür auf und wollte auch schon hineinkrabbeln, als sie Brain gequält aufstöhnen hörte:

„Sky-y-y!"

Sky stöhnte ebenfalls und Maya hörte deutlich, wie genervt ihre Freundin war.

„Oka-y-y-y! Mann!", damit schmiss sie die Türe wieder zu und wartete, bis Brain sie beide eingeholt hatte und die Tür, ganz gentlemanlike, aufhielt.

Maya musste auflachen. Die Szene wirkte so, als wäre das etwas, das mindestens jeden zweiten Tag vorkam.

„Das ist nicht lustig!", zischte Sky ihr zu. „Immer das gleiche Theater, als wäre ich nicht dazu in der Lage, meine Türen selbst zu öffnen und zu schließen!"

„Willst du mich arbeitslos machen, Sky?", brummte Brain, klang aber bei Weitem nicht böse oder beängstigt.

„Du weißt, was ich meine, Brain, und jetzt sei ausnahmsweise einmal brav, tu deine Arbeit und schließ die Tür", fauchte Sky. Maya war verwundert, wie kratzbürstig Sky sein konnte.

So kannte sie ihre Freundin nur, wenn sie wirklich verärgert war.

„Ärger im Paradies?", fragte sie deshalb.

„Nur unter der Woche, wenn ich aus der Firma oder dem Apartment raus möchte. Ryan meint, Boston sei zu gefährlich für eine Frau wie mich. Daher hab ich auch immer Brain an der Backe!"

„Armer Brain!"

„Was soll das denn jetzt bitte heißen? Ich habe schließlich ständig einen Aufpasser auf den Fersen!"

„Naja, ich kann mir vorstellen, wie schwierig dieses Thema für dich ist, daher kann ich mir auch denken, wie schwer du es Brain machst", sagte Maya mit einem milden Lächeln. Gott, sie hatte die Gespräche mit Sky so sehr vermisst. Ihr Leben war ohne ein anständiges Gespräch einfach nicht dasselbe. Und Gregor, einer ihrer Freunde aus der gemeinsamen Clique, zählte definitiv nicht als Sky-Ersatz!

„Ich danke dem Herrgott, dass er diese weise Frau in mein Auto geführt hat", sagte Brain, der verschmitzt grinsend in den Spiegel schaute.

„Oh Gott, noch eine Verbündete. Was hab ich mir nochmal dabei gedacht, dich einzuladen? Du wirst Ryan zu guter Letzt noch mehr solchen Unsinn in den Kopf pflanzen. Bä!“, schimpfte Sky.

„Jetzt erzähl lieber mal, wie es dir außer mit diesem Thema so geht? Alles!“

Die Frauen brachten sich während der 30-minütigen Autofahrt auf den neuesten Stand.

Sie besprachen alle Ereignisse der letzten sechs Monate, lachten miteinander und trösteten sich. Maya erzählte auch von Fabio und Sky verzog gequält das Gesicht. Sie wussten beide, dass Sky nichts dafür konnte, und doch hatten sie Mitleid mit dem Verschmähten.

Als sie am Gebäude ankamen, traute Maya ihren Augen kaum. Ein riesiger Glasbunker, bestimmt 25 Stockwerke hoch, ragte vor ihr auf.

"Genau so habe ich auch ausgesehen, als ich das erste Mal hier war! Es ist der Hammer. Warte nur, bis du mein Büro gesehen hast!", sagte Sky und legte ihren Kopf an die Schulter ihrer Freundin.

Sky sollte Recht behalten. Ihr Büro und ihre Wohnung waren atemberaubend. Und auch die Geschäftswohnung, die Maya bewohnen würde, solang sie in Amerika war, gefiel ihr ausnehmend gut.

Von der Tür aus betrat man sofort ein großzügig geschnittenes Wohnzimmer mit offener Küche und Kochinsel. Der Boden war mit einem Kirschholzparkett ausgelegt und die Möbel waren in Schwarz und Weiß gehalten. Gleich links von der Eingangstür befand sich eine kleine Gästetoilette. Die Wohnung beinhaltete zwei Schlafzimmer, die jeweils über ein separates Bad verfügten. Alles in allem viel zu groß für Maya. Da die Wohnung aber ohnehin leer stand, wurde ihr Gewissen nicht allzu belastet bei dem Gedanken, diese in Beschlag zu nehmen.

Sky quasselte ohne Unterlass, als versuche sie, die verloren gegangene Zeit wieder gut zu machen.

„Ach, du bist bestimmt hundemüde! Leg dich doch erst mal ein bisschen hin und wir treffen uns dann später zum Abendessen“, sagte Sky irgendwann und verzog mitfühlend ihr Gesicht.

„Danke, du bist süß. Lass uns doch gegen sieben Uhr telefonieren, wann und wo wir uns treffen sollen.“

Sky gab ihr noch einen Kuss auf die Wange und verschwand zurück in ihr Büro.

SHANE

Heute war der Tag, an dem Maya endlich zu Besuch kommen würde. Er hatte sie das letzte Mal vor ganzen sechs Monaten gesehen und sie war immer noch nicht aus seinem Kopf verschwunden.

Sicher hatte es auch etwas damit zu tun, dass ihre beste Freundin Sky ständig vor seiner Nase herum lief. In Talin, beim jährlichen Mittelalterfestival, an dem sowohl Fire&Ice als auch Mayas Gruppe, die Setarips, teilnahmen, hatten die beiden Non-Stop auf einander gehangen.

Er hatte schon dafür gebetet, dass Maya im Oktober zu dem Musikfestival in Boston kommen möge. Fast die gesamte Clique war aus Deutschland angereist. Nur Maya natürlich nicht. Irgendwelche Probleme mit ihrer Arbeit, hatte Sky gesagt. Also hatten nur Maya und Skys bester Freund Fabio gefehlt. Letzteres hatte Ryan sehr gut in den Kram gepasst, aber ersteres ging Shane gewaltig gegen den Strich!

Wie soll man jemanden verführen, der durch Abwesenheit glänzt?

Als nächstes hatte er gehofft, dass sie zu Weihnachten kommen würde. Wieder nichts. In seiner Verzweiflung war Shane schon kurz davor gewesen, Ryan und Sky zu überreden, endlich zu heiraten, dann wäre sie ja auf jeden Fall gekommen.

Gott sei Dank hatte er nicht zu solch drastischen Mitteln greifen müssen. Dass sie jetzt da war, machte es ihm wesentlich einfacher, als eine absolut unwillige Sky zu einer Hochzeit zu überreden. Er musste Maya einfach nur einmal in sein Bett locken, damit seine verdammte Neugier befriedigt wurde.

Eben diese verdammte Neugier hatte ihn schon oft Kopf und Kragen gekostet! Man sagte schließlich nicht umsonst, die Neugier ist der Katze Tod ... oder in diesem Fall seiner.

Immer wieder war er sehenden Auges in sein Verderben gerannt, obwohl da eine Stimme in seinem Inneren war, die ihn eindringlich warnte.

Sie warnte ihn auch dieses Mal wieder, aber Shane bekam Maya nicht aus seinem Kopf, also musste er seinem Verlangen nachgeben.

Allein der Gedanke an ihren herrlichen Hintern ließ ihn hart werden. Rund und prall, ein Hinterteil, das dem von Beyonce Konkurrenz machen konnte. Und ihre Lippen ... wie geschaffen für den perfekten Blowjob!

Stopp, Stopp, Stopp!

Er war mitten in einer wichtigen Besprechung. Er musste sich konzentrieren! Mann Gottes, diese Frau machte ihn verrückt! Er konnte doch hier nicht mit einer Latte sitzen!

Schnell schüttelte er die Gedanken ab und versuchte, sich wieder auf sein Meeting zu konzentrieren.

Es klappte wunderbar!

Ganze fünf Minuten lang. Dann stellte Logan das Marketingkonzept für Italien vor und Shanes Gedanken wanderten zu einer kleinen, rassigen Südländerin. Feurig, heiß, kurvig, temperamentvoll. Wenn das so weiter ging, würde er auf Knien vor ihr robben und sie um Gnade anflehen!

Mit einer letzten Abstimmung endete das Meeting. Da er nicht wusste, um was es gegangen war, hatte er sich einfach Ryan angepasst. Für gewöhnlich waren sie einer Meinung, daher sah er darin kein allzu großes Risiko.

"Hey Ryan, wann gehen wir essen?", fragte er nach

dem Meeting betont lässig.

"Was meinst du?", fragte Ryan.

"Na, Maya ist doch heute angekommen, wir werden doch bestimmt mit ihr zu Abend essen, oder?", antwortete Shane, während sie den Raum verließen.

Ryan lachte.

"Wir, also Sky und ich, werden das tun, ja. Ich kann mir nicht vorstellen, dass du unbedingt erwünscht bist", antwortete er immer noch grinsend.

"Nun ja, was soll ich sagen? Es interessiert mich nicht! Sie macht mich verrückt! Ich muss sie haben, also wann?", drängelte Shane und lief dabei rückwärts vor seinem besten Freund her. Schmunzelnd schüttelte Ryan den Kopf.

"Um sieben bei unserem Griechen. Aber ich bin nicht schuld, wenn die beiden sauer sind!"

"Quatsch, ich werde euch ganz vorzüglich unterhalten!", antwortete Shane mit einem schelmischen Lächeln.

"Da bin ich mir sicher, Shane. Bis später!"

Sehr gut, jetzt musste er sich nur noch ein wenig zurecht machen und dann würde er die kleine Maya um seinen Finger wickeln.

Dieses Mal durfte er sich nur nicht wieder ablenken lassen ... ein zweites Mal kam er damit bestimmt nicht mehr durch. Nun ja, auch das erste Mal war noch nicht in trockenen Tüchern, aber Shane vertraute einfach auf sein Aussehen und seinen Charme!

Zumindest bislang war er mit dieser Kombination fast überall wieder herausgekommen.

Vor seinem Schlafzimmerspiegel zog er sich an. Er beobachtete sich selbst dabei, wie er es so oft tat, und analysierte dabei jede noch so kleine Schwachstelle.

Er war 1,87 Meter groß und hatte einen schön bemuskelten Körper. Nicht umsonst ging er dreimal die Woche trainieren. Frauen mochten Sixpacks, das war wohl bekannt ... nun ja, und Shane mochte Frauen. Und Männer.

Okay, das kann ich glatt noch als guten Charakterzug ansetzen! Ich bin ein Menschenfreund, dachte Shane und lachte in sich hinein.

Sein breiter, noch nackter Brustkorb zuckte auf und ab, während er still in den Spiegel hinein lachte.

Er war braun gebrannt und die vielen kleinen Narben, die er sich als Jugendlicher auf diversen Baustellen eingeholt hatte, trübten das Gesamtbild nicht.

Die Jeans, die er sich nach dem Duschen angezogen hatte, saß tief auf seinen Hüften und betonten das V seiner unteren Bauchmuskulatur. Wenn Maya ihn später ausziehen würde, hätte er mit diesem Anblick definitiv etwas zu bieten.

Er legte sich die große Platin-Rolex an sein linkes Handgelenk und grinste bei dem Gedanken, wie Mayas schmale Finger sich an seiner Gürtelschnalle zu schaffen machen würden. Endlich! Keine Frau hatte ihn über so lange Zeit gefesselt.

Das muss aufhören!

MAYA

"Können wir los?", fragte Sky fröhlich, als Maya ihr die Tür öffnete.

"Eine Sekunde, ich hole nur noch meine Handtasche! Wohin gehen wir überhaupt?"

"Zu einem Griechen, er ist wirklich gut! Ryan, Shane und ich gehen jeden Dienstagmittag dort hin."

"Erwähne den Namen des bösen Zwillings nicht in meiner Gegenwart, Sky!", antwortete Maya auf dem Weg zum Wagen.

"Hmm ... dann sollte ich dich wohl auch nicht vorwarnen, dass er entschlossen hat, mit uns zu essen?"

Maya stöhnte. Musste das sein? Shanes Gehabe ging ihr furchtbar auf die Nerven! Wie viele Geier würde er wohl mitbringen? Diese Mädchen, die immer um ihn herum schwirrten und ihn anbeteten, nervten sie bald noch mehr als Shane selbst.

"Ach komm schon, Maya. Shane ist eigentlich wirklich kein schlechter Kerl! Du könntest doch einfach versuchen, mit ihm befreundet zu sein oder ihn zumindest dulden. Mir zuliebe! Er ist mir ans Herz gewachsen!", bettelte Sky mit einem Welpenblick.

"Konnte dir nicht lieber Ty ans Herz wachsen? Den mag ich echt gern und er war sooo süß zusammen mit Nina, als sie mich besucht haben", antwortete Maya träumerisch und war immer noch ganz hin und weg bei dem Gedanken, wie sehr Ty seine Nina anbetete.

"Ist er doch, aber er und Nina igeln sich so in ihrem Bau ein, dass es einem 6er im Lotto gleicht, wenn man einen der beiden mal zu Gesicht bekommt. Wahrscheinlich ist er in diesem Moment dabei, sein Haus in einen Hochsicherheitstrakt zu verwandeln. In beide Richtungen. Niemand darf rein und auch niemand, also Nina, darf raus. Und das Schlimmste daran ist, Nina fühlt sich super wohl in ihrer eigenen kleinen Welt mit ihrem Mann und ihrem Hund. Ich würde einen Anfall bekommen in diesem goldenen Käfig", antwortete Sky, während der Fahrstuhl im Erdgeschoss hielt.

"Tja, du und Nina, ihr seid einfach zwei völlig unterschiedliche Personen. Für dich ist es ein Gefängnis. Für Nina ist es Sicherheit. Als ich sie zusammen mit Ty in Deutschland getroffen habe, dachte ich auch erst, dass das nie und nimmer funktionieren kann. Aber je länger ich darüber nachgedacht habe, desto besser schien es mir zu passen", antwortete Maya.

Auf Skys zweifelnden Blick hin fuhr sie fort: "Gregor war viel bei mir, um sich bei mir zu beschweren oder auszuweinen, über Nina oder Ty und zur Abwechslung auch mal über beide. Ich bin also voll im Bilde über die beiden. Und puh, mal ganz ehrlich, wenn Nina Gregor ertragen hat, kann alles andere nur noch ein Klacks sein.

Meine Güte, der Mann hat mich wahnsinnig gemacht! Er versucht, einen Non-Stop zu bevormunden und verpackt das alles dann ganz hübsch in Fürsorge. Würde ich mit ihm zusammen wohnen, wäre ich in einem Monat eine Tonne. Er mästet mich regelrecht! Ich habe drei Kilo zugenommen, seit er so viel bei mir ist."

Sky lachte, während sie Seite an Seite das Gebäude verließen, verstummte aber dann, als Brain breit grinsend bei offener Wagentür vor dem Gebäude stand und dreisterweise, zumindest in Skys Augen, da war Maya sich sicher, ein: "Meine Damen", hinterher schob.

Sky wartete, bis sowohl Maya als auch Brain platzgenommen hatten, und sagte dann extra laut, sodass auch Brain es sicher hören würde: "Wenn Nina mit ihrem Buddy unterwegs ist, darf sie selbst ein und aussteigen. Und sie muss nicht mal immer mit ihm gehen. Wenn sie will, darf sie auch ohne ihn auf die Straße und muss nur einen Hund mitnehmen!"

Dass diese Info nicht für Maya, sondern für Brain bestimmt war, hätte sie spätestens dann verstanden, als Brain mit gelangweiltem Ton antwortete: "Mach das mit Mr. Black aus, Kitty!"

Maya lachte. Die beiden waren wie ein ganz persönliches Comedystück.

Ryan und Shane warteten vor dem Eingang zu dem griechischen Restaurant. Ryan drückte sie kurz und sagte: "Schön dich zu sehen, Maya", ehe er sich seiner Freundin annahm.

"Hey Maya! Endlich kommst du uns auch mal besuchen", sagte Shane, hob sie hoch und drückte sie fest an sich.

Es war Maya unangenehm.

Nicht die Umarmung selbst, sondern dass sich seine Berührung viel zu gut anfühlte. Er hatte sie noch nie wirklich berührt, das wurde ihr erst jetzt richtig bewusst und Maya war mehr als froh, dass es erst Anfang Februar war und sie so viele Schichten Kleidung trug. Sie wollte besser nicht wissen, wie seine Berührung sich Haut an Haut anfühlte.

Sie musste antworten. Die Pause war bereits viel zu lang und auch die Dauer der Umarmung war nicht mehr im Normbereich.

"Äh ... ja, böser Zwilling, da bin ich mir nicht so sicher und ich wäre dir wirklich sehr verbunden, wenn du mich loslassen könntest."

Zögerlich löste er seinen Schlingpflanzengriff und stellte sie viel zu dicht vor sich auf die Füße. Seine Augen funkelten belustigt, als er sagte: "Zu spät, Honey, zu spät."

Maya wusste genau, was er gemeint hatte. Auch wenn er sie während des Essens immer wieder direkt ansprach, versuchte Maya, ihn weitestgehend zu ignorieren. Was sich als nicht allzu einfach herausstellte.

Sie spürte seine Blicke auf sich, als würde er seine Hände über sie gleiten lassen. Er sah sie so eindringlich an, dass sie das Gefühl hatte, er würde sie mit seinen Augen ausziehen.

Ihr wurde heiß und ihre Handflächen begannen zu schwitzen. Immer, wenn sie den Blick in seine Richtung schweifen ließ, trafen sich ihre Blicke und Maya konnte die Lust in seinen Augen sehen.

Das muss ganz dringend aufhören! Sie war nicht hier, um einen One-Night-Stand aufzugabeln. In ihrem Plan gab es nur noch Platz für potenzielle Familienväter.

Also nur nicht mehr hinsehen und schnell nach Hause!

Als sie sich vor dem Restaurant voneinander verabschiedeten, fiel seine Umarmung ein klein wenig zu lang aus. Genauso, wie seine Hände ein klein wenig zu tief auf ihrem Rücken lagen und er sie ein klein wenig zu fest an sich drückte.

"Bye, Honey!", rief er ihr noch nach, als sie vor Sky in den Wagen schlüpfte.

"Na, das lief doch sehr gut!", sagte Sky fröhlich und Maya überlegte ernsthaft, ob Sky an einer Wahrnehmungsstörung litt.

"Das war grauenhaft!"

"Warum? Shane war doch sehr höflich", fragte Sky und sah sie ratlos an.

"Seine Blicke waren alles andere als höflich. Mein Gott, Sky, er hat mich angesehen, als wäre ich ein riesiges, saftiges Steak. Es hat nicht viel gefehlt und er hätte zu sabbern begonnen."

"Ich weiß nicht, warum du dich so aufregst. Er ist ein schöner Mann, der anscheinend Gefallen an dir findet. Warum kannst du es nicht einfach als Kompliment sehen?"

Eben deshalb. Er war ein verdammt schöner Mann. Groß und gut gebaut mit rabenschwarzen Haaren, die mittlerweile nicht mehr kinnlang waren, sondern nur einige Zentimeter lang und in alle Richtungen abstanden, was seinem jungenhaften Charme nur noch die Krone aufsetzte.

Er hatte genau die Art Ausstrahlung, die einen alles verzeihen und alles vergessen ließ. Seine dunkelbraunen Augen waren von dichten Wimpern eingerahmt und funkelten ständig. Vergnügt oder lüstern. Andere Gefühlsregungen schien dieser Playboy sowieso nicht zu haben.

Der Bartschatten, der sich zu dieser Stunde bereits auf seinem Gesicht abgezeichnet hatte, verlieh ihm ein irgendwie verwegenes Aussehen. Allein der Gedanke daran, wie sein Bart an ihren Oberschenkeln kratzen würde ... *hmm....* und die Art, wie er sich bewegte, schrie geradezu nach Sex.

Leider Gottes konnte Maya sich nur allzu gut daran erinnern, was sich unter dem hellgrauen Kaschmirpullover und den Denim befand. Ein herrlicher, braungebrannter, muskelbepackter Körper. Er sah genau so aus, wie sie sich den Mann ihrer Träume immer vorgestellt hatte.

Aber genau darin lag das Problem. Er sah so aus, aber er war nicht so. Shane hätte im Wörterbuch genausogut als Synonym für schnellen, unverbindlichen, dafür aber wirklich hervorragenden Sex stehen können.

Gut, den Teil mit hervorragend konnte sie sich nur denken, aber wenn er ihr allein mit Blicken schon derart einheizen konnte, dann würden seine Hände und seine Zunge sie definitiv in den Wahnsinn treiben.

Aufhören! Du brauchst einen braven Familiendaddy!

"Es geht einfach nicht. Ich versuche, ihn dir zuliebe zu ignorieren, aber mehr ist nicht drin, okay?", antwortete sie schließlich ein wenig zickig auf Skys Frage.

"Ich würde dich gern verstehen, Maya", sagte Sky leise und sie wusste genau, dass Sky ihr Gezicke auf sich selbst bezog. Also schob sie die Wahrheit hinterher, aber nur, weil sie nicht wollte, dass ihre Freundin sich so schlecht fühlte.

"Arrr, Sky! Ich bin CUV, klar? Und der böse Zwilling macht mich nun mal ziemlich an, aber ich will einfach keinen belanglosen Sex mehr!"

"Du bist was?", fragte sie und zog die Augenbrauen zusammen.

"Chronisch untervögelt. Und reit jetzt ja nicht darauf rum. Ich weiß, dass das meine eigene Entscheidung ist, das macht es aber auch nicht leichter!"

Sky lachte ziemlich hemmungslos. Sie hatte ja auch gut lachen, immerhin hatte sie mit Ryan ja den guten Zwilling abbekommen. Die beiden sahen sich, zumindest von hinten, zum Verwechseln ähnlich. Wenn Shane jetzt auch noch Ryans Charakter hätte, wäre Mayas kleine Traumwelt perfekt. Wenn das Wörtchen wenn nicht wär ...

"Gute Nacht, Sky!", verabschiedete sich Maya, als der Aufzug auf ihrer Etage hielt.

"Gute Nacht, Maya!", antwortete Sky immer noch grinsend.

SHANE

Mann oh Mann, diese Frau machte ihn einfach nur heiß! Sie fühlte sich verdammt gut in seinen Armen an. Und das, obwohl so viele Schichten Stoff zwischen ihnen waren.

Die Versuchung, einfach ihren Hintern in seine Hände zu nehmen, war beinahe übermächtig gewesen. Zwei Mal war sie mit diesem heißen Teil vor ihm her gewackelt und hatte damit für ein ziemlich heftiges Kopfkino bei ihm gesorgt.

Während des gesamten Essens konnte er nichts anderes tun, als auf diese perfekten Lippen zu starren. Lippen, die mit einem knallroten Lippenstift geschminkt waren. Knallrote Lippen, die sich um eine Gabel schlossen, wie sie es auch mit seinem Schwanz tun würden. Lippen, die, wenn er nicht aufpasste, noch dafür sorgen würden, dass er vollends den Verstand verlor!

Ob sie es sich nun eingestehen wollte oder nicht, sie war definitiv heiß auf ihn. Er sah es in ihren Augen, ihren Bewegungen, in ihrer Gestik und ihrer Mimik. Er musste sie nur noch dazu bekommen, ihren Kopf auszuschalten, dann würden sie beide eine ziemlich heiße Nacht miteinander verbringen, da war er sich zu 100% sicher.

"Au!", fluchte Shane und rieb sich den Hinterkopf.

"Wofür war das denn?", schnauzte er Ryan an.

"Leichte Schläge auf den Hinterkopf erhöhen das Denkvermögen, sagt man zumindest. Alternativ versuche ich, sie dir aus dem Kopf zu schlagen, wenn du es nicht schaffst", gab Ryan grinsend zurück.

"Das brauche ich auch nicht! Sie ist absolut heiß auf mich!"

"In deiner eigenen kleinen Traumwelt vielleicht, Shane. Du hast es versaut!"

"Du wirst schon sehen!"

"Wenn ich wegen dir Ärger mit Sky bekomme, bekommst du Ärger mit mir, ist das klar, Shane?", sagte

Ryan scharf und ohne auch nur dem Anflug eines Lächelns.

Gott, Ryan war so unglaublich empfindlich, wenn es um die zukünftige Mrs. Black ging.

"Mach dich locker, Bro. Zum einen bekomme ich doch sowieso immer, was ich will, und zum anderen ist mir danach auch nie jemand böse, weil ich dieses Schwiegermütter lieben mich Lächeln drauf hab, siehst du?", sagte er und lächelte es einmal für Ryan.

Dieser stöhnte genervt.

"Komm schon, Ryan, du weißt es genauso gut wie ich, damit komme ich sogar bei Cat durch, also werden Sky und Maya mir auch vergeben."

"Du bekommst vielleicht, was du willst, und es nimmt dir auch keiner übel, Shane, aber wo du bist, hinterlässt du eine Straße mit gebrochenen Herzen und das wird dir Sky, Killerlächeln hin oder her, nicht verzeihen!"

Da diese Diskussion sowieso sinnlos war, winkte Shane ab, verabschiedete sich und lief zu seinem Auto.

Ryan zuliebe hatte er schon viel zu lange auf Maya verzichten müssen. Er würde die kleine Maya in sein Bett locken, koste es, was es wolle!

2 AUSDAUER

MAYA

In einer fremden Stadt aufzuwachen, fühlte sich irgendwie komisch an. Natürlich war Maya bereits im Urlaub gewesen, aber es war doch etwas anderes, wenn man genau wusste, man hatte 14 Tage Zeit und wollte dies und das unternehmen. Den Rest der Zeit lümmelte man an irgendeinem Strand oder Pool herum und schneller, als man schauen konnte, war der Urlaub wieder vorbei.

Dieses Mal wusste sie nicht, wie lange sie hier sein würde. Sie hatte keine Liste mit Dingen, die sie erledigen oder ansehen wollte. Ihr Aufenthalt hier war genauso wie ihr Leben momentan äußerst ziellos.

Kurz nach Talin hatte sie die Leitung der Kindertagesstätte eines Industrieunternehmens übertragen bekommen. Ein anspruchsvoller Job, vor allem, da die Bilanzen der Kita durchgehend im Minus waren.

Mit ihrer ganzen Kraft hatte Maya das Zweigunternehmen in die schwarzen Zahlen gehoben. Abends und am Wochenende hatte sie sich dafür aufgearbeitet. Stunde um Stunde nicht bezahlte Überstunden gemacht, nur um die fachgerechte Betreuung der Kinder der Frauen, die in dem Mobilfunkunternehmen arbeiteten, zu gewährleisten.

Jede Woche musste sie vor der Geschäftsleitung Frage und Antwort stehen. Warum das Projekt schließlich doch eingestampft wurde, war Maya bis dahin ein Rätsel.

Es hätte funktioniert! Sie hatte alle Kostenstellen bereinigt und es stand völlig außer Frage, dass das die unkomplizierteste Lösung für alle Beteiligten war.

Mehr oder weniger von einem Tag auf den andern vor die Tür gesetzt zu werden, war schon unschön genug. Dass sie das aber auch noch kurz vor Weihnachten mitgeteilt bekommen hatte, fand Maya fürchterlich. Was sie nun tun sollte, wusste sie nicht. Sie stand vor dem Nichts und war zu erschöpft, um weitere Pläne zu schmieden.

All ihre Kraftreserven steckten in ihrem letzten Job. Sie war einfach ausgebrannt.

Einige Kaffees und viele Buchseiten später klingelte es an ihrer Haustür.

Sky, dachte Maya, da es bereits kurz vor Mittag war und sie zum Essen verabredet waren.

"Einen wunderschönen Tag, Honey!", begrüßte Shane sie, als sie die Türe öffnete.

"Ähm ... hi", antwortete Maya unbehaglich, weil es nun doch etwas anderes war, Sky in einem Jogginganzug die Tür zu öffnen oder eben Shane.

"Schön, dass du dich für uns so schick gemacht hast. Können wir dann los?", fragte er mit diesem unverschämt süßen Grinsen. Mhm, sehr süß ... sehr lecker.

Grrr ... hör verdammt nochmal auf damit, Maya!!!

"Was meinst du?", fragte sie, weil ihre Gehirnströme in seiner Gegenwart immer gern mal etwas langsamer flossen.

"Sky sagte, dass sie dich zu unserem Dienstagmittag-Date eingeladen hätte. Ich hole dich also ab."

"Wir haben noch nicht mal halb 12!"

"Wir gehen immer um diese Zeit, Honey. Lass jetzt die

Ausreden, hol dir eine Jacke und los geht's!", sagte er und drückte sich kurzerhand an ihr vorbei ins Wohnzimmer.

Das konnte doch nicht sein Ernst sein! Er stand hier im Anzug vor ihr - in dem er wirklich sehr gut aussah - und wollte sie in Jogginghosen mit zum Essen nehmen? Das war definitiv ein No-Go! Was, wenn sie heute ihren wirklichen Traummann treffen sollte?

"Ich brauche noch 10 Minuten", sagte sie deshalb.

"Warum?", fragte er und sah dabei tatsächlich verwirrt aus ... und süß. Auf Shane-Weise süß. Sexy-Süß ... *STOPP!!*

"Um mich vorzeigbar zu machen", sagte sie etwas schnippischer, als er es verdient hätte.

"Ich weiß, wie schön du bist, Honey! Für mich brauchst du dich nicht aufzuhübschen!"

... *wieder dieses Lächeln.*

"Für dich würde ich es auch nicht tun, aber wer weiß, vielleicht begegne ich ausgerechnet heute meinem Traummann."

Shane legte sich beide Hände übers Herz, als wäre er getroffen worden, und ließ sich nach hinten aufs Sofa fallen.

"Autsch!", machte er dabei und sah sie vorwurfsvoll an.

"Du kommst drüber hinweg, Loverboy. Schau doch mal den Flur entlang, vielleicht läuft da was, das nicht schnell genug fliehen kann."

Shanes Lachen folgte ihr, während sie ins Badezimmer ging. Er hatte wirklich ein schönes Lachen und eindeutig einen guten Sinn für Humor.

Vielleicht konnten sie doch Freunde werden. Wenn er es sich aus dem Kopf schlagen konnte, mit ihr ins Bett zu wollen, würde es ihr eigener Körper vielleicht auch verstehen.

Scheiß Hormone!

SHANE

Heieieieiei. Sah diese Frau denn jemals schlechter als umwerfend aus? Dieser Jogginganzug lag wirklich wie eine zweite Haut auf ihr und präsentierte ihm jeden Zentimeter ihres Prachtarschs.

Der Schlagabtausch war auch herrlich erfrischend gewesen. Sie war witzig und schlagfertig. Er würde viel Spaß mit ihr haben. Da war er sich sicher.

Keine fünf Minuten später stand sie in Röhrenjeans, schwarzen, kniehohen Stiefeln und einem dieser Rollkragenpullover, die bis über den Po gingen, vor ihm.

Ihre Haare waren offen und fielen in langen Locken über ihren Rücken. Sie war sogar leicht geschminkt und Shane fragte sich wirklich, wie sie das in so kurzer Zeit hinbekommen hatte.

"Mach den Mund zu, Shane, du sabberst aufs Sofa", sagte sie, während sie an ihm vorbei wackelte.

Mann oh Mann, in diesen Stiefeln sah ihr Arsch noch viel besser aus. Sie sollte froh sein, wenn es beim Sabbern blieb!

"Kommst du jetzt?", fragte sie, stand bereits an der Tür und war fertig angezogen. Das Beanie, das ihren Kopf zierte, perfektionierte ihr Outfit. 5 Minuten - und sie sah aus wie ein Star auf dem roten Teppich. Wahnsinn!

Ihr genervtes Stöhnen riss Shane aus seinen Gedankengängen. Die Tür war mittlerweile offen und sie tippte mit ihrer Fußspitze auf den Boden.

"Hast du immer die Reaktion eines Päckchen Valiums oder legt sich das, wenn wir uns öfter sehen?", fragte sie, während sie energischen Schrittes zum Fahrstuhl stöckelte. Ihr Hüftschwung musste sich in diesen Schuhe mindestens verdoppelt haben.

"Shane!", zischte sie und riss damit seinen Blick von ihrem Hintern los.

"Ähm ... nur momentan. Es würde helfen, wenn du einen Sack tragen würdest", antwortete er dann ein wenig verzögert auf ihre Frage.

Kurz zuckte ein Lächeln um ihre Mundwinkel.

Ja, ja, ja.

Davon brauchte er mehr. Wenn sie ihn erst einmal nicht mehr verabscheute, würde sie ihre Schutzschilder herunterfahren und Shane könnte sie in sein Bett locken. Perfekter Plan!

MAYA

Sky hatte recht. Sie sollte Shanes Verhalten einfach als Kompliment sehen. Und alles in allem war er ja wirklich süß. Irgendwie wie ein kleiner Welpe, der dringend spielen wollte.

Und für jedes bisschen Aufmerksamkeit beginnt er, mit dem Schwanz zu wedeln, kicherte Maya in sich hinein.

Sie würde ihn einfach immer eine Armeslänge auf Abstand halten und seine Aufmerksamkeit ansonsten genießen.

"Wo ist das Auto?", fragte Maya, die sich irgendwie schon daran gewöhnt hatte, dass immer ein Wagen vor der Tür wartete.

"Ach so, ja, wir fahren mit meinem", antwortete Shane und sah leicht beschämt aus.

"Gut." Warum auch nicht? Sie hatte daheim schließlich auch keinen Chauffeur.

"Ähm ... ja, wir müssen rein. Tiefgarage", fügte Shane dann hinzu und mied ihren Blick.

"Warum hast du nicht gleich was gesagt?", fragte Maya ihn auf dem Weg zurück zu den Aufzügen.

"Ich war abgelenkt."

"Wovon?"

"Von dir", murmelte er kaum verständlich.

Maya lachte laut schallend los.

"Und da bist du mir einfach gefolgt wie der Esel der

Karotte?", presste sie immer noch lachend hervor.

Es schien ihm wirklich peinlich zu sein. Er brummte nur irgendetwas Unverständliches und ging dann vorweg zum Wagen.

Ein wirklich schöner Wagen. Sportlich und rot. Was es war, konnte Maya nicht sagen und es war ihr auch egal. Zuhause hatte sie noch nicht einmal ein Auto ... oder einen Job. *Scheiße!*

"Hey Süße! Na, wie war deine erste Nacht in Boston?", fragte Sky, als sie an den Tisch traten.

"Gut", antwortete Maya nur, weil sie vor den Männern nicht ihre eigene kleine Krise ausbreiten wollte.

Die Gespräche waren locker und Sky schien sich wirklich gut mit Shane zu verstehen. Er war wirklich humorvoll, das musste sie ihm lassen.

Den Abend wollten die Freundinnen zusammen mit Cat, Tia und Tina verbringen. Mädelsabend mit Sekt und einer Staffel Vampire Diaries auf DVD.

Maya freute sich bereits darauf, Tys Schwester kennenzulernen und auch Skys Arbeitskollegin Tina schien eine interessante Frau zu sein, wenn Sky sie zu einem DVD-Abend einlud.

Sky würde bei ihr schlafen. Dass Ryan und Shane bis Donnerstagmittag auf einer Geschäftsreise waren, passte den beiden besonders gut. So hatten sie mehr als ausreichend Zeit, sich alles zu erzählen, was sie in der Zwischenzeit verpasst hatten.

Zurück im Firmengebäude, begleitete Shane sie noch bis zu ihrer Tür.

"Es ist gut, dass du da bist. Du hast Sky ziemlich gefehlt, weißt du?", fragte Shane.

"Sie mir auch. Mal sehen, was die Zeit so bringt, wohin es mich als nächstes verschlägt. Vielleicht werde ich hier in der Nähe bleiben. Ich habe noch absolut keine Ahnung."

"Du hast ja auch Zeit. Du kannst die Wohnung so

lange haben, wie du möchtest."

"Tu nicht so gönnerhaft, Shane. Es sieht echt lächerlich aus, da Ryan mir die Wohnung bereits versprochen hat", antwortete Maya lächelnd.

"Verdammt! Wieder kein Bonuspunkt!", grinste Shane zurück und rieb sich in der ihm so eigenen Geste über den Nacken.

"Also dann, gute Reise", sagte Maya und öffnete bereits die Tür.

"Wann gehst du mit mir aus, Baby?", fragte Shane mit einem Unterton, der ihr wieder den Gedanken an wirklich hervorragendem Sex in den Kopf pflanzte.

"Niemals, Loverboy!", antwortete Maya lächelnd und schlug ihm die Tür vor der Nase zu.

Puh! Gerade noch rechtzeitig! ... elendes Kopfkino!

SHANE

Und er würde sie bekommen!

Dass er ausgerechnet heute mit Ryan zu dieser blöden Konferenz fahren musste, passte ihm nicht. Wo er doch sowieso keinen klaren Gedanken mehr würde fassen können, bis er diese Frau endlich hatte!

Andererseits würde ihm vielleicht ein wenig Abstand auch gut tun. So konnte er sich einen genauen Schlachtplan festlegen, wie er sie erobern würde.

"Bereit?", fragte ihn Ryan, der bereits mit ihrem Gepäck in der Empfangshalle von JB-Industrials stand.

"Seit sechs Monaten", antwortete Shane, meinte damit zwar nicht die bevorstehende Verhandlung, sondern Maya, hielt es in diesem Fall aber für besser, seinen besten Freund nicht aufzuklären.

MAYA

"Dann sehen wir uns also heute Abend?", fragte Sky, bevor sie die Wohnung am Donnerstagmorgen verließ, um zur Arbeit zu gehen.

"Ja, heute Abend. Kneipenabend mit Brains Freunden und uns dabei köstlich darüber amüsieren, wie sehr Ryan leidet. Verstanden. Freu mich drauf!", gab Maya breit grinsend zurück.

Sky grinste ebenfalls und schloss die Tür hinter sich.

Einige Stunden später wurde sie von Sky abgeholt.

"Wow, du siehst toll aus!", sagte sie, als Maya ihr öffnete.

"Sehr gut, nur für den Fall, dass ich Mr. Right heute Abend begegne", grinste Maya zurück.

Sie hatte sich wieder für Jeans und Stiefel entschieden. Der lange Pullover war dieses Mal rot und hatte einen weiteren Wasserfallausschnitt, sodass sie zwar winterlich warm gekleidet war, aber trotzdem ein wenig Haut zeigte.

Nach Gregors Mästen saßen Jeans und Pullover etwas enger als gewöhnlich, es wirkte aber immer noch nicht gepresst.

Beanie auf, Mantel an und los.

Auf dem Weg zum Wagen erzählte Sky ihr noch genau, wie der Abend ablaufen würde und was sie sonst immer so taten, wenn sie sich an den Donnerstagen trafen.

Es hörte sich wirklich lustig an und Maya konnte sich gut vorstellen, sich öfter der Gruppe anzuschließen.

"Brain, hi!", grüßte Maya ihn betont fröhlich, weil ihr der Mann unter Skys abwehrender Haltung so furchtbar leid tat.

"Maya, schön Sie zu sehen!", antwortete er grinsend und musterte sie anerkennend.

In der Bar, die den Namen *Meets* trug, schien viel los zu sein. Überall lachten, tranken und feierten die Leute. Nur an einem Tisch herrschte absolute Ruhe.

"Was ist denn mit denen los?", fragte Brain, als sie genau auf diesen Tisch zusteuerten.

"Siehst du es denn nicht?", fragte Sky und fügte erklärend hinzu: "Sie sind vor Ehrfurcht erstarrt, weil Mr. Ego, an den sie sich gerade so gewöhnt hatten, seinen Zwilling mitgebracht hat."

"Seinen bösen Zwilling", fügte Maya hilfreich hinzu.

Brain schien kein Wort zu verstehen, wandte seine Aufmerksamkeit aber dann sowieso dem Mann mit den rötlichen Haaren zu, der soeben aufgesprungen war und winkte. Der restlich Tisch erhob sich ebenfalls und als sich die Zwillinge ihnen zuwandten, wurden Brains Schritte langsamer.

"Ähm ... Mr. Carter, Sir", stammelte er und wandte sich dann nur wenig entspannter an Ryan.

Sky stellte sie ihr der Reihe nach vor, allerdings so schnell, dass Maya sich nur ein paar Namen merken konnte.

Bobby und Ray und einer hieß Cliff, glaubte sie zumindest. Naja, nicht so wichtig, sie würde gegebenfalls einfach nochmal nachfragen.

Maya hatte da so ihre Schwäche ... sie konnte den Aufenthaltsort jedes einzelnen Spielzeugs, das eventuell vermisst werden könnte, benennen, aber Namen? Keine Chance. Im Kindergarten war das nicht allzu schlimm und es fiel auch überhaupt niemandem auf, dass sie alle Mädchen einfach Princess nannte und alle Jungs Räuber. Und den Kindern gefiel es erst recht.

Ryan küsste sie auf beide Wangen, ehe er sich auf einen Stuhl setzte und Sky auf seinen Schoß zog.

Shane drückte sie fest an sich, wobei Maya dieses Mal darauf achtete, sich rechtzeitig von ihm zu lösen, ehe er ihr das wieder vorwerfen konnte.

"Hey Honey!", sagte er dann und setzte sich. Bevor sie

sich auf ihren eigenen Stuhl setzen konnte, hielt er sie an der Hand fest.

"Wie fest schlägst du mich, wenn ich dich auf meinen Schoß ziehe?"

Maya zog verwirrt die Augenbrauen zusammen.

"Ich muss kalkulieren und abwägen, ob es sich lohnt, den Schmerz einzustecken. Dafür ist die Kraft, die du in deinen Schlag legst, von enormer Bedeutung", antwortete er grinsend auf ihre unausgesprochene Frage.

Maya grinste jetzt ebenfalls. Es fiel ihm verdammt leicht, sie zum Lächeln zu bringen.

"Ich habe vier ältere Brüder und eine ältere Schwester. Was glaubst du?"

"Autsch! Okay, ich warte, bis du betrunken bist, dann zielst du vielleicht nicht mehr so genau", antwortete er lachend.

Als Maya sich kopfschüttelnd auf ihren Platz fallen ließ, bemerkte sie die Blicke der anderen.

"Was ist los? Habt ihr kein eigenes Leben, wenn meins so furchtbar interessant ist?", fragte Maya gewohnt frech mit einem Grinsen auf dem Gesicht. Sie fand es einfach furchtbar lustig, wie sich die Männer an diesem Tisch aufführten.

"Nein, sie sind nur der Meinung, dass es sich bei diesen zweien hier um irgendeine schräge Form von Halbgott handelt, daher sind sie immer ganz erstarrt, wenn man normal mit ihnen spricht", antwortete Sky.

Maya nickte. Sie vergaß nur zu gern, dass Ryan und Shane ein äußerst gut laufendes Unternehmen führten. Die beiden leiteten den Industrieriesen JB-Industrials. Ein Unternehmen, das branchenunabhängig wirtschaftlich schlecht dastehende Unternehmen aufkaufte und diese dann nach einer grundlegenden Sanierung wieder verkaufte.

Ryan Black hatte das Unternehmen von seinem Vater geerbt und seinen besten Freund Shane dann daran beteiligt. Ein Großteil der Fire&Ice Gruppe war mittlerweile im Unternehmen angestellt. So auch Ty und Sky.

Für Maya waren Shane und Ryan immer nur Mitglieder von Fire&Ice. Einer Gauklertruppe, die sie vergangenes Jahr auf den Mittelalterspielen in Talin kennengelernt hatten. Ihre Show bestand aus einer Mischung von Akrobatik und Feuerspucken, die schon beinahe berühmt war unter den Teilnehmern in Talin.

Die beiden in ihrem natürlichen Umfeld zu erleben, war irgendwie verstörend. Statt herrlicher, bis auf die Gauklerhosen nackter Körper, hochangesehene Geschäftsmänner. Statt nackter Füße und Dreitagebart, Anzug und Krawatte.

Zwar war es Maya ein Rätsel, wie ein Mann, der immer so unbeschwert, immer lachend und nie ernst war wie Shane, ein internationales Unternehmen führen sollte, aber gut. Vielleicht war er ja auch nur Deko und Ryan übernahm die ganze Arbeit.

"Es ist irgendwie gruselig, findest du nicht?", fragte Shane und sah skeptisch in die Runde.

"Sie gewöhnen sich an einen", antwortete Ryan und vergrub seine Nase in Skys Haaren.

"Erzähl mir was über diese Kneipe", forderte Maya Brain auf, um die Stimmung am Tisch ein wenig zu lockern.

Die Männer brauchten noch über eine halbe Stunde, bis sie sich endlich ein wenig beruhigten. Und als sich die Atmosphäre ein wenig entspannt hatte, hatte Maya auch viel Spaß an diesem Abend. Die Jungs merkten recht schnell, dass man mit Shane viel Spaß haben konnte und dieser fuhr wirklich zur Höchstform auf!

Auf dem Heimweg teilten sie sich wieder auf zwei Wagen auf, wobei Ryan darauf bestand, dass Sky dieses Mal mit ihm fuhr.

"Gerechtigkeitshalber", hatte er gesagt und keine Gegenargumente gelten lassen. So kam es, dass Shane sie schon wieder bis vor ihre Tür brachte.

"Es war ein schöner Abend. Danke, Maya!", sagte Shane mit sanftem, rauen Ton, der ihr immer durch Mark und Bein ging.

"Ja, du hast Recht. Ich hatte wirklich viel Spaß! Ich werde Morgen einen Bauchmuskelkater haben vor lauter lachen!" Shane lächelte.

"Also, wann gehst du mit mir aus, Honey?"

"Niemals, Loverboy!", antwortete Maya lachend, um das Gefühlswirrwar zu übertünchen.

"Hey! Das ist mein Ernst, kein Running-Gag!"

Immer noch lachend sagte Maya: "Gute Nacht, Shane!"

Dieser schüttelte ebenfalls lachend den Kopf und sagte: "Träum süß, Honey."

3 BESSER ALS GEDACHT ...

SHANE

"Guten Morgen, Mylady!", begrüßte Shane sie fröhlich, nachdem sie nach bestimmt 10 Minuten Dauerklopfen endlich die Tür geöffnet hatte.

"Was zum Teufel willst du hier?", brummte Maya schlecht gelaunt und sah so aus, als wäre sie soeben aus dem Bett gestolpert.

"Mit dir frühstücken. Hab ich dich etwa geweckt?", fragte er scheinheilig.

"Wir haben 8 Uhr morgens und ich habe frei, Shane, was meinst du? Hast du mich geweckt?" Ihre Augen funkelten und sie sah wirklich so aus, als würde sie ihm gleich den Kopf runter reißen.

"Hmm ... ich weiß nicht, Honey, du siehst so bezaubernd aus, da könnte man fast meinen, du bist auf dem Weg zu einer Gala", sagte er mit seinem charmantesten Lächeln im Gesicht.

Maya stöhnte und verdrehte genervt die Augen.

"Es ist zu früh für eine geballte Ladung Shane-Charme!"

"Dein Shane hat aber Kaffee für dich, Honey!"

"Nicht mein Shane, aber mein Kaffee", sagte sie und hatte ihm schon den Becher geklaut. Mit geschlossenen Augen stöhnte sie nach dem ersten Schluck.

Eines Tages wird sie unter meinen Stößen so genießerisch stöhnen, schwor er sich.

"Darf ich jetzt rein und dir den Rest deines Frühstücks überreichen?"

"Musst du denn niemals arbeiten?", fragte Maya, drehte sich aber bereits in Richtung Wohnung, ohne die Tür hinter sich zu schließen.

"Ich hab meinen ersten Termin um halb 10, daher komme ich auch jetzt schon zum Frühstück", antwortete er und folgte ihr zur Küche.

"Tu das nie wieder, Shane! Ich hasse es, wenn jemand meinen Schlaf unterbricht!"

"Jup", antwortete er nur, weil ihr Hinterteil, das so verführerisch vor ihm her wackelte, ihn zu sehr ablenkte.

Das Frühstück verlief besser als erwartet. Sie unterhielten sich angenehm über Belanglosigkeiten und Maya schien nicht allzu genervt über seine Anwesenheit. Halbe Miete, wenn man bedachte, wie zickig sie sonst immer in Bezug auf ihn war. Um sie nicht anzustacheln, unterließ Shane auch zu offensichtliche Anmachmanöver.

Um viertel nach 9 blieb ihm keine andere Wahl, er musste diese so gut laufende Unterhaltung unterbrechen.

"Ich muss los, Honey."

"Oh, wow, die Zeit ging aber wirklich schnell vorbei", antwortete sie nach einem Blick auf die Uhr.

"Ja, liegt an mir", erklärte Shane frech.

"Muss so sein, Shany", lachte Maya.

Shane verzog gequält das Gesicht. Warum musste sie auch ausgerechnet den Spitznamen erwischen, den seine große Schwester immer genommen hatte, wenn sie ihn quälen wollte.

"Oh, magst du den etwa nicht?", lachte Maya.

"Sag das nochmal, und ich leg dich übers Knie, du

freches Biest!", gab Shane grinsend zurück in der Gewissheit, dass sie es tun würde.

"Shany, Shany!", rief Maya lachend.

Ehe sie sich wehren konnte, hatte Shane sie gepackt, fest an sich gezogen und gab ihr dann einen kräftigen Klaps auf ihren Hintern. Einen herrlichen Hintern, den er doch so viel lieber liebkosen würde, als ... *NEIN! STOPP!*

Schnell ließ er sie los und lachte dann über ihr plötzliches Verstummen und den verdutzten Gesichtsausdruck.

"Ich habe dich gewarnt, Honey", sagte er immer noch lachend.

Ganz langsam entspannten sich ihre Gesichtszüge.

Bei der Tür angekommen, hatte sie bereits wieder ein kleines Lächeln auf den Lippen.

"Ja, hast du, Shane. Das Frühstück war nett", sagte sie leise.

"Nett ist der kleine Bruder von Scheiße, Maya!", frotzelte Shane, um die Stimmung ein wenig aufzulockern.

Es funktionierte. Maya lächelte ihn offen an.

"Also, wann gehst du mit mir aus, Honey?", fragte er, bereits in der offenen Tür stehend.

"Niemals, Loverboy!", antwortete Maya mit einem weiteren Lächeln im Gesicht.

Ebenfalls lächelnd, schüttelte Shane den Kopf und ging zur Arbeit.

Er würde sie noch dazu bekommen, sie wusste nur noch nicht, dass dieses Spielchen, das sie mit ihm spielte, ihn nur noch mehr reizte.

MAYA

Es war zu leicht, Zeit mit Shane zu verbringen. Zu leicht, mit ihm zu lachen. So verdammt leicht, ihn zu mögen!

Er war unglaublich unkompliziert und Maya musste sich immer wieder selbst daran erinnern, dass es bei Shane immer nur um Sex ging. Dass er dieses atemberaubende Lächeln nur aufsetzte, weil er sie auf seiner Strichliste haben wollte.

Als er sie so kräftig in seine Arme gezogen hatte, war Maya das Lachen im Hals stecken geblieben. Diese wahnsinnige Kraft in seinen Armen, die Art, wie er sie so bestimmend in seine Arme gerissen hatte, seine Nähe, sein Geruch, all das hatte Maya den Atem verschlagen.

Allein der Gedanke daran erregte sie. Die Berührung seiner Hand auf ihrem Po war direkt in ihre Klitoris gefahren. Selbst jetzt noch pochte sie.

Nein, nein! Du bist nur CUV!, mahnte sie sich selbst.

Ihr Leben wäre aber um einiges einfacher, wenn dieser verdammte Kerl nicht so verdammt charmant und verdammt sexy wäre! Verdammte Scheiße!

"Hey Beauty, bereit?", fragte Sky, als Maya ihr die Tür öffnete. Sie hatten vor, zusammen auf eine Wellnessfarm zu fahren, um dort das Wochenende zu verbringen.

Es war nicht sonderlich einfach gewesen, Ryan von der Notwendigkeit eines solchen Unterfangens zu überzeugen, aber schlussendlich bekam Sky doch immer, was sie wollte.

"Kann los gehen!", antwortete Maya und war wirklich froh über das Wochenende mit ihrer besten Freundin. Sie musste dringend auf andere Gedanken kommen!

An erster Stelle stand ein neuer 5-Jahres-Plan. Da Punkt 1 ihrer bisherigen Liste so unsanft gestrichen wurde, musste sie sich einfach neu orientieren. Und wie sollte das besser funktionieren, als bei zwei Tagen Verwöhnprogramm?

SHANE

"Und wann geht's los?", fragte Shane ohne weitere Begrüßung.

"Was geht los?", fragte Ryan zurück, ohne überhaupt von seinen Papieren aufzusehen.

Es war mittlerweile fünf Uhr am Nachmittag und Shane war bereit, sich in ein Wochenende mit seiner Angebeteten zu stürzen.

"Na, Abendessen mit den Mädels, was sonst?"

"Ach so, nein, Sky und Maya sind heute Nachmittag auf irgendeine Wellnessfarm oder so gefahren", antwortete Ryan, hörbar verstimmt.

"WAS?"

Shane war fassungslos. Er hatte sich bereits alles genau ausgemalt. Abendessen, ein oder zwei Drinks, dann ab nach Hause. Morgen Sightseeing in Boston, dann wiederum Abendessen und ein Besuch in Chris Club. Alkohol, Tanzen, Maya findet ihn nicht mehr allzu scheiße, noch mehr Alkohol und Maya hört endlich auf ihren Körper. Er hätte sie mit nach Hause genommen und ihr dann Stück für Stück...

"Hör auf damit! Was auch immer du denkst, es wird nicht passieren, weder bei dir noch bei mir, also lass es. Ich bin schon schlecht gelaunt genug, ohne mir vorzustellen, was mir so alles entgeht, weil Sky ohne mich dort hingefahren ist! Wellness! Tsss, was soll das überhaupt? Ich würde sie 24 Stunden am Tag massieren, wenn sie das wollte! Aber nein! Sie lässt sich lieber von Wildfremden den Rücken drücken", beendete Ryan seinen Vortrag schlecht gelaunt.

"Na super. Und was machen wir?"

"Ich weiß nicht, Shane, was machst du denn sonst so am Wochenende?", fragte Ryan ihn sarkastisch.

"In Chris Club fahren und irgendein Mädchen aufreißen?"

"Dann hast du doch deine Antwort!", brummte Ryan ihn an.

"Ich will aber Maya!", jammerte Shane und hätte am liebsten mit einem Fuß auf den Boden gestampft. Leider schien ihm das doch ein wenig zu theatralisch, also beließ er es bei einem zornigen 'Arme-vor-der-Brust-verschränken'.

"Gott, Shane! Du hörst dich an wie ein bockiges Kind", sagte Ryan angeekelt.

Shane zuckte die Achseln. Dann hörte er sich wohl genauso an, wie er sich fühlte.

Auf dem Weg nach draußen winkte Shane ab. Nun gut, dann würde er eben zu Chris fahren und sich ablenken.

"Hey, Mann!", grüßte Chris ihn, als er den VIP Bereich des angesagten Bostoner Nightclubs sah.

"Hey, hab nicht mir dir gerechnet, jetzt, wo Maya in der Stadt ist."

"Sie ist übers Wochenende weg."

"Hmm, und jetzt brauchst du Ablenkung. Such dir eine aus", sagte Chris und lehnte sich lächelnd in seinem Sessel zurück.

Der Club war Shanes drittes Zuhause. Den Großteil seines Lebens verbrachte er im Büro. Seit Ryan ihm die Partnerschaft in dem spartenübergreifenden Konzern angeboten hatte, steckte Shane seine gesamte Energie in dieses Projekt. Mittlerweile war er neun Jahre Partner bei JB-Industrials und verantwortlich für die Ressorts Human Ressources, International Marketing und Production.

Daher hatte er auch entschieden, im Hauptgebäude der Firma wohnen zu bleiben. Das Appartement gefiel ihm. Es war groß, hatte alles, was er benötigte, und er konnte es gar nicht näher in sein Büro haben.

Von der Tür aus betrat man direkt einen großen Wohnbereich. Der Boden war weiß gefliest und die wenigen Möbel, die hier standen, waren allesamt schwarz.

Die Küche war ebenso schlicht gehalten. Weiße Böden und Wände. Schwarze Hochglanzküche. Wobei diese überhaupt nicht in seiner Wohnung sein müsste. Shane konnte sich nicht daran erinnern, sie jemals benutzt zu haben.

Sein Schlafzimmer war ebenfalls großzügig geschnitten und hatte sowohl einen angrenzenden, begehbaren Kleiderschrank als auch ein angrenzendes Badezimmer.

Sein Bett hatte Kingsize-Größe, obwohl er stets allein darin schlief. Seine Eroberungen hatten in seinem Bett nichts zu suchen.

Das Bad hatte ebenfalls einen weißen Boden. Eine große Badewanne, eine begehbare Dusche und einen großen weißen Waschtisch.

Kurzum, Shane fühlte sich in seiner Wohnung besonders wohl. Sie war für seine Bedürfnisse einfach perfekt.

Wenn er weder zu Hause noch im Büro war, war er im Club. Chris hatte ihn vor fünf Jahren eröffnet. Die alte Fabrikhalle hatte er so umgestaltet, dass es drei Floors mit unterschiedlichen Musikrichtungen gab. Im September hatte er hier auch seinen 30. Geburtstag gefeiert. Shane mochte den Club. Es war immer wieder ein Heimspiel. Er braucht sich nur auf einen der Sessel im VIP Bereich zu setzen und früher oder später flog das erste Mädchen auf seinen Schoß.

Zu den Zeiten, als er noch zusammen mit Ryan auf Frauenjagd gegangen war, war es noch leichter gewesen. Sie waren ein unschlagbares Dreamteam und Shane trauerte ihren gemeinsamen Beutezügen nach.

Er konnte Ryan nicht verstehen. Natürlich, Sky war eine Traumfrau, aber die Welt beherbergte so viele Traumfrauen und Shane bevorzugte es eindeutig, ein wenig von jeder zu haben.

Er sah gut aus und hatte ein wirklich charmantes Lächeln.

Und leider ist es nun mal Fakt, dass Geld jeden Fehler kompensiert, dachte er und lachte hart auf.

Das hatte er in der Vergangenheit mehr als einmal bewiesen bekommen. Wie an jedem anderen Tag waren auch heute die Geier schon gelandet.

"Hey Shane", flötete der erste Geier und lächelte wimpernklimpernd.

So ätzend er diese geld- und spotlightgeilen Weiber auch fand. Warum sich Mühe geben, wenn man diese doch so mühelos haben konnte?

Also lächelte er und zahlte ihre Drinks. Später würde er sie mit in irgendein Hotel nehmen oder einfach auf der VIP Toilette ficken, wie auch immer, nur mit in seine Wohnung nahm er sie nicht. Die Gefahr, sie nie wieder los zu werden, war ihm einfach zu groß.

Er unterhielt sich noch ein wenig mit Chris, während der Geier sein Ego kraulte.

Ja, er hatte es verdammt gut getroffen. Er hatte alles, was er sich jemals erträumt hatte. Einen sehr guten Job, haufenweise Kohle, eine schicke Wohnung, seinen Traumwagen und eine nicht enden wollende Schlange an willigen Flittchen, die jederzeit bereit waren, ihm zu Diensten zu sein.

Shane war kein Kind von Traurigkeit und lebte jeden Tag, als wäre es sein letzter. Er hatte nur ein Leben und das würde er in vollen Zügen genießen!

In drei Wochen würde Chris Club sein 5-jähriges Bestehen feiern. Zu diesem Anlass würden Fire&Ice eine Sonderaufführung für die Stammgäste des Clubs geben.

Shane freute sich auf den Auftritt. Und egal, wie viel Ty nörgelte, die Kostüme, die Chris besorgt hatte, waren der Hammer! Shane kam sich immer vor wie Spiderman in Schwarz. Chris hatte sie sogar mit Kapuze besorgt, um ihre Identitäten zu schützen. Niemand sollte ihr Leben in Boston mit dem in Talin in Verbindung bringen.

Als es dann endlich Sonntag war, konnte Shane nicht länger warten. Um 12 Uhr stand er auf Ryans Matte und klingelte mehrfach.

"Hey, was ist los?", fragte dieser, als er die Tür öffnete.

"Hey, sind sie schon zurück?"

Ryan stöhnte genervt auf. "Nein, und ganz ehrlich, Maya wäre bestimmt nicht mehr da, wenn ich Sky nach zwei ganzen Tagen endlich wieder habe!"

"Ja, ja, ich nehm sie dir dann ab, wenn sie hier eintrudelt."

"Sag mal, ich dachte, du warst gestern im Club? Keine Geier?"

"Doch, klar, wenn ich auf Maya warten würde, würde ich blaue Eier bekommen! War aber nichts besonderes."

"Im Gegensatz zu Maya", kommentierte Ryan mit einer hochgezogenen Augenbraue.

"Klar, sieh sie dir doch an! Ihr Körper ist perfekt! Dazu ist sie auch noch witzig und ihre Stimme nervt mich nicht, wenn sie den Mund aufmacht!"

"Pass nur auf, sonst bleibst du noch an ihr hängen", antwortete Ryan lachend.

"Ich? Niemals! Geh nur vor die Tür, Ryan und sieh dir an, was Gott uns da so alles überlassen hat. Es wäre eine Schande! Es wäre wie einen ganzen Kuchen zu essen, obwohl ich doch von jedem ein Stück haben kann!"

"Ja, aber da wäre dann auch Kirschkuchen dabei und ich würde immer das Stück mit dem Kern erwischen!"

"Manchmal muss man ein bisschen Risiko eingehen, Ryan. Wer nicht wagt, der nicht gewinnt!"

"Na dann, viel Spaß. Ich habe meinen 6er im Lotto bereits mit Sky gewonnen und esse liebend gern für den Rest meines Lebens ein und denselben Kuchen."

Sie saßen den ganzen Sonntagnachmittag zusammen auf dem Sofa und sahen fern. Um vier Uhr hörten sie dann endlich den Schlüssel im Schloss.

"Hey Baby, bin wieder da!", rief Sky und Ryan lief im Laufschritt zur Tür. Nach einem überraschten Quieken hörte Shane, wie Ryan sie küsste. Dann ging er ebenfalls zur Tür.

"Ich bring dich nach Hause, Maya", sagte Shane, klopfte Ryan im Vorbeigehen einmal auf die Schulter und schnappte sich Mayas Koffer.

Beim Aufzug angekommen sagte sie: "Wow, der hatte es aber eilig!"

"Klar, wo du ihm doch sein Mädchen für zwei Tage

entführt hast." Maya lächelte.

"Sie sind süß, nicht wahr? Die große Liebe ist nicht jedem gegönnt."

"Ich könnte dir die ganz große Liebe geben, Baby", antwortete Shane mit einem dreisten Lächeln und einer sehr eindeutigen Hüftbewegung.

"Wenn du es so nötig hast, bei mir zu betteln, kann er gar nicht sooo groß sein, sonst würden die Frauen schließlich Schlange stehen", konterte Maya.

"Oh, das tun sie, Darling, das tun sie. Aber mein Herz ist dir verfallen."

"Du trägst dein Herz aber ziemlich weit unten, oder?", fragte sei lachend und sperrte die Tür auf.

"Maya! Denkst du denn immer nur das Schlechteste von mir?", antwortete Shane und stellte sich dabei so schockiert wie möglich.

Sie neckten sich noch eine Weile, während Maya irgendetwas in ihrer Küche werkelte.

"Was machst du da?", fragte Shane schließlich.

"Man nennt es kochen, Shane. Weißt du, Essen kommt nicht überall vom Telefon."

"Haha, aber ehrlich, warum machst du das?"

"Ich wollte eigentlich mit Sky Essen gehen, aber ich glaube, sie ist noch länger beschäftigt."

"Dann komm, ich lade dich ein."

"Nein, während wir uns unterhalten, kann ich genauso gut Nudeln machen. Du magst doch Pasta, oder?"

"Gern."

Dass sie für ihn kochen wollte, freute Shane. Er bekam selten etwas Selbstgemachtes.

Seine Mama hatte auch immer frisch gekocht, aber sie wohnte in der Nähe von Seattle. Und einen sechs Stunden -Flug nur für etwas zu Essen leistete selbst Shane sich nicht.

Alle Jubeljahre durfte er bei Sky Lasagne mitessen, aber er hatte immer Angst, dass Ryan ihn einmal mit der Gabel aufspießen würde, nur weil er sich Nachschub holte.

Während er seinen Gedanken nachhing, erzählte Maya ihm von dem Wochenende mit Sky, was sie gemacht hatten, was sie gegessen hatten, wirklich jedes Detail. Es war irgendwie schön, in ihrer Küche zu sitzen, ihr zuzusehen und zuzuhören.

"Mein Gott, Maya, das ist der Hammer!", sagte Shane, nachdem er den ersten Bissen gemacht hatte.

"Nein, Shane, ich gehe auch nicht mit dir ins Bett, wenn du mein Essen lobst", antwortete Maya kichernd.

"Nein wirklich, das ist so gut wie die Nudeln meiner Mama!" Mayas Lächeln wurde weich.

"Was?", fragte Shane daher ein wenig unsicher.

"Ich sehe das als großes Kompliment an, Shane. Niemand kocht so gut wie die eigene Mutter."

"Niemand außer Maya", sagte Shane verschmitzt grinsend. Mayas Augen begannen zu funkeln.

"Außerdem kann ich jetzt allen erzählen, dass der ach so coole Shane nicht Mum oder Ma oder so etwas sagt, sondern Mama!"

"Lass das! Das schadet meinem Image, Honey! Und jetzt Ruhe, ich muss mein Essen genießen!", antwortete Shane lächelnd.

"Möchtest du noch etwas?"

"Gott, nein! Ich platze!", antwortete Shane stöhnend und lehnte sich in seinem Stuhl zurück.

"Mach's dir nicht bequem, Shane, du musst jetzt gehen."

"Warum?", fragte er ehrlich verwirrt.

"Wir haben 9 Uhr. Ich will nur noch ins Bett!"

"Ich komme mit, dann haben wir beide, was wir wollen", antwortete er lächelnd.

"Raus!", rief Maya laut lachend und schlug mit dem Geschirrtuch nach ihm.

"Okay, okay! Also, wann gehst du mit mir aus?", fragte er, als er bei der Tür angekommen war.

"Niemals, Loverboy!", antwortete Maya, doch ihr Lächeln war weich.

"Hey, aber ich hätte dich heute beinahe soweit gehabt!"

"Selbst, wenn wir heute essen gegangen wären, wäre es kein Date gewesen, Shane, sondern nur ein Essen unter Freunden."

"Wir sind Freunde?", fragte Shane.

Eigentlich ja, dachte er, fühlte sich aber irgendwie komisch dabei, mit einem seiner Freunde ins Bett zu wollen. Das wäre ja, als würde er mit Cat, Ryans kleiner Schwester, Sex haben.

Schnell schüttelte er den Gedanken ab.

"Ja, klar, sonst würde ich wohl kaum meine Zeit mit dir verbringen", antwortete Maya mit zusammengezogenen Augenbrauen.

"Na dann", sagte er und drückte sie an sich, wie er es auch mit Cat und Sky getan hätte. Seine Hände dabei nicht auf ihren Po zu legen, war eindeutig zu schwer, um sie wirklich als Freundin einzustufen.

Bevor sie bemerkte, dass er bei dem Gedanken an ihren Prachtarsch schon wieder hart wurde, drehte er sich ab und ging.

"Gute Nacht, Honey!"

"Gute Nacht!"

MAYA

CUV, ganz eindeutig.

Dass Shane mehr oder weniger Non Stop bei ihr herumhing, machte die Sache auch nicht besser. Vor allem nicht, wenn er immer wieder anfing, über Sex zu reden!

Dieses Wochenende würde Maya mit Sky in einen Club gehen. Er gehörte einem der Mitglieder von Fire&Ice und war wohl so etwas wie die Stammdisco der Gruppe.

Maya war gespannt, Sky hatte ihr sehr viel Gutes darüber erzählt. Sie hoffte wirklich, hier endlich ihren Traummann zu treffen. Und bis dahin musste sie einfach stark sein.

Shane kam am Montag zum Frühstück, zum Mittagessen und sie gingen alle zusammen am Abend aus.

Dienstag stand er wieder zum Frühstück vor ihrer Tür, wöchentliches Mittagessen mit allen dreien beim Griechen. Auch am Dienstagabend stand er mit einer DVD auf ihrer Matte. 9 1/2 Wochen, was sollte das? Quälte er sie absichtlich?

Mittwoch nahm sie sich fest vor, ihn nicht zum Frühstück hineinzulassen, aber mal ganz ehrlich, wer zum Teufel kann um 8 Uhr früh einem Kaffee widerstehen?

Heute Abend würden sie alle zusammen in Cats Hotel fahren. *Monatsessen* hatte Sky es genannt. Hier traf sich wohl die ganze Truppe plus Anhang einmal im Monat.

Maya freute sich darauf, die ganze Gruppe wiederzusehen. Und auch Cats Hotel CB Resorts wollte Maya sich unbedingt ansehen. Sowohl Sky als auch Tia hatten in den höchsten Tönen davon geschwärmt.

Maya staunte nicht schlecht über das riesige Hotel, das Ryans Schwester gehörte. Okay, natürlich hatte sie es sich nicht selbst gekauft, aber Ryan hatte es ihr geschenkt und Cat hatte ein wirklich gut laufendes Hotel daraus gemacht. Alles wirkte sehr edel und das Personal war super geschult.

Sky erzählte ihr, dass Cat das Hotel bereits seit vier Jahren besaß, was bedeutete, dass sie es bereits mit 20 Jahren geleitet hatte. Maya bewunderte die junge Frau für diese Leistung.

"Hi Maya", grüßte Cat.

"Hallo Ryans Schwester", frotzelte Maya, weil jeder erst diesen 'Titel' sagte, bevor sie ihren Namen erwähnten.

Cat lachte laut auf. "Eigentlich versucht er immer, mich zu verheimlichen, weiß der Teufel warum."

Nach ein paar Anekdoten aus ihrer Kindheit erzählte Cat ein paar aktuellere Geschichten.

"Von dir habe ich übrigens auch schon so einiges gehört", sagte Cat nach einer Weile.

"Ich hoffe nur Gutes", entgegnete Maya misstrauisch.

"Hmm... kann man jetzt sehen, wie man möchte. Meistens wird über dich geklagt."

"Was?", fragte sie wirklich schockiert.

Wieder lachte Cat auf.

"Na, Shane beklagt sich immer, dass du ihn so im Regen stehen lässt."

Dieses Mal lachten alle drei Frauen gemeinsam.

"Hey Ty, wo ist Nina?", fragte Cat, als alle am Tisch Platz nahmen.

"Ähm, okay, also ich muss euch was sagen, Leute", begann Ty in seiner üblich brummigen Art. Langsam stellten alle ihre Gespräche ein und schenkten ihm ihre Aufmerksamkeit.

"Ja, also, genau deshalb hat sie sich so strikt geweigert, heute mitzukommen. Mir wäre es auch sehr recht, wenn ihr sie in Zukunft nicht drauf ansprechen würdet. Das war alles schon schwer genug erkämpft für mich", fuhr Ty schließlich fort.

"Du sprichst in Rätseln, Ty!", sagte Brandon und lehnte sich nach vorn auf seine Ellenbogen.

"Also, ich konnte sie dazu überreden, mich zu heiraten."

Alle brachen in Jubel, Pfiffe und Begeisterungsrufe aus. Es dauerte über 20 Minuten, ehe wieder ein wenig Ruhe in die Runde eingekehrt war.

"Okay, also ihr könnt euch jetzt sicher vorstellen, warum Nina nicht hier ist. Bei all der Aufmerksamkeit wäre sie bestimmt schon schreiend davon gelaufen."

Die Runde lachte und einige taten ihre Zustimmung kund.

"Gut, also die Hochzeit wird auch sehr klein bleiben. Fire&Ice, die Setarips, Ninas Eltern, meine Mum, Tia und Cat natürlich. Da ich es gar nicht mehr erwarten kann, dass sie endlich meinen Ring an ihrem Finger trägt, findet das ganze bereits am letzten Sonntag im Mai statt. Und um

Himmelswillen, sprecht Nina nicht darauf an! Wenn sie mir wegen einem von euch davon läuft, bringe ich ihn um!", sagte Ty so ernst, dass keiner von ihnen auch nur den geringsten Zweifel daran hegte, dass er es nicht ernst meinen könnte.

SHANE

Er war zwar nicht der größte Freund dieser Donnerstagsrunden, aber eigentlich war ihm alles Recht, um in Mayas Nähe zu sein. Dieses Weib machte ihn noch verrückt! Nie hatte er so lange um eine Frau kämpfen müssen, im Gegenteil, eigentlich musste er nur einen der Geier ansehen und schon bekam er, was er wollte.

Am Anfang hatte das für ihn den Reiz ausgemacht. Es war etwas anderes und vor allem war er sich bei ihr einfach sicher, dass sie nicht nur wegen des Geldes mit ihm schlief ... wenn sie dann endlich mit ihm schlief!

Samstag würden sie alle zusammen in Chris Club feiern. Dass Ty sich tatsächlich mit Nina verlobt hatte, war für Shane ein echter Schock gewesen.

Natürlich war ihm klar gewesen, dass es etwas Festes zwischen den beiden war, aber eine Hochzeit war so ... endgültig!

Ryan war heute Morgen völlig ausgeflippt. Erst hatte Shane sich noch gefreut, dass sein bester Freund der gleichen Meinung war wie er, aber nein! Ryan hatte sich lediglich so darüber aufgeregt, dass Ty Nina doch ein paar Monate später kennengelernt hatte und sie trotzdem Ja gesagt hat. Er hatte getobt und geschrieen. So standhaft wie Sky ihn ignorierte, musste er die gleiche Nummer wohl auch zu Hause abgezogen haben.

Auch bei Maya war er auf taube Ohren gestoßen, sie hatte irgendwas von romantisch und so weiter gebrabbelt. In dem Moment, in dem sie diesen verträumten Kleine-Mädchen-werden-Prinzessinnen Gesichtsausdruck bekam, hatte Shane schnell alle Schotten dicht gemacht.

Mit diesem Thema war ihm bereits mehr als einmal ein Ohr abgekaut worden. Immer dann, wenn er die Frau nicht früh genug abgeschossen hatte.

Schlussendlich saß er jetzt, an einem Donnerstagabend, neben seiner zeitweiligen Traumfrau und nickte immer fleißig.

"Shane?", sprach Ryan ihn an.

"Ja?"

"Du hast ihr nicht zugehört, Bro!", sagte Ryan lachend.

"Wie bitte? Warum?"

"Du hast ihr gerade versprochen, morgen ein Kleid mit ihr kaufen zu gehen, weil Sky keine Zeit hat."

"Scheiße!", sagte Shane und schlug sich mit der flachen Hand auf die Stirn.

"Das waren aber auch unfaire Mittel! Du kannst nicht mit diesen schönen Brüsten vor meinen Augen rum wackeln und erwarten, dass ich dem Sinn deiner Worte folgen kann!", beschwerte sich Shane bei Maya und stach ihr bei jedem Wort mit einem Finger in die Schulter.

"Gott, Shane! Wie zum Teufel kannst du ein Unternehmen leiten?"

"Indem ich keine Geschäfte mit Mayas mache!"

"Tja, hast du aber gerade und du wirst mir dabei helfen, das optimale Kleid für Samstag zu finden."

"Dafür gehst du aber dann mit mir aus!"

"Shany, Shany, Shany, du kennst die Antwort: niemals, Loverboy! Ahhh..." Mayas Satz endete abrupt in einem Quieken, als Shane sie an ihren Armen packte, sie quer über seinen Schoß zog und zwei Mal kräftig auf ihren Prachtarsch schlug.

Da er ja jetzt eine gute Ausrede hatte, streichelte er diesen dann gleich noch liebevoll.

Gott, ist der herrlich! Nicht so grauenvoll knochig wie die der Geier!

Maya lag völlig erstarrt über seinen Knien und erst dann fiel Shane auf, dass die restlichen Personen am Tisch vollkommen verstummt waren.

"Was denn? Ich hab sie gewarnt, dass das passieren wird!", sagte Shane in die Runde, ohne seine Hände von dem göttlichen Hintern vor ihm zu nehmen.

Leider begann besagter Hintern sich zu winden, sodass Shane gezwungen war, ihn loszulassen. Sichtlich aus der Fassung gebracht, setzte Maya sich auf ihren Stuhl und sortierte ihre Haare.

"Du hast es tatsächlich gemacht", murmelte sie.

"Ich halte immer, was ich verspreche", antwortete er selbstgefällig.

"Gut, dann bis morgen um 10 beim Shoppen", war Mayas Antwort, die vor Selbstgefälligkeit triefte.

Stöhnend sackte Shane in sich zusammen. Aus dieser Nummer würde er nicht mehr heraus kommen.

4 WIDERSTAND ZWECKLOS

MAYA

Maya brauchte lang, bis sie schließlich einschlafen konnte. Die Art, wie Shane sie gepackt und ihr einfach seinen Willen aufgezwungen hatte, hatte sie unglaublich erregt.

Sie wollte es sich nicht eingestehen, aber schlussendlich half es nichts, sich selbst zu belügen. Er war schön, sexy, stark, herrisch und das alles war in eine extra charmante Hülle verpackt. Wie sie da jemals wieder raus kommen sollte, war ihr ein Rätsel.

Erste Maßnahme war auf jeden Fall, ein umwerfendes Kleid zu kaufen, in dem sie ihren Traummann finden würde. Über eben diesen könnte sie dann den als Traummann getarnten bösen Zwilling vergessen.

Soweit der Plan. Sollte besagter Traummann an diesem Abend nicht zu finden sein, musste sie sich irgendeinen anderen Leckerbissen für einen One-Night-Stand suchen. Dieser CUV-Zustand beeinträchtigte langsam ihr gesamtes Denken!

"Guten Morgen, Honey!", sagte Shane mit seinem üblichen Shane-Grinsen.

"Hey, bin schon fertig", sagte Maya und eilte nach draußen, damit er es sich gar nicht erst in ihrer Küche gemütlich machte.

"Dann lass uns fahren."

Sie waren heute mit einem Fahrer unterwegs und Shane erklärte, dass es so leichter wäre, weil sie keinen Parkplatz in der Innenstadt suchen mussten. Er sah sehr gut aus heute. Er trug dunkelblaue Denim und einen hellgrauen Kaschmirpullover.

Maya selbst hatte ebenfalls eine dunkelblaue Röhrenjeans an, die sie in ihre schwarzen Overknees gesteckt hatte. Über dem schwarzen Rollkragenpullover trug sie eine ebenfalls schwarze Jacke. Leichtes Make-up und die Haare zu einem Pferdeschwanz zurückgebunden, fertig war das Shopping Outfit.

Wer die beiden zusammen sehen würde, würde sie für ein sehr schönes Paar halten, hatte Maya sich gedacht, als sie die Vorhalle passiert hatten und sie sich in einem der vielen Spiegel erspähte.

Sie waren beide schön. Südländische Typen.

Shane groß, muskulös und immer ein sympathisches, freches Lächeln in seinem hübschen Gesicht.

Maya selbst würde sich als kurvig und rassig bezeichnen. Sie hatte keineswegs Laufstegmaße, dafür war alles an ihr zu rund und voll. Sie mochte ihren Körper. Er war fest und wohlgeformt. Was wollte Frau mehr?

Wenn sie so neben Shane lief, fühlte sie sich noch schöner, weil Shane einfach der Typ Mann war, bei dem Frau das Gefühl hatte, dass er mit einer Frau wie ihr umgehen könnte. Sowohl mit ihrem Körper als auch mit ihrem Geist.

"Hast du es dir anders überlegt?", riss Shane sie aus ihren Gedanken, als sie vor dem Laden angekommen waren.

"Was? Nein, nein. Natürlich nicht. Ich war nur in Gedanken."

"Also dann raus mit dir!"

Das Geschäft, in das sie gingen, war sehr stylisch. Top moderne Mode, von der es nichts in größeren Mengen gab. Die Musik war so laut, als wären sie in einem Club, und es sah nicht so aus, als würde hier jemand arbeiten.

"Carry?", rief Shane in den Laden und kurze Zeit später wuselte eine kleine schwarzhaarige Frau hinter einem Vorhang hervor.

"Shany!", rief sie und kam auf ihn zu gelaufen.

"Gott, Carry, sag das nicht!", stöhnte er, umarmte sie aber dennoch kräftig.

"Carry, das ist Maya. Maya, meine Schwester. Wir brauchen ein Kleid für Chris Club. Besser zwei, weil wir in zwei Wochen schon wieder gehen."

Carry gab Maya weder die Hand noch würdigte sie sie irgendeines Blickes.

"Machen wir erst mal eins, vielleicht brauchst du in zwei Wochen ein anderes", antwortete Carry und lief zu einem der Regale.

"Nein, Carry. Sie ist Skys beste Freundin. Zwei, bitte." Carry winkte über die Schulter ab.

"Was soll das denn bitte?", fragte Maya ein wenig genervt über das unhöfliche Verhalten von Shanes Schwester.

"Ach, ignorier sie einfach. Sie musste einfach schon ein paar Frauen zu viel sehen, die ich hier angeschleppt habe", sagte Shane mit einem entschuldigenden Grinsen.

"Bä! Dann lass uns woanders hin gehen."

"Bist du verrückt geworden? Überall sonst müssten wir Stunden verbringen und von Laden zu Laden rennen. Was meinst du wohl, warum ich immer zu meiner Schwester gehe?", fragte Shane und wirkte wirklich schockiert.

"Ich werde auch woanders zügig etwas finden. Versprochen!", antwortete sie.

"Du wirst nirgends etwas Besseres finden. Das hier ist ein richtiger Trendclub. Hier kommt man nur rein, wenn man Rang und Namen hat, also sei einfach froh!"

Maya bezweifelte doch stark, dass es hier etwas geben

sollte, das so perfekt für sie und diesen Abend war, aber nun gut, sie ließ sich gerne eines Besseren belehren.

"Hier", sagte Carry und drückte ihr ein royalblaues Top in die Hand.

"Okay, und was dazu?", fragte Maya skeptisch, da sie eigentlich lieber ein Kleid gehabt hätte.

Auf Carrys verständnislosen Blick hin sagte Maya: "Na, irgendeine Hose oder einen Rock?"

Carry sah sie an, als würde sie an ihrer Intelligenz zweifeln, ehe sie antwortete: "Das ist ein Kleid."

Maya hielt das *Kleid* ein Stück von sich weg. *Nie im Leben!*

"Probier es einfach, Maya. Wenn Carry etwas aussucht, passt es immer zu 100%", unterbrach Shane ihre Gedanken und deutete auf eine Kabine.

Nur um zu beweisen, dass die große Carry nicht allmächtig ist, schlüpfte Maya hinein. Sie zog sich bis auf die Unterwäsche aus und streifte sich das blaue Etwas über.

Okay, es konnte wohl tatsächlich als Kleid durchgehen. Im Endeffekt bestand das Ding aus einem einzigen trägerlosen Stoffschlauch, der hauteng war und ungefähr bei der Hälfte ihrer Oberschenkel endete.

Sie sah ziemlich sexy darin aus, das musste Maya Carry zusprechen. Aber mit einem BH konnte sie dieses Ding definitiv nicht tragen. Nicht nur, dass die Träger sichtbar wären, durch den dünnen, engen Stoff zeichnete sich auch jede Unebenheit ab. Maya war froh, dass sie keine Orangenhaut hatte, denn die würde in diesem Kleid sicherlich zur Geltung kommen.

Ohne BH sah sie wirklich sehr heiß aus. Mann o Mann. wenn sie da keinen Mann aufreißen würde, dann gar nicht.

Maya trat vor die Kabine und sah mit Genugtuung, wie Shane die Kinnlade nach unten fiel.

"Wow, Honey!", sagte er dann mit rauer Stimme und trat langsam näher. Maya betrachtete sich währenddessen in dem großen Spiegel. Shanes Finger fuhren den Abdruck, den ihr String unter dem Kleid hinterließ, nach.

Maya schlug seine Hand beiseite und konterte auf die nicht gerade subtile Anspielung auf ihre ein wenig besser bestückten Körperrundungen: "Das ist kein Speck und jetzt nimm deine Griffel von mir!"

Shane räusperte sich zwei Mal, ehe er antwortete: "Ich wollte lediglich sagen, dass du den nicht darunter tragen darfst. Ich finde es schön, dass du nicht so kantig bist."

"Oh", mehr fiel Maya nicht zur Antwort ein, also wandte sie sich schnell wieder ihrem Spiegelbild zu. Er hatte recht, aber konnte sie wirklich lediglich in diesem Stofffetzen gehen?

"Da werden viele Frauen sein, die wesentlich weniger anhaben", sagte Carry, ohne von dem Magazin, in dem sie blätterte, aufzusehen.

Maya sah zweifelnd zu Shane, doch der nickte nur zustimmend. Also gut, dann eben dieses.

"Und das zweite?", fragte Maya deshalb.

"Bekommst du, wenn du in zwei Wochen noch da bist", antwortete Carry, immer noch ohne sie anzusehen.

"Hey!"

"Wenn du so bist, wie ich denke, hat er bis dahin schon die Schnauze voll von dir. Wenn du nicht so bist, hast du sie voll von ihm, so oder so, du bist in zwei Wochen nicht mehr da. Also vergib mir bitte, wenn du nicht meine neue beste Freundin wirst."

"Das reicht, Carry", sagte Shane erstaunlich scharf und schob Maya zurück in ihre Kabine.

"Zieh dich um, Maya, und ignorier sie einfach."

Er hatte die Tür zur Kabine bereits geschlossen, als Maya ihn zischen hörte.

"Halt verdammt nochmal deinen Mund, wenn du nichts Produktives zu sagen hast! Und jetzt gib mir, was sie sonst noch so alles dazu braucht."

"Gott, Shane, du lernst es nie. Diese Weiber nehmen dich doch nur aus wie eine Weihnachtsgans!"

"Das geht dich nichts an und wie gesagt, sie ist Skys

beste Freundin."

"Die ist doch auch nicht anders!"

"Lass es einfach, Carry. Nicht jeder ist so verbittert wie du!"

Shanes Laune war eindeutig getrübt, als sie zurück zu JB-Industrials fuhren.

"Bis heute Abend, Maya", sagte Shane, als sich ihre Wege trennten.

"Wie jetzt, du fragst mich nicht nach einem Date?", fragte Maya, um seine Stimmung wieder zu heben.

"Hat sich deine Meinung geändert?", fragte er, dieses Mal mit einem kleinen Lächeln um seine Mundwinkel.

"Niemals, Loverboy!", sagte Maya breit grinsend.

Auch Shane lächelte und ging dann kopfschüttelnd, die Hände in den Hosentaschen, davon.

"Shanes Schwester ist seltsam!", sagte Maya zu Sky, als diese sie am Samstagnachmittag abholte.

"Hmm, Ryan sagt, sie ist eine Giftspritze und dass sie nur Shane mag und sonst niemanden. Als ich Cat mal nach ihr gefragt habe, hätte sie mir beinahe die Augen ausgekratzt."

"Dann bin ich ja froh, dass es zumindest nicht an mir lag", antwortete Maya achselzuckend.

"Ich muss Shane noch nach dem Preis für das Kleid fragen. Als ich mich umgezogen hatte, hat er mich einfach nach draußen gezogen."

"Ich glaube, das liegt weit außerhalb deines Budgets, Maya. Carry ist eine der gefragtesten Designerinnen in diesem Bundesstaat."

"Oh, kein Wunder, dass sie mir kein zweites geben wollte."

Mit einem kleinen Lächeln im Gesicht machten Sky und sie sich auf, um sich Haare und Make-up machen zu lassen.

"Mit diesen Schuhen bin ich fast so groß wie Zoey, was meinst du, Sky?"

"Ja, ich glaube auch und wow, ehrlich, du siehst spitze aus!"

Auch Maya gefiel sich. Das Kleid saß wie eine zweite Haut. Die Highheels waren in der gleichen Farbe wie das Kleid und hatten verdammt hohe, verdammt dünne Absätze.

Mit Sicherheit würden ihr später die Füße wehtun. Ihre langen braunen Locken hatte sie mit viel Schaum zu einer wilden Mähne geknetet. Große, silberne Kreolen und ein dünnes, silbernes Armkettchen komplettierten ihr Outfit.

Das Wissen, dass sie keine Unterwäsche trug, ließ sie sich sehr verrucht fühlen.

Die beiden Freundinnen gingen zusammen in die Eingangshalle des Konzerns, in der Shane und Ryan bereits auf sie warteten. Beide stocken in ihren Bewegungen, als sie die Freundinnen erspähten, und Shane pfiff leise durch die Zähne.

"Wow, mir fehlen die Worte, Mädels", sagte er schließlich und ließ dabei immer wieder seinen Blick über Mayas Körper wandern.

"Bitte, Sky, kannst du dir nicht etwas anziehen?", jammerte Ryan.

"Ich habe etwas an, Ryan", fauchte Sky sofort zurück.

"Etwas, das ein wenig mehr von diesen hübschen Beinen verdeckt?", bettelte Ryan

"Ryan! Das hatten wir alles schon..."

SHANE

Den Streit zwischen Ryan und Sky blendete Shane komplett aus. Diese Göttin, die vor ihm her zum Auto lief, raubte ihm jeden klaren Gedanken. Dieses Kleid, das jeden Zentimeter ihres herrlichen Körper präsentierte … Ahhhrrrrgg!

Shanes Schwanz meldete sich bereits wieder und seine

Hände zuckten immer wieder zu ihrem Hintern. Allein der Gedanke daran, dass sie vollkommen nackt unter diesem bisschen Kleid war und nur sie beide das wussten, pumpte Unmengen an Blut in sein bestes Stück.

Das würde ein sehr langer, sehr anstrengender Abend werden! Shane bemühte sich, den Gentleman raushängen zu lassen. Er half Maya in ihren Mantel, hielt ihr die Tür auf, half ihr ins und später aus dem Auto und half ihr auch wieder aus ihrem Mantel.

Und Maya ... ignorierte es einfach. Stattdessen bestaunte sie den großen VIP Bereich des Clubs und überschüttete Chris geradezu mit Komplimenten.

"Das ist wirklich der Wahnsinn, Chris. Dass du dir das alles allein aufgebaut und so einen riesigen Club zu leiten hast. Wow!"

Stimmt, einen riesigen Konzern zu leiten, ist wirklich nichts dagegen. Vielen Dank für deine Wertschätzung, Maya! Gott, seit wann war er denn so sarkastisch?

Shane blieb ihr die ganze Zeit dicht auf den Fersen. Nicht, dass einer seiner Kumpels noch auf die Idee kam, sie anzubaggern. Also lief er ihr nach, stellte sich immer dicht neben oder hinter sie, sodass es auch wirklich jedem männlichen Wesen in diesem Club klar wurde, dass diese Göttin ihm gehörte!

Nachdem sie ungefähr eine Stunde im Club waren, drückte Maya ihn mit einer Hand auf seiner Brust von sich.

"Mein Gott, Shane, rück mal ein Stückchen ab von mir! Wie zum Teufel soll ich einen Mann kennenlernen, wenn du keinen Zentimeter Luft zwischen uns lässt?", fragte Maya sichtlich genervt.

GAR NICHT!!!, schrie es in Shanes Innerem. Da er ja schließlich keinen Anspruch auf sie hatte, konnte er nicht laut schreien.

Widerwillig wich er einige Zentimeter zurück und sah sich dabei argwöhnisch um, ob irgendein Idiot es bereits auf sie abgesehen hatte.

Mit verschränkten Armen stand Maya vor ihm und tippte unaufhörlich mit der Fußspitze auf den Boden. Das Geräusch hätte ihn eigentlich wahnsinnig gemacht, da die Musik aber so laut war, bekam er davon nichts mit.

"Was?", fragte er genervt, weil sie ihn erst so abschob und dann auch noch wütend auf ihn war.

"Bleib!", befahl sie, als wäre er ihr Hund, und ging ungefähr zwei Meter von ihm weg. Dann deutete sie auf den Platz zwischen ihnen und rief: "Mindestabstand, Shane!"

Ohhh, dieses Weib!

MAYA

Chris Club war der Hammer! Die Musik war einsame Spitze. HipHop, R'n'B, Black Soul. Alles, was Maya gerne hörte.

Der VIP Bereich lag etwas erhöht, sodass man den perfekten Überblick über die komplette Area hatte. Im hinteren Bereich standen viele bequeme Sofas und Tische, für die Getränke, die hier sogar serviert wurden. Im vorderen Bereich gab es eine separate Bar und eine kleine Tanzfläche, von der aus man sofort auf den Floor gehen konnte.

Einige der Jungs hatten sich bereits Frauen aus der Masse geholt. Es war komisch anzusehen, wie all die jungen Frauen sich so anboten. Sie wackelten in wirklich knappen Klamotten direkt vor der Absperrung herum und versuchten, die Aufmerksamkeit einer der VIP Gäste zu erregen.

Carry und Shane hatten Recht gehabt. Maya hatte bei weitem nicht am wenigsten an, wenn man manche der Frauen hier so ansah.

"Der Club ist spitze, stimmt's?", fragte Sky, die gerade neben sie getreten war.

"Allerdings! Aber kommt es mir nur so vor oder sind

wir so ziemlich die ältesten hier?"

"Ja, du hast Recht, die meisten sind noch keine 23, wenn du mich fragst."

"Dann sag mir mal bitte, wie ich hier meinen Traummann finden soll?", lachte Maya.

"Hmm ... ich weiß nicht, vielleicht solltest du es mal mit den Jüngeren probieren, wenn die in unserem Alter alle nichts sind."

"Ja, genau! Vielleicht sollte ich es mal wie Madonna handhaben", antwortete sie.

"Was meinst du?"

"Ich nehme mir nur noch Männer unter 25 Jahren mit ins Bett. Madonna sagte doch: 'Sie wissen nicht was sie tun, aber sie tun's die ganze Nacht!', also ..." Mayas Satz endete in einem ausgiebigen Lachen.

"Gott Maya, du bist definitiv CUV! Such dir endlich einen Mann!"

Kopfschüttelnd ging Sky davon. Allein unter den Hupfdohlen von Fire&Ice wollte Maya nicht tanzen, also bahnte sie sich einen Weg durch die jungen Mädchen und verließ den VIP Bereich.

SHANE

Sie bahnte sich einen Weg durch die Geier in Richtung Tanzfläche. Bei jedem Schritt schwang ihr Götterarsch von links nach rechts. Ganz automatisch erhob sich Shane, um ihr zu folgen.

"Wo willst du hin, Shane?", fragte Brandon, der gerade eines der Mädchen von seinem Schoß schob.

"Ein bisschen nach vorn schauen", antwortete Shane vage und zeigte auf die Absperrung, die den VIP Bereich vom Floor trennte.

Brandon nickte, um ihm zu bedeuten, dass er mitkommen würde.

Vorne angekommen lehnten sich beide mit den Unterarmen auf das Gatter und sahen nach unten in die

Menge. Shane erspähte Maya sofort und fixierte sie mit seinem Blick.

"Krasse Sache, das mit Ty, oder?", fragte Brandon.

"Ja, auf jeden Fall! Wer hätte gedacht, dass er der erste von uns ist, der unter die Haube kommt?"

"Yeah. Aber es gefällt mir. Wenn ich einmal die Mutter meiner Kinder treffe, werde ich auch nicht lange fackeln. Hört sich vielleicht komisch an, aber ich möchte schon einmal eine Familie haben. Jetzt noch nicht, aber wer weiß, in zwei Jahren oder so könnte ich mir schon vorstellen, Familienvater zu sein. Ganz klassisch, verstehst du? Vorstadthaus, weißer Gartenzaun und eine Horde voll Kinder."

"Mein Gott, Bran! Was bist du? Eine Pussy?", sagte Shane, der sich seinem Freund mit weit aufgerissenen Augen zugewandt hatte.

"Nein, aber im Gegensatz zu dir auch kein Frauen verschleißender Wichser! Pass gut auf, Shane. Maya ist eine ziemlich tolle Frau und würde so eine mir über den Weg laufen, würde ich sie nicht mehr gehen lassen. Sie ist eine richtige Frau, Shane, kein Geier! So eine gibt es nicht allzu oft da draußen. Leider hat sie nur Augen für dich, sonst hätte ich schon in Talin mein Glück versucht. Die guten sind einfach immer schon vergeben. Schau genau hin und dann schnapp sie dir, verdammt nochmal!", beendete Brandon seinen Vortrag, gab Shane noch einen Klaps auf den Hinterkopf und ging zurück zu den Sofas.

Shane wandte seinen Blick wieder zurück zur Tanzfläche. Ja, Brandon hatte Recht. Maya war wirklich etwas Besonderes. Sie tanzte unter all diesen Menschen und stach trotzdem hervor.

Die Art, wie sie sich zu dem Beat bewegte, zog die Männer förmlich an und auch Shane konnte seinen Blick nicht von ihr lösen. Ihre Hüften wiegten sich im Takt und ihr Prachtarsch schrie bei jeder Bewegung nach Sex. Sie war wild, leidenschaftlich, sexy, prall, schön. Maya war Sex auf zwei Beinen und Shane musste sie haben.

Sie tanzte sexy, verrucht und irgendwie dreckig. Eine Frau, die es geschafft hatte, über ein halbes Jahr durch seinen Kopf zu spuken, würde auch im nächsten halben Jahr nicht verschwinden, sofern er sie nicht endlich knallen konnte!

Dass sie mit allen anderen tanzte, machte Shane ziemlich wütend! Immerhin war er es, der ihr seit Tagen die Füße küsste, er wollte auch die Lorbeeren dafür ernten.

In diesem Moment schmiegten sich zwei der Geier links und rechts an seinen Arm.

"Hey, Shane", flöteten sie unisono.

Nach einem kurzen Blick und einem kleinen Nicken lenkte er seine Aufmerksamkeit zurück auf Maya, die gerade ziemlich dreist von einem Mann angetanzt wurde.

Dumm und Dümmer quatschen währenddessen weiter auf ihn ein und rieben ihre kleinen Körper an ihm. Hier und da wurde er von einem Knochen gepiekt, was er noch nie hatte leiden können.

Blöderweise schien das unter den Geiern irgendwie Mode zu sein, da er seit Jahren nur noch solche Knochengerüste zu Gesicht bekam.

In dem Moment, als einer der Geier an seinem Hals zu knabbern begann, trafen sich Shanes und Mayas Blicke. Sie sah in etwa so angeekelt aus, wie Shane sich fühlte, daher beschloss er, sie beide zu retten.

"Hört mal, Mädels, ich bin dieses Wochenende in Begleitung da, aber wir können uns gern nächsten Samstag treffen!"

Die Mädchen schienen erst ein wenig enttäuscht, ließen sich aber schnell auf die nächste Woche vertrösten.

Energischen Schrittes ging er dann hinab in den Floor. Jetzt wurde es Zeit, Nägel mit Köpfen zu machen und Maya zu erobern!

Sie tanzte mit dem Rücken zu ihm. Und Baby, sie wusste, wie sie sich bewegen musste, damit die Männer schon vom Zusehen hart wurden. Ihre Körpersprache versprach einem den Himmel auf Erden, sollte man sie in die Arme bekommen. Shanes Schwanz zuckte zustimmend. Maya war heiß und Shane wollte, dass jeder sah, dass sie ihm gehörte!

Maya selbst sollte es wissen. Für Shane war hier und jetzt Schluss mit lustig. Sie musste ein für alle Mal begreifen, dass hier nach seinen Regeln gespielt wurde!

Shane trat hinter sie und zog sie grob an ihren Hüften zurück, bis dieser Arsch, von dem er seit Monaten träumte, endlich seinen Schwanz berührte. Sie schnappte überrascht nach Luft, doch Shane beruhigte sie sofort.

"Meinst du im Ernst, du kannst diesen geilen Arsch den ganzen Abend vor meiner Nase schwingen, ohne mir endlich zu geben, wonach mein Schwanz schon so lange schreit, Honey?", raunte er ihr ins Ohr und drückte seinen harten Schwanz in ihre Pospalte.

"Lass mich in Ruhe, Shane, ich versuche, einen Mann zu finden!", sagte sie, aber ihr Protest klang schwach.

"Du hast mich, Honey! Und glaub mir, wenn ich mit dir fertig bin, hast du keine Kraft mehr für mehr!"

Während der ganzen Zeit bewegten sie sich zum Takt der Musik und Mayas Hüftschwung an seinem zum Bersten gefüllten Schwanz brachte ihn beinahe um.

"Ich werde nicht mit dir schlafen, Shane", sagte Maya, aber auch das klang nicht wirklich ernst gemeint.

"Nein, das wirst du nicht, Baby! Ich werde dich einfach über das nächste Möbelstück beugen und dich hart ficken, Honey. So heftig, dass du das nächste Mal gleich zu mir kommst, wenn du einen ordentlichen Fick nötig hast, und nicht erst hier vor allen anderen so eine Show abziehst!" Mit diesen Worten presste er seinen Schwanz noch fester gegen sie und biss sie in den Übergang zwischen Hals und Schulter.

Maya stöhnte unterdrückt auf, doch Shane hörte es trotzdem. Sie war genauso scharf wie er und er würde es nicht mehr länger aushalten.

"Ich weiß, dass du es auch willst, Honey. Komm schon, lass dich fallen. Wir verbringen beide einfach eine unvergessliche Nacht miteinander", raunte er mit heiserer Stimme in ihr Ohr, während er sich unaufhörlich zum Takt bewegte.

Mayas Körper wurde immer weicher in seinen Armen. Auch wenn ihr Kopf noch nicht vollständig aufgegeben hatte, ihr Körper kapitulierte bereits. Sie schmiegte sich an ihn und Shane gab ihr, wonach sie sich sehnte. Eine Hand ließ er nach oben wandern, die andere schob er quer über ihre Hüften, um sie noch fester an seinen Lenden zu fixieren.

"Komm schon, Kleines, ich weiß, wo wir hingehen können", raunte er ihr zu, während er mit seinem Daumen über die Außenseite ihrer Brust fuhrt.

Ein klein wenig zögerte sie noch, also sagte er, was sie hören wollte: "Komm schon, Honey, ich brauche dich!", und es war das erste Mal, dass diese Worte nicht gelogen waren. Er sehnte sich so sehr nach ihr. Seit Monaten spukte sie durch seinen Kopf.

Ihr Nicken war minimal, doch es war mehr als genug für Shane. Tanzend und streichelnd bewegte er sie beide zu den VIP Toiletten. Sie sollte jetzt nur nicht zu denken beginnen. Dann hätte er verloren, das war Shane nur allzu klar.

Am Ziel angekommen, manövrierte er sie von innen gegen die Tür und sperrte ab.

"Endlich!", raunte er, ehe er sie leidenschaftlich küsste. Sie schmeckte köstlich. Süß und fruchtig, genauso wie er sich ihre Pussy vorstellte. Ihre Lippen waren weich und sie erwiderte seinen Kuss ausgehungert.

Shane presste sich gegen sie und ließ sie spüren, wie hart er bereits war. Ungeduldig zog sie an seinem Shirt und Shane streifte es sich über den Kopf.

"Ja", flüsterte sie mit funkelnden Augen und fuhr mit ihren Fingern über seine Brust. Er hatte jetzt keine Zeit für Erkundungstouren. So lange hatte er auf das hier warten müssen. Mit einer Hand in ihrem Nacken, fixierte er sie erneut für einen Kuss. Seine zweite Hand ließ er zwischen ihre Beine wandern und stöhnte an ihrem Mund, als er ihre rasierte Spalte fand. Heiß, weich, geschwollen und nass.

Auch Maya stöhnte an seinen Lippen, leckte darüber und schob auffordernd ihr Becken nach vorne.

"So ungeduldig?", murmelte er und küsste sie erneut. Seine Finger strichen wieder und wieder über sie, ohne ihr zu geben, was sie sich so sehr ersehnte. Als sie sich schon fast grob gegen ihn presste vor lauter Erregung, ließ er zwei Finger in sie gleiten.

Laut stöhnte sie auf.

"Mein Gott, Baby, so lange warte ich schon auf dich. Du fühlst dich so verdammt gut an, Honey!"

Einige Male ließ er seine Finger in sie gleiten, ehe er sie zum Waschtisch schob. Er wollte sie noch einmal küssen, doch Maya drehte sich weg. Sie stemmte ihre Hände auf die Ablage und stellte sich mit leicht gespreizten Beinen vor ihn.

"Fick mich endlich!", sagte sie rau. Shane fiel auf, dass irgendetwas nicht ganz stimmte. Er selbst war aber viel zu erregt, um auf die Zwischentöne zu hören, wenn die Worte selbst es doch waren, die er sich seit über sieben Monaten so sehr zu hören gewünscht hatte.

"Yeah, Baby", flüsterte er heiser, während er das kurze Kleid über ihren Prachtarsch schob. Mit beiden Händen knetete er ihr pralles Hinterteil, während seine Daumen immer wieder über ihre Spalte glitten.

Die langen durchgestreckten Beine, die in den unverschämt hohen Highheels steckten, machten ihn ganz wahnsinnig.

Immer unruhiger wurden ihre Bewegungen und auch für Shane selbst war es jetzt genug.

Er schob sich Jeans und Shorts herunter und streifte sich ein Kondom über. Eine Hand an ihrer Hüfte, platzierte er seinen steinharten Schwanz an ihrer nassen Öffnung.

Zentimeter für Zentimeter schob er sich tiefer in sie. Ungefähr bei der Hälfte musste er schwer atmend innehalten. Er zog sich ein Stück zurück, nur um sogleich wieder in sie zu stoßen.

Diesmal konnte er sich bis zur Wurzel in sie versenken. Beide stöhnten laut auf und Shane legte auch seine zweite Hand an ihre Hüfte.

"Fuck, Baby, das ist mit Abstand das Beste, was ich seit langem hatte!", sagte er und presste sich auf den letzten Millimeter in sie.

Er begann, sich in ihr zu bewegen, fixierte sie dabei fest an ihrer Hüfte. Zuzusehen, wie sein Schwanz in sie hinein und hinaus glitt, machte ihn rasend. Immer kräftiger pumpte er in ihr williges Fleisch.

Als er in den Spiegel sah, bemerkte er, dass sie schwer atmend auf den Waschtisch starrte. Tief in ihr vergraben hielt er inne. Sie wimmerte, hob aber nicht den Blick.

"Sieh mich an, Honey!", raunte er und ließ dabei sein Becken aufreizend kreisen. Sie stöhnte, hob ihren Blick aber immer noch nicht.

"Oh nein, Kleines!", sagte Shane scharf und griff in ihre Haare. Er zog ihr den Kopf in den Nacken, sodass sie seinen Blick im Spiegel erwidern musste. Dann verpasste er ihr einen harten Stoß mit seinem Schwanz.

"Du wirst hinsehen und dir merken, wer es dir hier so besorgt hat, Baby!" Er stieß noch einmal hart in sie.

Sie wimmerte, doch Shane zog noch einmal an ihren Haaren, ehe sie ihre Augen schließen konnte. Sie würde sich keinen anderen Mann vorstellen, während er sie nahm!

Seine Stöße nahmen wieder an Tempo zu, verloren aber nichts von ihrer Härte. Bei jedem Aufeinanderprallen ihrer Körper klatschten seine Lenden an ihren Arsch. Lang würde er das nicht mehr aushalten, dafür fühlte sie sich einfach zu gut an. Vor allem hatte er dafür einfach zu lange auf sie gewartet.

Eine Hand an ihrer Hüfte und eine in ihren Haaren, befahl er: "Sag mir, wer dich fickt, Honey. Sieh hin und sag es mir."

Sie wimmerte nur, daher packte er sie noch ein wenig fester und sagte mit entschlossener Stimme: "Sag es mir! Sonst höre ich jetzt sofort auf!"

Die ganze Zeit über stieß er in sie und spürte bereits ihre ersten Kontraktionen.

"Shane", wimmerte sie und kam ihrem Orgasmus noch ein Stückchen näher.

"Lauter!", befahl er und beschleunigte noch einmal.

"Shane!", schrie sie und sein Name ging in das Stöhnen ihres Orgasmus über. Ihre Muskeln melkten ihn und er konnte nur noch zweimal in sie stoßen, ehe er sich tief in ihr ergoss.

Schwer atmend standen sie vor dem Waschtisch, als Shane sich langsam von ihr löste.

Dieser Fick war der absolute Hammer gewesen. Dass sie aber nicht wahrhaben wollte, wer sie da nach allen Regeln der Kunst vögelte, wurmte ihn gewaltig.

Schweigend sortierten sie ihre Kleidung.

"Maya", begann Shane, doch diese schüttelte resolut ihren Kopf.

"Ich weiß, Shane. Du brauchst nichts zu sagen. Das hier war Sex und mehr nicht. Alles in Ordnung wirklich!"

Sie lächelte, doch Shane war sich nicht sicher, wie echt dieses Lächeln wirklich war.

Er trat zu ihr, um sie noch einmal zu küssen. Der bittere Beigeschmack, den diese Unterhaltung hatte, gefiel ihm ganz und gar nicht.

Sie wich zurück. "Alles in Ordnung, Shane. Ehrlich!"

Er glaubte ihr nicht, aber was sollte er schon tun? Also fragte er sie: "Freunde?"

Sie atmete tief aus und antwortete lächelnd: "Freunde."

Mit diesem seltsamen Lächeln im Gesicht verließ Maya den Raum.

Als er ihr kurze Zeit später folgte, sah er sie zusammen mit Sky an der Bar lachen. Gut, sie sollte sich genauso gut fühlen wie er. Seit Ewigkeiten war er nicht mehr so befriedigt gewesen.

Sex mit Maya war der Hammer und definitiv nichts einmaliges, wenn es nach ihm ging.

"Ich könnte kotzen, wenn ich dieses selbstgefällige Grinsen in deinem Gesicht sehe!", sagte Brandon und funkelte ihn aus zusammengekniffenen Augen an.

"Was ist dein Problem, Bran?"

"Du bist mein Problem! Weil du ein selbstverliebtes Arschloch bist! Haben wir nicht vor einer Stunde darüber gesprochen, dass sie etwas Besseres ist? Und du schleppst sie in dieses Loch, um sie dort zu vögeln?"

"Das geht dich einen Scheiß an, Bran! Also nochmal, was ist dein Problem?"

Die beiden standen mittlerweile Brust an Brust, beide bis aufs Äußerste angespannt.

"Da steht die Frau deines Lebens und du behandelst sie wie ein Flittchen!"

"Wir haben alles geklärt, Bran. Zwischen Maya und mir passt alles. Der Einzige, der hier Terror schiebt, bist du. Geh ficken, dann kannst du vielleicht wieder klar denken!", schnauzte Shane zurück.

"Das reicht jetzt, Jungs! Ich will keinen Stress in meinem Club und erst recht nicht in der Lounge. Also Schluss jetzt!", ging Chris dazwischen und schob die beiden mit einer Hand auf jeder Brust auseinander.

Die beiden maßen sich noch mit Blicken, ehe jeder seinen eigenen Weg ging.

MAYA

"Hast du nicht!", rief Sky schockiert aus.

"Schschsch! Schrei es doch noch lauter! Ich glaube, der Türsteher hat dich noch nicht gehört!"

Das wiederum veranlasste Sky dazu, lauthals zu lachen. Maya hingegen war das alles mehr als nur unangenehm.

Wie sie sich so hatte gehenlassen können, war ihr wirklich ein Rätsel. Ja, natürlich war sie kein

Unschuldslamm mehr, aber sich von einem mehr oder weniger fremden Mann in einem Club auf der Toilette vögeln zu lassen, war überhaupt nicht ihre Art! Maya vergrub ihr Gesicht in ihren Händen.

"Gott, ich bin so eine Schlampe!"

"Quatsch, Maya! Du warst es doch, der mir gesagt hat, ich solle einfach mal meinen Spaß haben. Du genauso, Süße! Versteif dich doch nicht so auf dieses Familiending! Torschlusspanik kannst du auch noch mit 35 Jahren bekommen!"

"Aber ich hätte doch zumindest nach Hause fahren müssen."

"NEIN! Lass sie nur niemals in deine Wohnung! Ich habe diesen Fehler einmal gemacht und er ist immer noch da!", sagte Sky verschwörerisch.

"Über was streitet ihr eigentlich?", fragte Maya.

"Ryan ist stocksauer, dass Nina Ty jetzt schon heiratet und ich nicht nachgebe."

"Mann Gottes, warum konntest du nicht Shane nehmen? Ihr zwei habt die gleichen wirren Gedankengänge. Ryan und ich wären dann jetzt schon glücklich verheiratet und hätten eine Handvoll Kinder."

"Richtiger Gedanke, falsche Frau, die ihn äußert", mischte sich jetzt auch Ryan in das Gespräch ein, der sich hinter Sky gestellt hatte.

"Macht das mal schön unter euch aus! Ich will nach Hause!", sagte Maya und ignorierte Skys besorgten Blick.

Da die anderen noch bleiben wollten, brachte Brain, Skys Buddy, sie nach Hause. Ihre Gedanken drehten sich im Kreis. Sie hatte Sky nicht die ganze Wahrheit erzählt.

Nicht allein die Tatsache, dass sie Sex mit Shane auf einer Clubtoilette gehabt hatte, schockierte sie so sehr. Dass sie ihn immer noch so wahnsinnig begehrte, traf sie noch viel heftiger. Es gab genau zweit Sorten Sex in ihrem Leben.

Sex, der vielleicht sogar gut war, bei dem es ihr aber

trotzdem nach dem ersten Mal reichte, und Sex mit Männern, in die sie sich auf Dauer verlieben würde.

Da Shane ganz bestimmt kein geeignetes Objekt in Sachen Liebe und Lebensplanung war, musste Maya ihn ein wenig auf Abstand halten.

Statt Schafe zu zählen, erstellte sie zum Einschlafen eine Liste an Dingen, die wirklich schlecht an Shane waren und warum sie sich auf keinen Fall auf ihn einlassen sollte.

1) *Er will keine Beziehung.*
2) *Er ist bi,* glaubte sie zumindest, nachdem er in Talin einen Dreier mit Zoey und Jonas gehabt hatte.
3) *Er will keine Beziehung.*
4) *Er schläft jedes Wochenende mit einem anderen Mädchen.*
5) *Er will keine Beziehung.*
6) *Er ist verantwortungslos und immer nur auf seinen eigenen Spaß bedacht ...*

5 BITTE MEHR DAVON

MAYA

Ein Klingeln riss sie mehr und mehr aus ihrem Schlaf. Dass Shane ihr unter der Woche so früh auf den Keks ging, konnte Maya ja noch einigermaßen nachvollziehen. Dass er sie an einem Sonntagmorgen um 10 Uhr aus dem Bett klingelte, wo sie doch alle am Vorabend beim Feiern gewesen waren, fand Maya mehr als unverschämt!

Wütend wie sie war, stapfte sie zur Wohnungstür und riss sie auf, um den unverschämten Kerl vor die Hunde zu jagen.

"Du!", dann verstummte Maya schon wieder.

"Brandon?", fragte sie verwirrt.

"Ähm hey, guten Morgen. Ich dachte, ich bringe dir Frühstück."

"Danke, komm doch rein. Womit habe ich das denn verdient?", fragte Maya verwirrt.

Brandon trat an ihr vorbei in Richtung Küche.

"Nun ja, irgendjemand muss die Ehre der Männer ja hoch halten ... ich wollte nicht, dass Shane dir den Eindruck vermittelt, dass alle so wie er denken."

So ganz kam Maya bei Brandons Gerede nicht mit und

war daher dankbar, dass sie einen Kaffee in die Hand gedrückt bekam.

Ganz selbstverständlich bewegte er sich in der Küche und deckte den Tisch.

"Woher weißt du, wo sich alles befindet?", fragte Maya mit gerunzelter Stirn.

"Ich habe hier einige Monate gewohnt, als ich mein Haus renoviert habe. Hör mal, ich brauche noch fünf Minuten, willst du dir vielleicht eine Hose anziehen? Dir wird kalt werden."

Verwirrt sah Maya an sich hinab und quiekte dann. Vor lauter Zorn war sie, lediglich in ein großes T-Shirt gehüllt, an die Tür gestürmt. Schnell stellte sie ihren Kaffee ab und eilte zurück ins Schlafzimmer.

"Mein Gott, Brandon! Willst du mich mästen?", fragte Maya, als sie angezogen, gekämmt und gewaschen zurück in die Küche kam.

"Ich hab eh schon ein paar Kilo zu viel drauf, seit Gregor es auf mich abgesehen hat, weil er keine Nina mehr zum Bemuttern hat."

"Du hast kein einziges Kilo zu viel, Maya. Die meisten Frauen sind nur unterernährt", sagte Brandon ruhig und streichelte damit Mayas Ego.

"Das ist sehr lieb von dir, Brandon."

"Weißt du, Maya, du bist wirklich etwas Besonderes und ich möchte wirklich gern vermeiden, dass Shane deine Meinung über Männer versaut."

"Keine Sorge, dafür haben schon einige vor ihm gesorgt."

"Shane ist ein Arsch und er sieht es noch nicht einmal ein."

"Ich weiß", sagte sie lediglich und widmete sich dann ihrem Frühstück.

Eine Weile aßen sie schweigend. Einen Gedanken, der Maya nicht mehr los ließ, musste sie unbedingt äußern.

"Du ... du denkst jetzt aber nicht ... also, dass du dich hier so einreihen kannst oder so ..."

"Nein! Gott, nein, Maya, natürlich nicht! Ich wollte lediglich klar machen, dass nicht jeder Mann so ist wie Shane. Ich meine, ich bin auch kein Unschuldiger, aber ein Blinder würde den Unterschied zwischen dir und einem der Geier erkennen."

"Tja, dieses Unvermögen liegt dann wohl in der Familie ... Carry war wohl der Meinung, dass ich eines dieser Mädchen bin."

Brandon verzog angewidert das Gesicht.

"Uhh, Carry, sie ist wie einer dieser bellenden, bissigen Terrier", antwortete Brandon und schüttelte sich dabei, als müsste er etwas sehr Unangenehmes loswerden.

Sie prusteten beide los, bis das Klingeln der Haustür sie unterbrach.

Mayas schlimmste Befürchtungen bestätigten sich.

"Hey Shane. Was machst du hier?"

"Frühstück!", gab dieser gut gelaunt zurück.

"Hatte ich schon. Danke."

"Wow, bist du aber schlecht gelaunt. Sicher, dass du schon einen Kaffee hattest?", fragte er und drückte sich ohne weitere Einladung an ihr vorbei. Eilig folgte Maya ihm und versuchte noch, ihn davon abzuhalten, ganz in den Küchenbereich zu gehen.

"Was zum Teufel machst du hier, Bran?", schnauzte Shane, als er Brandon entdeckte.

"Schadensbegrenzung."

"Wir hatten das schon gestern!"

"Ich wiederhole es heute gern nochmal für dich, Shane!"

"Jetzt mal langsam, Jungs. Brandon war so nett und hat mir Frühstück gemacht, also lass ihn in Ruhe, Shane", sagte Maya und versuchte, die beiden zu beruhigen.

"War er etwa über Nacht hier?"

"Nicht, dass es dich etwas angeht, aber nein, war er nicht."

Shane entspannte sich zwar ein wenig, aber die beiden maßen sich immer noch mit Blicken, daher fragte Maya betont ruhig, wie sie es auch immer mit den Kindern in ihrer Gruppe gemacht hatte, wenn diese sich stritten: "Können wir in Ruhe zu dritt frühstücken oder wollt ihr beide nach Hause gehen?"

Beide sahen sie mit großen Augen an und setzten sich dann vor sich hin grummelnd je auf einen Stuhl.

"Hier, einen Teller für dich, Shane, und jetzt esst."

Nach einer weiteren Stunde konnte sie die beiden endlich vor die Tür setzen.

6 ÜBERRANNT

SHANE

In den nächsten Tagen war Maya stets freundlich zu ihm, aber immer irgendwie reserviert. Shane fand keinen richtigen Zugang mehr zu ihr und er hatte das Gefühl, dass, je mehr er sich bemühte, sie umso kühler wurde.

Während der Donnerstagsrunde füllte er alle an ihrem Tisch ab. Eine Runde Shots nach der anderen, bis er sah, dass Mayas Blick ein wenig unscharf wurde.

So würde er sie zum Reden bringen können. Sanft verfrachtete er sie in den wartenden Wagen und setzte sich dann zu ihr auf die Rückbank.

"Also, Honey, dann erzähl mal, was ist los mit dir?"

"Hm?", fragte sie und machte es sich bequem, als hätte sie vor, die Fahrt über zu schlafen.

Also nahm er ihr Kinn zwischen Daumen und Zeigefinger und zwang sie so, seinen Blick zu erwidern.

"Hey, wach bleiben. Das ist wichtig, Maya. Warum gehst du mir aus dem Weg?"

"Du bist nicht gut für mich", murmelte sie und ihre Lider flatterten schon wieder.

"Ich weiß, Honey", antwortete Shane, strich ihr einmal

über die Wange und ließ sie dann schlafen.

Vom Wagen aus trug er sie in ihre Wohnung. Er setzte sich mit ihr auf seinen Armen auf das Bett, nicht gewillt, sie schon loszulassen. Sie fühlte sich gut an in seinen Armen. Er mochte es, sie zu berühren, gerade, weil sie sich ihm die ganze Woche so sehr entzogen hatte.

Es fühlte sich seltsam an, geschnitten und gemieden zu werden. Jeder mochte ihn und das Gefühl, nicht geliebt oder zumindest begehrt zu werden, gefiel Shane überhaupt nicht. Vor allem, weil Maya doch seine Freundin war ... oder zumindest so etwas in der Art.

So saß er eine ganze Zeit lang einfach nur mit ihr in den Armen da.

Er erwachte davon, dass Maya sich in seinen Armen bewegte.

"Schsch", brummte er, selber noch am Schlafen.

"Ich will aufstehen", quengelte sie und drückte noch stärker gegen ihn.

"Nein", antwortete er und legte sich aufs Bett, Maya hielt er einfach gefangen zwischen seinen Armen und Beinen.

Nicht gewillt, sie schon wieder los zu lassen, und schlief erneut ein.

MAYA

Fassungslos lag sie da.

Er hatte einfach nein gesagt und sie dann herum geschoben, als sei sie eine Puppe! Und jetzt lag dieser 90 Kilo Koloss halb auf ihr und Maya konnte sich nicht rühren.

Seit Sonntag hatte sie es geschafft, ihm mehr oder weniger aus dem Weg zu gehen. Waren sie zusammen mit Sky und Ryan unterwegs, hatte sie einfach Sky in eine Diskussion verwickelt, sodass ihm keine Chance blieb, mit ihr zu reden.

Irgendwie hatte er es geschafft, dass sie einen Shot nach dem anderen trank und dadurch halb unter ihm lag.

Das Problem war, dass es sich viel zu gut anfühlte, in seinen Armen zu liegen. Wenn sie jetzt einfach liegen blieb, konnte sie es auf den Alkohol schieben.

So beschloss sie, dass es als Alkoholleiche nicht verwerflich war, sich in Shane Carters Arme zu schmiegen.

Grinsend schlief Maya wieder ein.

Streichelnde Hände weckten sie. Immer wieder strich die Hand gedankenverloren ihren Oberschenkel auf und ab. Weiche Lippen berührten hauchzart ihren Nacken. Als Shane begann, an ihren Haaren zu schnuppern, drehte Maya sich langsam um.

"Guten Morgen", murmelte er, sein Gesicht nur wenige Zentimeter entfernt.

"Hey", antwortete Maya vorsichtig.

Er musterte sie und Maya hatte keine Ahnung, was in seinem Kopf vorging. Federleicht legte er seine Hand in ihren Nacken und streichelte ihre Wange mit seinem Daumen. Dann beugte er sich ein Stückchen nach vorn und küsste sie zärtlich.

Ganz langsam steigerte sich die Intensität des Kusses. Und doch war er weich, beinahe liebevoll. Immer wieder unterbrach er seinen Kuss für kurze Zeit, um einem von ihnen ein Stückchen Kleidung auszuziehen. Dabei küsste er jeden Zentimeter Haut ihres Körpers.

Als sie beide nackt waren und Shane das Kondom übergestreift hatte, hielt er sie fest im Arm, als hätte er Angst, sie könne davonlaufen.

Dann drehte er sie auf den Rücken und legte sich zwischen ihre Beine.

Seine Küsse waren so süß, dass es leicht war zu vergessen, dass es keine Liebe war, die ihn zu dem trieb, was er gerade tat. Im Gegenteil, es war unheimlich schwer, den gelogenen Versprechungen seiner Lippen und Hände nicht zu glauben.

Ganz langsam schob er sich in sie und murmelte süße Nichtigkeiten in ihr Ohr. Immer wieder zog er sich ein Stück zurück, um sich dann wieder langsam in sie zu schieben. Ganz nah war er ihr. Haut an Haut. Lippe an Lippe. Streichelnde Hände überall.

Maya legte ihre Beine um seine schmalen Hüften, um ihn noch weiter in sich zu lassen. Immer tiefer wurde sie in den Strudel aus süßesten Verheißungen gezogen.

Sie kamen gemeinsam und lagen danach engumschlungen da. Genossen die Ruhe nach dem Sturm und die Nähe des anderen.

Maya vergrub ihr Gesicht an Shanes Hals. Er roch immer so verdammt gut und sein Duft intensivierte sich nochmal während des Sex.

Ihr Atem hatte sich noch nicht vollständig wieder erholt, als Shane leise sagte: "Ich muss los, Honey. Ich hab um 9 Uhr einen Termin."

Ach ja, Freitag. Maya nickte und drehte sich von ihm weg. Die Decke bis über die Ohren gezogen, sodass er nicht sehen konnte, wie nah ihr die Erfahrung von gerade eben ging.

Es war vollkommen anders gewesen. Das letzte Mal war es Sex. Pur, hart und voller Leidenschaft. Das hier war Liebe gewesen. Zumindest für Maya. Dass ein Mann so gekonnt lügen konnte, ohne dafür auch nur ein einziges Wort zu benötigen, schockierte sie.

"Bis heute Abend", sagte er und drückte ihr einen kleinen Kuss auf die Schläfe.

Sie konnte all die Frauen verstehen, die ihm so restlos verfallen waren. Maya selbst war auf dem besten Weg dahin und sah wirklich keine Chance, es aufzuhalten.

SHANE

Maya war der Hammer! Der Sex mit ihr war der Hammer. Sogar eine Runde Blümchen-Kuschelsex in der Früh konnte so Spaß machen!

Und dass er sich noch dazu diesen ganzen gefühlsduseligen Scheiß nicht antun musste, war noch besser! Jeder von ihnen wusste genau, woran er war. Und ihr schien es nun wirklich auch nichts auszumachen. Sie hatte sich einfach zur Seite gedreht und war wieder eingeschlafen.

"Du bist spät, Kumpel!", begrüßte ihn Ryan, als er fünf Minuten zu spät in das wöchentliche Leitungskreismeeting kam.

"Entschuldigt bitte. Wichtige Termine", sagte er und gab damit dem Fire&Ice Teil des Kreises das Codewort für nicht aufschiebbaren Sex.

Der ein oder andere schüttelte lächelnd den Kopf, nur Ty und Brandon fixierten ihn mit scharfen Blicken.

Das Meeting dauerte eine gefühlte Ewigkeit. Shane hasste solche Veranstaltungen. Viel zu viel Gequatsche und jeder musste zu allem seinen Senf dazu geben, nur um sich zu profilieren.

Meetings waren so ziemlich das einzige, bei dem Shane in Sachen sparsamer Gebrauch von Worten Ty vorbehaltlos Recht gab. Dieses endlose Gequatsche brachte niemanden weiter. Immer nur über ungelegte Eier zu diskutieren, raubte ihm nochmal den letzten Nerv!

Es war bereits nach Mittag und er musste in 10 Minuten in der nächsten Veranstaltung sein.

"Wochenendplan, Ryan?", fragte er seinen besten Freund, während er einige Unterlagen unterzeichnete, die Tara, seine persönlich Assistentin, ihm vorlegte.

"Sky davon überzeugen, dass sie mich heiratet", sagte dieser und blätterte selber durch seine eigene Unterschriftenmappe.

"Puh, straffer Plan. Willst du nebenbei noch die Weltherrschaft an dich reißen?", lachte Shane.

"Nein Pinky, das machen wir am Montag!", gab Ryan lachend zurück.

"Was hast du vor?", fragte Ryan, als sie sich bereits auf dem Weg zu den Aufzügen befanden.

"Weiß noch nicht so genau. Irgendwas mit Maya."

"Hast sie doch noch rum bekommen, du Glückspilz", sagte Ryan lachend und klopfte ihm auf die Schulter.

Shane lachte ebenfalls und ging gestärkt von dem Gedanken an das Treffen mit ihr in sein nächstes Meeting.

Am Abend klingelte er bei Maya. Als sie öffnete, sah sie ihn mit zusammengezogenen Augenbrauen an.

"Hallo, Babe, ich bin zu Hause", sagte Shane gut gelaunt und drückte ihr im Vorbeigehen einen Kuss auf die Stirn.

"Also, was haben wir heute vor?", fragte er dann, während er sich auf das Sofa fallen ließ.

"Was willst du hier, Shane?"

"Drei Mal darfst du raten", antwortete Shane verschmitzt grinsend.

"Nein", sagte sie und ging in die Küche.

"Sag mal, bist du irgendwie ein bisschen zickig heute?", fragte Shane, weil er sie so kurz angebunden nicht kannte. Selbst, als sie sauer war, als er in Talin mit Zoey und Jonas beschäftigt war, hatte sie ihn mit ihrem Sarkasmus und frechen Sprüchen gestraft, statt ihn mit Einsilbigkeit abzufertigen.

"Ich bin nicht zickig, ich bin emotionsfexibel. Und heute will ich dich nicht mehr sehen", sagte sie und Shane war froh, dass sie zumindest ein wenig gehässig klang und nicht so kalt wie bei dem Nein eben.

Sie wusch sich gerade die Hände, als er ebenfalls die Küche betrat. Sie sah sehr sexy aus, der weite Pullover hing über eine Schulter hinab, sodass diese bis zur Hälfte ihres Oberarms frei lag und ihre Leggins gingen nur bis knapp über ihre Knie, sodass ihre braunen Waden nackt waren. Genauso wie ihre kleinen Füße, auf deren Zehenspitzen sie gerade balancierte, um an die Teebeutel zu kommen.Shane trat dicht hinter sie, reichte sie ihr und kesselte sie dann zwischen seinen Armen und seinem Körper ein.

"Zeig mir, wie flexibel deine Emotionen sind, Honey."

Mit seinen Lippen strich er über die Haut an ihrem Nacken und wisperte dann, ohne den Kontakt aufzugeben: "Sag mir, was los ist, Babe. Was hat mein Mädchen so sauer gemacht?"

Er bemerkte, wie sich die kleinen Härchen aufstellten und küsste noch einmal diese unglaublich weiche Haut.

"Lass mich", flüsterte sie, doch Shane zweifelte daran, dass sie sich selbst glaubte.

Er presste seine Lenden an ihren Prachtarsch und legte ihr den rechten Arm um die Taille. Sanft wiegte er sie zu einem Lied, das nur in seinem Kopf spielte. Es dauerte eine Zeit lang, doch sie entspannte sich Stück für Stück in seinen Armen.

Endlich!, dachte er, als sie ihren Kopf nach hinten gegen seine Schulter fallen ließ.

Schritt für Schritt manövrierte er sie zum Küchentisch. Dort angekommen, drehte er sie zu sich und ging dann vor ihr in die Knie. Er zog ihr Hose und String in einem aus und hob sie dann auf den Tisch.

Seine Hände schoben sich an der herrlich weichen Haut ihrer Schenkel nach oben und öffneten sie so für ihn. Mit seiner Nasenspitze fuhr er die Konturen ihrer Pussy nach und atmete tief ihren süßen Duft ein.

"Du riechst so gut, Baby. Lass mich sehen, ob du genauso gut schmeckst."

Dann fuhr er mit seiner Zunge durch ihre Spalte.

"Süß wie Honig", brummte er, die Lippen an ihrer Haut. Er saugte an ihren Schamlippen, ehe er seine Zunge um ihren Kitzler kreisen ließ. Dann begann er, an ihrer Klit zu saugen und als ihr Becken schließlich immer unkontrollierter unter ihm zuckte, steckte er zwei Finger in sie. Wenige schnelle Bewegungen seiner gekrümmten Finger und Maya kam heftig.

Während sie sich ein wenig von dem eben erlebten Orgasmus erholte, entledigte Shane sich seiner Hose und streifte sich ein Kondom über.

Er zog sie an den Rand des Tisches und legte sich ihre

Beine über die Schultern. Dann positionierte er seinen zum Bersten prallen Schwanz an ihrem Eingang.

"Du machst mich verrückt, Baby!", sagte er, stabilisierte sie an den Hüften und presste sich mit einem einzigen harten Stoß in sie.

Maya schrie laut auf und er stöhnte, den Kopf in den Nacken gelegt, ihren Namen. Er lehnte sich ein Stück nach vorn, sodass er nach ihren Schultern greifen konnte und sein Schwanz aufgrund des veränderten Winkels noch tiefer in sie passte.

Sie wimmerte und dieses Geräusch machte ihn rasend. Schnell und hart nagelte er sie und bekam nur am Rande mit, wie sie noch einmal kam. Ihre Hitze und ihre Enge um seinen Schwanz sowie ihre wackelnden Brüste direkt vor seinen Augen ließen ihn endgültig die Kontrolle verlieren. Mit einem letzten harten Stoß schrie er seinen Orgasmus hinaus und pumpte in sie.

Völlig ausgepowert brach er auf ihr zusammen.

Nachdem sich sein Atem ein wenig erholt hatte, küsste er sie sanft auf die Lippen.

"Du bist unglaublich, Honey", murmelte er an ihren Lippen. Ein träges Lächeln breitete sich auf ihrem Gesicht aus.

MAYA

Wie zum Teufel macht er das?, fragte sie sich, als sie in seinen Armen in ihrem Bett lag.

Sie wollte ihn nie wieder in ihre Wohnung lassen. Wollte ihn nie wieder in ihrer Nähe haben, um dem Funken Liebe in ihr keine Nahrung zum Wachsen zu geben.Leider schienen Kopf, Herz und Körper gerade für unterschiedliche Mannschaften zu spielen.

In ihrem Herzen wuchs die Liebe zu ihm mit jeder Berührung, mit jedem Wort, mit jeder Geste. Ihr Herz wollte und konnte nicht verstehen, dass er es einfach nicht ernst mit ihr meinte. Dass er ein Spieler war und das alles hier nicht für die Ewigkeit gedacht war.

Ihr Körper war ein riesengroßer Verräter. Er hatte sich vollkommen auf Shanes Seite gestellt und tat in seiner Gegenwart nur, was er wollte. Von ihrem Willen war überhaupt keine Rede mehr. Eine Berührung genügte und sie war Feuer und Flamme für ihn.

Und ihr Kopf? Der funktionierte zwar, wurde aber immer wieder von den anderen zwei Parteien überstimmt. Gedanklich baute sie sich eine Mauer. Versuchte, ihre Gefühle einzudämmen und jeden Gedanken an ihn zu vermeiden.

Sie durfte sich einfach unter keinen Umständen jemals wieder so gehen lassen. Bevor sie ihr Herz komplett an ihn verlor, musste sie sich eine Strategie überlegen, mit der sie aus dieser Falle hinaus kam.

An allererster Stelle musste sie sich immer wieder dran erinnern, dass er ihr nicht gut tat. Dass er nicht war, was sie brauchte. Dass er nur mit ihr spielte.

Und immer, wenn ihr Herz oder ihr Körper beginnen wollten, gegen ihren Kopf zu rebellieren, musste sie sich schnellstmöglich so weit wie es ging von ihm entfernen.

Sie war sich sicher, dass schlussendlich zwar ihr Kopf siegen würde, aber Maya hoffte, das Ganze ohne ein gebrochenes Herz zu überstehen.

Ihr Plan hatte nur eine einzige Schwachstelle. Ihren Körper. Solange Shane auf diesem spielen konnte wie auf einem Klavier, hatte sie keine Chance gegen ihn.

Der beste Beweis hierfür war der heutige Abend. Sie wollte ihn noch nicht einmal über die Türschwelle lassen und doch hatte er sie erst auf ihrem Küchentisch gevögelt und lag jetzt in ihrem Bett.

Sky hatte Recht gehabt. Ließ man sie erst einmal in die eigene Wohnung, wurde man sie nicht mehr los. Wie eine streunende Katze, die jeden Tag aufs Neue kommt.

Über Stunden hinweg drehten sich ihre Gedanken im Kreis und sie kam immer wieder zu der selben Lösung: sie musste ihn auf Abstand bringen!

7 GESAGT, GETAN

SHANE

"Guten Morgen, Honey. Gut geschlafen?", fragte Shane fröhlich, nachdem er die Augen geöffnet und gesehen hatte, dass Maya bereits wach war.

"Morgen, Shane. Nein. Ein riesiger Mann liegt auf mir und unterbindet die Blutzufuhr in meine Extremitäten", antwortete sie muffelig.

"Wirklich? Deine Gegenwart hat die Blutzufuhr in bestimmte Regionen eher angekurbelt", sagte er und lächelte dabei träge. Zur Verdeutlichung rieb er seinen harten Schwanz an ihrer Hüfte.

"Lass das, Shane. Ich will nicht!"

"Bist du sicher?", raunte er ihr ins Ohr und spielte mit einem ihrer Nippel. Egal was sie sagte, er sah, wie ihr Körper auf ihn reagierte und sie wollte ihn genauso wie er sie. In kurzen Phasen funkte nur ihr Kopf dazwischen, der diesen Blödsinn von wegen Familienplanung weiter verfolgen wollte.

Er küsste sich entlang der Linie zu ihrem Mund vor. Dort angekommen, hatten ihre Proteste auch endlich ein Ende. Sie erwiderte seinen Kuss und presste sich seiner

Hand entgegen. Shane wusste, was Maya wollte und er gab es ihr. Ihre Bewegungen waren perfekt aufeinander abgestimmt. Selten war Sex so himmlisch wie mit ihr.

Er rollte sich über sie, nahm ihre Brustwarze in seinen Mund und saugte fest an ihr. Stöhnend warf sie ihren Kopf in den Nacken und bog ihm ihren Körper entgegen. Ihre heiße nackte Spalte an seinem Schwanz zu spüren, brachte ihn fast um den Verstand. Er wünschte sich nichts sehnlicher, als sich ohne störende Gummischicht in ihr zu vergraben.

Dieses Thema musste er demnächst auf jeden Fall anschneiden, aber jetzt war nicht die richtige Zeit dafür.

Er ließ sich zurück auf seine Fersen sinken und betrachtete die atemberaubende Frau vor sich, während er sich das Kondom überstreifte. Dann stütze er sich mit einem Arm neben ihrem Kopf ab und positionierte seine Eichel an ihrer Öffnung.

"Du bist so schön, Honey", raunte er ihr zu und schob sich langsam in sie. Solange es ihm möglich war, beobachtete er ihre Reaktionen auf ihn und sein Tun.

Als sie um ihn herum zu zucken begann, verlor er seine Konzentration und konnte nur noch an seine Erlösung denken. Schnell und hart stieß er in sie und hielt auch nicht inne, als sie ihren Orgasmus hinaus schrie.

Seine letzten Stöße waren so hart und tief, dass Maya zu wimmern begann. Dann endlich rollte die Welle des Orgasmus auch über ihn hinweg und Shane kam laut stöhnend in ihr.

Verschwitzt und schwer atmend kam er schließlich auf ihr zum Liegen. Shane konnte sich nicht daran erinnern, mit wem er zuletzt so einfachen und trotzdem derart phänomenalen Sex gehabt hatte.

Er drehte sich zur Seite und zog Maya an seine Brust. Er streichelte träge über ihren Rücken und genoss die Zeit mit ihr.

Es war schön, dass sie sich ihm so hingeben konnte

und er trotzdem genau wusste, dass die Fronten zwischen ihnen geklärt waren. Es war perfekt. Sie waren perfekt. Vor allem waren sie das perfekte Beispiel, dass Freundschaft mit Zusatzleistungen einwandfrei funktionieren konnte.

Bei Ryan und Sky hätte es auch geklappt. Ryan hatte es selbst verbockt, denn Sky wollte nie mehr von ihm.

Idiot!, dachte Shane, *wo das Leben doch so perfekt sein kann, ohne die Komplikationen einer Beziehung.*

"Was ist eigentlich mit deinem Job passiert, Maya?", fragte Shane nach einiger Zeit.

"Das Projekt wurde gecancelt", antwortete sie leise, als wäre sie kurz vor dem Einschlafen.

"Was war es denn?"

"Firmeninterne Kinderbetreuung."

"Hört sich interessant an. Erzähl mir mehr davon!"

MAYA

Sie wusste nicht, worauf Shane hinaus wollte, war aber froh um ein wenig Ablenkung. Wieder einmal hatte er ihre Gefühlswelt auf den Kopf gestellt und Maya wusste langsam keinen Rat mehr.

Wie zum Teufel sollte sie ihr Herz vor ihm beschützen, wenn er einfach im Schnelldurchgang sämtliche Verteidigungslinien durchbrach?

Also erzählte sie ihm alles über ihren Job. Das Konzept, die Probleme, die Erfolge. Shane hörte ihr aufmerksam und interessiert zu.

Grauenvoll! Wenn er noch weiter den perfekten Mann raushängen ließ, hatte sie keine Chance mehr!

"Das hört sich wirklich gut an. Was hältst du davon: du erstellst mir ein Konzeptpapier und ich werde es in unser nächstes Leitungskreismeeting mitnehmen. Du könntest dieses Projekt hier aufziehen. Für JB-Industrials. Wir könnten das wirklich gebrauchen. Viele unserer guten

Mitarbeiter müssen kündigen, weil sie eine Kinderbetreuung nicht sicherstellen können. Das wäre die optimale Lösung für uns."

Tja, was sollte sie davon halten? Eigentlich nicht viel, weil er schon wieder dabei war, sich ein Stückchen tiefer in ihr Herz zu graben.

Sie hörte ihn weiter reden. Während er unaufhörlich über ihren Rücken strich, plante er ihre Zukunft und wie sie zusammen arbeiten würden.

Alles war perfekt, nur dass es nicht um ihre persönliche Zukunft ging und das doch das einzige war, wonach Maya sich wirklich sehnte. Eine eigene Familie.

Sie würde ihm das Konzeptpapier erstellen, aber nur, um anderen die Möglichkeit zu geben, Familie und Karriere unter einen Hut zu bekommen. Mit ihm zusammen zu arbeiten, kam für Maya überhaupt nicht in Frage.

Satt, befriedigt und zufrieden mit ihrer Entscheidung, schlief Maya ein.

"Maya, Süße. Wach auf!"

"Hmm?"

"Komm schon. Ich bin am Verhungern!"

"Dann iss etwas", brummte Maya.

"Du hast dich wie ein Efeu um mich gewickelt. Ich kann nicht aufstehen!"

Erschrocken setzte Maya sich auf. Sich so an ihn zu klammern war nicht ihre Absicht gewesen. Im Gegenteil, sie wollte sich doch von ihm fernhalten!

"Nicht so schlimm. Komm, lass uns duschen und dann etwas essen gehen."

Duschen war ein guter Plan, sie musste sich dringend seinen Geruch von der Haut schrubben, bevor dieser zu tief in sie vordrang. Also nickte sie, schickte ihn aber in die Dusche des Gästezimmers, um ihre Ruhe zu haben.

"Okay. Essen und dann Kino?", fragte Shane, als er vom Duschen zurück kam. Er sah zum Anbeißen aus. Die schwarze Hose seines Anzugs hing tief auf seinen schmalen Hüften und sein muskulöser, braungebrannter Oberkörper war vollkommen nackt.

Er rieb sich gerade mit einem Handtuch die schwarzen Haare trocken, was die Muskeln an seinem Oberkörper besonders hervortreten ließ. Dieser Mann war einfach unverschämt sexy!

Als er dann bemerkte, dass sie ihn beobachtete, stellte sich wieder dieses träge, sexy Lächeln bei ihm ein.

"Nein. Ich gehe nicht mit dir aus", sagte sie schärfer, als sie geplant hatte. Aber es passte ihr einfach überhaupt nicht, dass er sie schon wieder dabei ertappt hatte, wie sie ihn anstarrte.

"Ich will doch nicht mit dir ausgehen, Maya!", sagte Shane und hörte sich dabei beinahe schockiert an.

"Meine Güte, warum um Himmelswillen sollte ich dich ausführen, wenn ich dich doch schon im Bett hatte? Wir gehen Essen und ins Kino, so wie Freunde das machen. So wie ich das mit Ryan auch machen würde."

Shane sah sie an, als hätte sie nicht mehr alle Tassen im Schrank, dabei war er es doch, der hier völlig wirre Gedanken von sich gab!

"Und jetzt, hopp, hopp, Kleines. Ich habe Hunger!"

Maya auch, also ging sie mit immer noch wild durcheinander wirbelnden Gedanken zurück in ihr Zimmer, um sich anzuziehen.

Mit Shane unterwegs zu sein, war immer sehr einfach. Er hatte quasi chronisch gute Laune und fand an allem und jedem etwas Gutes. Er sprang leicht und unbeschwert durchs Leben und Maya hatte das Gefühl, dass er jeden mit seiner Begeisterung mitreißen konnte.

Mit dieser gepachteten Lebensfreude trübte er Mayas Blick auf das Wesentliche. Sie musste sich von ihm fernhalten!

Das Essen in dem Restaurant war nicht überwältigend, aber Shane hatte so viel Spaß mit dem Kellner, dass er versprach, wieder zu kommen.

Sie sahen sich eine Liebeskomödie im Kino an, die Shane ohne mit der Wimper zu zucken akzeptierte. Er meinte, er sei Manns genug, um auch zu solch einer Filmwahl zu stehen.

Wenn Maya genauer darüber nachdachte, musste sie eingestehen, dass Shane sich nie verstellte. Er war einfach wie er war. Verbog sich niemandem zuliebe und versuchte auch nicht, in irgendein Klischee zu passen. Er war von allem ein bisschen. Ihm gefiel alles. Ihm schmeckte alles. Er trug alles. Er war für jeden Spaß, jede Idee und jeden Vorschlag offen.

Shane war einfach er selbst und das machte ihn nur umso besser. Jeder mochte ihn. Er war überall beliebt und egal, wo sie hingingen, irgendjemanden kannte er immer.

Maya hatte sich fest vorgenommen, ihn heute nicht mehr in ihre Wohnung zu lassen. Den gesamten Heimweg hatte sie immer wieder betont, wie müde sie sei und dass sie dringend ein wenig Schlaf brauchen würde.

Shane ignorierte sie. Vor ihrer Wohnungstür angekommen, sagte Maya noch einmal: "Es war ein schöner Abend. Danke, Shane."

"Ja, fand ich auch, Honey", antwortete er, machte aber keine Anstalten wegzugehen.

"Gute Nacht, Shane", sagte sie daher und sperrte ihre Türe auf. Shane schob sie mit seinem Körper über die Schwelle und schmiss die Tür hinter ihnen zu. Dann presste er sie mit ihrem Rücken an die Tür und küsste sie stürmisch.

Ihr Protest blieb im Halse stecken, da er sie mit seinem Kuss und wenigen geschickten Berührungen seiner großen Hände scharf auf ihn machte.

"Gott, Baby, ich brauche dich so sehr", raunte er in ihr Ohr und biss dann leicht in ihr Ohrläppchen. Maya wusste, dass er sie nur körperlich brauchte und doch hatte sie ihm nichts entgegen zu setzen.

Schneller als Maya mit ihrem vor Verlangen getrübten Denkvermögen reagieren konnte, hatte er sich selbst und ihr die Hosen und Schuhe ausgezogen. Er rollte sich gerade das Kondom über, doch ehe sie zu Atem gekommen war, um etwas zu erwidern, hatte er sie bereits hochgehoben.

Reflexartig schlang sie Arme und Beine um ihn. Shane drückte sie fest auf seinen Schwanz. Maya stöhnte die Lust und den Schmerz der schnellen Dehnung an seinem Hals hinaus. Er fühlte sich so verdammt gut in ihr an, füllte sie aus und gab ihr mehr, als ihr je ein Mann beim Sex gegeben hatte.

"Dich zu ficken ist der Hammer, Baby", presste Shane zwischen zusammengebissenen Zähnen hervor, ehe er sie schnell und hart nahm.

Innerhalb weniger Minuten hatte Shane sie über die Klippe ihres Orgasmus gestoßen. Beinahe augenblicklich war er ihr gefolgt und nun standen sie schwer atmend an die Eingangstür gelehnt.

Nach kurzer Zeit hob er sie hoch und trug sie ins Schlafzimmer. Er zog sie beide vollständig aus, ehe er ohne ein weiteres Wort zu ihr ins Bett schlüpfte und sich an ihren Rücken kuschelte.

Schnell beruhigte sich seine Atmung und Maya war sich sicher, dass er eingeschlafen war. Sie selbst brauchte noch lange und der Gefühlssturm, der in ihr tobte, wollte ihr Gedankenkarussell nicht zur Ruhe kommen lassen.

Irgendwann musste es ihr schließlich doch gelungen sein, denn sie erwachte davon, dass jemand an ihrer Schulter rüttelte.

"Guten Morgen, Honey! Aufwachen, komm schon. Du kannst doch nicht den ganzen Tag verschlafen!", sagte er gut gelaunt.

Wie zum Teufel konnte jemand jeden Morgen so unerträglich gute Laune haben und das, wo er dazu immer noch so extrem früh aufstand! Für einen Langschläfer und

Morgenmuffel wie Maya war das ein Rätsel!

Sie würde nichts lieber tun, als den Tag zu verschlafen. Einfach ausblenden, dass sie den Mann, der ihr absoluter Traummann war, nicht haben konnte.

"Komm schon, Süße. Ich hab uns Frühstück gemacht", sagte der Traummann und hob sie aus dem Bett.

"Was soll das, Shane?", murmelte Maya, nicht gewillt, ihre Traumwelt zu verlassen.

"Frühstück auf dem Sofa und My Big Fat Greek Wedding auf DVD. Wie klingt das?"

Zu gut, um von einem Mann zu kommen, dachte Maya und ließ sich von ihm auf dem Sofa platzieren.

Shane ließ den kompletten Sonntag den Traummann heraushängen. Er versorgte sie beide mit Essbarem und einer nicht enden wollenden Anzahl Liebeskomödien. Wenn sie nicht gerade aßen, hielt er sie im Arm. Sie kuschelten sich aneinander wie ein altes Ehepaar und Maya fühlte sich rundherum wohl. Zu wohl.

Shane blieb wieder über Nacht und hatte sich wieder ein Stückchen tiefer in ihr Herz geschummelt.

8 ABSTAND! ... GEHT NICHT IMMER ...

MAYA

Als er sie am Montag endlich verließ, beschloss Maya, sich zunächst tot zu stellen. Nach einem wunderbaren Wohlfühltag vereinbarte sie mit Cat, diese als Alibi verwenden zu dürfen.

Jeder außer Sky und Cat sollte denken, sie sei mit Cat auf eine Wohltätigkeitsveranstaltung gegangen. Cat hatte ihr versichert, dass es keine bessere Lösung gab, weil sich jeder einzelne weigerte, auch nur einen Fuß auf solch eine Veranstaltung zu setzen, sofern Cat sie nicht dazu zwang.

Und tatsächlich hatte sie den ganzen Tag Ruhe gehabt. Gegen 11 Uhr Nachts hatte es noch einmal an ihrer Wohnungstür geklopft, aber Maya hatte einfach so getan, als wäre sie nicht zuhause. Genauso verhielt sie sich Dienstag früh, als Shane zum Frühstück vorbeikommen wollte. Maya fand das legitim, da sie ja genauso gut in Cats Hotel hätte übernachten können.

Um halb 12 wurde sie von Sky zum wöchentlichen Mittagessen abgeholt.

"Hey Süße, wie läuft der Shane-Entzug?", fragte Sky vergnügt, als Maya die Tür geöffnet hatte.

"Hey Sky. Gut, solange ich ihn weder sehe noch an ihn denke. Wohin gehen wir?"

"Wie immer zum Griechen. Wir müssen nur vorher die Männer abholen. Die haben heute eine Infoveranstaltung für alle Mitarbeiter, die nicht an dem momentanen Cocktail-Projekt beteiligt sind."

Sie betraten die große Empfangshalle und Maya sah die beiden sofort auf der Bühne stehen. Hinter ihnen standen eine ganze Reihe Männer, unter ihnen auch einige bekannte Gesichter, wie Ty, Brandon, Jason, Luce und Logan.

Shane sah anders aus. Er lächelte zwar immer noch, aber seinem Lächeln fehlte das Spitzbübische. Er sah so ernst und abgeklärt aus. Dem Shane, der dort oben auf der Bühne stand, traute sie durchaus die Führung eines Unternehmens zu. Während der wenigen präzisen Worte, die er an die Belegschaft richtete, hing jeder einzelne an seinen Lippen.

Sie alle hatten Respekt vor ihm, das bemerkte man sofort. Auch Maya lernte einen weiteren Teil von ihm kennen. Einen Teil, der durchaus liebenswert war.

SHANE

Er betete, dass diese Veranstaltung bald vorbei sein würde. Natürlich war sie wichtig für das Unternehmen, aber Shane wollte im Moment nichts dringender, als Maya zu sehen.

Dass sie gestern so unangemeldet auf diese Wohltätigkeitsveranstaltung gegangen war, nervte Shane immer noch. Hätte er davon gewusst, hätte er Montag früh noch eine Runde Sex eingefordert. So hatte er den ganzen Tag vergeblich auf sie gewartet und am Abend auch keine Lust mehr gehabt, in eine Bar zu gehen und einen der Geier aufzureißen.

In der Hoffnung auf einen Quickie hatte er heute früh bei ihr geklingelt. Leider war sie auch da noch nicht zu

Hause gewesen. Aber heute Mittag würde sie ihm nicht durch die Lappen gehen. Er war auf Entzug und da Maya sowieso immer sehr empfänglich für seine Berührungen war, machte er sich keine Sorgen darum, dass er bekam, was er so dringend brauchte.

Ryan sprach gerade die letzten Abschiedsworte und die Belegschaft klatschte, nachdem er allen eine schöne Mittagspause gewünscht hatte.

Schnellen Schrittes eilte Shane zu Maya und zog sie sofort in seine Arme.

"Hey Baby! Endlich, ich dachte schon, ich sehe dich nie wieder!", rief er und wirbelte sie herum. Ihm war zwar bewusst, dass er sich ein bisschen wie ein liebeskranker Junge anhörte, aber es war ihm egal. Maya wusste, woran sie waren.

"Hey", sagte sie leise an seinem Ohr.

Er hielt sie die ganze Zeit über so fest im Arm, dass sie ihm nicht wieder entwischen konnte. Als sie vom Mittagessen zurück kamen und sich bei den Aufzügen verabschiedeten, folgte er ihr und verführte sie. Gott sei Dank musste er an diesem Tag nicht zurück in sein Büro, sodass er einfach gleich bei ihr bleiben konnte.

Den ganzen Rest der Woche behielt er dieses Prinzip bei. *Never change a runnig system,* dachte er sich und ging jeden Abend zurück zu Maya.

Manchmal hatte er das Gefühl, dass sie nicht sonderlich begeistert war, dass er auftauchte, aber sobald sie in seinen Armen lag, war sie Wachs in seinen Händen.

Heute Abend würden sie alle gemeinsam das 5-jährige Jubiläum von Chris Club feiern. Bis auf Chris, der mit den Vorbereitungen beschäftigt war, trafen sich alle Mitglieder von Fire&Ice und ein paar der Frauen bei Cat zum Abendessen.

Carry war erstaunt gewesen, als Shane ihr berichtet hatte, wie super alles zwischen ihm und Maya lief. Sie hatte ihm ein kleines goldenes Ding in die Hand gedrückt, von dem sie behauptete, es sei ein Kleid, und ihn weg geschickt. Auf seine Frage, ob etwas nicht stimmen würde, antwortete sie nur kryptisch: "Das wirst du noch früh genug herausfinden, Shany!"

Ohhh, wie er diesen Namen hasste!

"Wow, Baby!", rief Shane aus, als Maya aus dem Bad kam. Das Kleid war wieder ziemlich kurz geraten, hatte zwar dieses Mal lange Ärmel, dafür aber einen sehr tiefen Ausschnitt. Ihre Absätze waren so hoch, dass sie ihm beinahe bis zur Nase reichte. Viele goldene Armreifen und Creolen vervollständigten das Outfit.

"Heieieiei, meine Schwester kann ich einfach aussuchen lassen!", sagte Shane und musterte sie lüstern.

"Ich bin halb nackt, Shane, ich kann unmöglich so vor die Tür gehen!"

"Wie schon beim letzten Mal erwähnt, die Geier werden weniger tragen. Also komm schon, lass uns gehen."

Seufzend stöckelte sie an ihm vorbei. Ihre braune Mähne hing in Locken über ihren Rücken und waren für Shane beinahe so etwas wie ein Blickwegweiser zu ihrem Prachtarsch. Dieser schwang gerade in Gold verpackt vor ihm her und Shane konnte nicht mehr anders, als seine Hände auf ihn zu legen.

"Fuck, Honey, lauf schneller, bevor ich dich zurück ins Bett zerre und die Party für heute gestrichen ist", brummte er und Maya legte tatsächlich einen Gang zu.

"Mein Gott, Maya. Du siehst atemberaubend aus!", rief Brandon ihnen entgegen.

Maya lächelte. Ein süßes schüchternes Lächeln, das er von ihr so gut wie nie bekam.

MEINS!, fauchte es in seinem Inneren. Nicht, dass Maya und Brandon noch ihren gemeinsamen Standpunkt in Sachen Familienplanung entdeckten!

Gott, besser als momentan konnte es für Shane nicht

mehr gehen! Wenn er Maya verlor, musste er sich wieder mit den Geiern herumschlagen! Nein, kam nicht in Frage!

Shane ließ sie den ganzen Abend über nicht mehr aus den Augen. Er war besonders charmant und zuvorkommend in der Hoffnung, dass sie dann nur Augen für ihn haben würde.

Sie verstanden sich gut, wie immer hatten sie viel Spaß miteinander und jeder sah die Vertrautheit, die sich zwischen ihnen entwickelt hatte.

Gut so! So würde wenigstens niemand sonst auf die Idee kommen, dazwischen zu funken.

Leider schien sie sich auch mit Bran sehr gut zu verstehen und Shane schaffte es einfach nicht, die Gespräche zwischen den beiden vollständig zu unterbinden. Wenn sie die Special Show zum Jubiläum hinter sich hatten, würde er sie einfach nach Hause schleppen, dann hatte er sie wieder vollkommen für sich!

Nach einem Blick auf die Uhr lächelte er zufrieden. In 30 Minuten würden sie auftreten, also wären er und Maya in spätestens einer Stunde wieder mit ihr allein.

"Woher kommt dieses selbstgefällige Lächeln?", fragte Jason ihn.

"Ich bin mit meiner weiteren Abendplanung mehr als zufrieden", antwortete Shane und lehnte sich noch ein wenig weiter in dem schwarzen Ledersofa zurück.

"Für mich sieht es so aus, als hätte Bran auch eine weitere Abendplanung für Maya und sich", feixte Jason.

Shane wendete den Blick zu den beiden, die rechts von ihm auf dem Sofa saßen. Bran spielte grade mit einer von Mayas braunen Locken und sie lachte über etwas, das er gesagt hatte.

Den Arm, den Shane bislang locker auf der Rückenlehne von Mayas Platz liegen gehabt hatte, legte er jetzt um ihre Schultern und zog sie an sich.

"Hey! Was soll das?", protestierte sie.

Shane ignorierte ihren Protest und das Zappeln, mit dem sie sich frei machen wollte, und biss sie stattdessen sacht ins Ohrläppchen.

"Hör auf, mit anderen Männern zu flirten, Honey, oder ich muss dir noch Manieren beibringen", raunte er ihr zu.

Maya erstarrte und wandte ihm ganz leicht den Kopf zu.

"Wie jetzt, ist das zwischen uns beiden jetzt exklusiv?", fragte sie ihn mit einer hochgezogenen Augenbraue.

"Nun ja, solange wir beide verfügbar sind, wäre es doch eine Schande, dieses Dreamteam zu trennen", brummte er in ihr Ohr und begann dann, an ihrem Hals zu knabbern, um ihr jeglichen Protest von vornherein auszutreiben. Und wie immer, wenn sie in seinen Armen lag, wurde sie weich und anschmiegsam wie ein kleines Kätzchen.

Den wütenden Blick, den Brandon ihm schickte, ignorierte Shane einfach und genoss es, diese fabelhafte und unkomplizierte Frau in seinen Armen zu halten.

"Auf geht's, Jungs!", rief Chris in die Runde und Shane musste sich wohl oder übel von Maya trennen.

Sie gingen alle zusammen in den Backstage Bereich und Chris verteilte die Anzüge.

"Sie sehen aus wie Ganzkörperkondome! Wie bist du nur auf diesen schmalen Pfad gekommen, Chris?", meckerte Jason und verzog zweifelnd das Gesicht.

"Was ist los mit dir? Hast du Bauchspeck angesetzt oder warum sträubst du dich so gegen die Dinger?", neckte Luce ihn und steckte bereits mit beiden Beinen darin.

"Mir gefällt das nicht", brummte Ty und schüttelte dabei langsam seinen Kopf.

"Sie sind cool. Wir werden aussehen wie Spiderman in schwarz! Kommt schon Leute, stellt euch nicht so an. Ihr wollt doch auch nicht, dass die Geier nach Talin kommen!", versuchte Shane die Runde ein wenig aufzulockern.

Schließlich hatten alle ihre Anzüge an und Shane half gerade noch Ryan, seinen zu schließen.

"Sky füttert dich zu gut, Dickerchen", lachte Shane,

nachdem er die letzten Zentimeter überwunden hatte.

"Hey! Das sind gerade mal zwei Kilo!", gab dieser entrüstet zurück.

"Zwei, wegen derer sie dich nicht heiraten will."

"Meinst du?", fragte Ryan und sah tatsächlich zweifelnd an sich hinab. *Idiot!*

Shane gab ihm noch einen Klaps auf den Hinterkopf, ehe er zur Bühne ging.

"Natürlich nicht! Mann, eure Frauen machen euch allesamt weich in der Birne!"

Die Tricks und Nummern, die sie aufführten, waren dieselben wie auf dem Mittelalterfestival in Talin. Eine Mischung aus Akrobatik und Feuerspuckershow.

Einige Teile hatten sich schon bei den Proben als schwierig herausgestellt, da die Anzüge bedeutend rutschiger waren als bloße Haut und kurze Hosen, wie sie sonst immer auftraten. Höhepunkt der Show war eine Art Pyramide, bei der die Personen, die ganz oben aufstanden, gemeinsam einen großen Feuerball erzeugten.

Dass irgendetwas schief lief, bemerkte Shane daran, dass Jason, sein Obermann, auf einmal zu wackeln begann. Shane kannte die wichtigsten Sicherheitsregeln und die besagten: "Lass niemals deinen Obermann los, bevor dieser das Kommando gibt!"

Als endlich das erlösende "Out" von Jason kam, löste Shane augenblicklich seine Hände und ließ Jason abspringen. Shane hatte sich noch nicht ganz orientiert, da sah er schon, wie Jason auf einen ihrer Freunde zu rannte, dessen Anzug in Flammen stand. Es konnten nur Mat, Logan oder Chris sein, denn keiner der Untermänner wäre dem Feuer bei dieser Figur nahe genug gekommen.

Schnell eilten einige Rettungskräfte mit Löschdecken herbei und der Vorhang zur Bühne wurde abrupt geschlossen. Die verängstigten Schreie des Publikums wurden von den dröhnenden Bässen eines beginnenden Musikstücks überspielt.

"Chris! Scheiße! Chris!", hörte er einen seiner Freunde rufen.

"Hat einer einen Krankenwagen gerufen?", schrie ein anderer.

Shane war einfach nur fassungslos. Die Szene vor ihm spielte sich wie in einem Film vor ihm ab. Die Gestalt, die sich vor ihm am Boden wälzte. Die vielen schockierten Gesichter mit den weit aufgerissenen Augen. Wild durcheinander hetzende Leute. Sanitäter, die ihn und seine Freunde von dem schreienden Chris zurückdrängten.

Und schließlich zwei Hände, die sich auf seine Wangen legten und seinen Blick in zwei wunderschöne, schokoladenbraune Augen lenkten. Zwei volle Lippen, die sich bewegen, ohne dass ein Wort zu ihm hindurch drang. Zwei Arme, die ihn in ihre Umarmung zogen.

Und genau diese raubte ihm schließlich sämtliche Energie. Seine Knie klappten weg und Shane vergrub sein Gesicht an ihrem Bauch. Er wollte die Bilder um ihn herum ausblenden. Das Grauen und den Schmerz vertreiben.

Es war grauenvoll, fürchterlich und erschütternd. Shane war wie erstarrt und nicht fähig dazu, sich irgendwohin zu bewegen. Zudem hatte er keine Ahnung, wie er diese Bilder jemals wieder loswerden sollte. Zu tief hatten sie sich in seine Netzhaut eingebrannt.

Maya drückte sein Gesicht fest gegen ihren Bauch, streichelte über seine Haare und redete Belangloses.

Wie lang genau sie so dastanden, vermochte Shane nicht zu sagen. Um sie herum war ein wenig Ruhe eingekehrt und Shane wollte nur noch weg von diesem grauenhaften Ort.

"Lass uns nach Hause fahren", sagte er, nachdem er den Kopf in den Nacken gelegt hatte, sodass er ihr in die Augen sehen konnte.

Ihr Lächeln wurde weich und dann nickte sie.

MAYA

Sie konnte sich nicht daran erinnern, jemals so etwas Schreckliches wie einen brennenden Menschen gesehen zu haben. Der Anblick war grauenhaft und Maya würde ihn für den Rest ihres Lebens nicht mehr vergessen können. Da war sie sich sicher!

Aber auch Shanes Anblick hatte sie ziemlich mitgenommen. Die Art, wie er sie vor dem Auftritt in seine Arme gezogen hatte und die Worte, die er zu ihr gesagt hatte, hatten Maya auf Wolke Sieben verfrachtet.

Niemals hätte sie sich träumen lassen, dass Shane Carter sie jemals um etwas Festeres bitten würde. Dass er sie für sich allein haben wollen könnte. Undenkbar! Aber er war eindeutig eifersüchtig gewesen, als sie sich so gut mit Bran verstand.

Den ganzen Weg zurück zu JB-Industrials hatte Shane kein einziges Wort gesagt. Sein Blick war irgendwie leer gewesen. Furchtbar abwesend. Völlig selbstverständlich ging er mit zu ihr und zog sie ohne ein weiteres Wort mit sich unter die Dusche.

Er wusch sie beide und als sie schließlich mit dem Rücken zu ihm zum Stehen kam, schmiegte er sich eng an sie.

"Ich will vergessen, Honey!", flüsterte er ihr ins Ohr und Maya spürte seine Erektion an ihrem Po.

"Shane, ich ..."

"Ich zieh ihn raus, Babe, bitte", brummte er, während er sich von ihrer Schulter zu ihrem Hals küsste.

Maya konnte nicht anders und nickte schließlich. Langsam schob er sich in sie und bewegte sich in einem sanften Rhythmus. Mit einer Hand spielte er an ihren Brustwarzen, die andere stimulierte sie an ihrer Klit.

Den Kopf legte sie nach hinten auf seine Schulter und ließ sich von der trägen Bewegung mitreißen. Ihn so nah an sich zu spüren, zu wissen, dass sie es war, die ihm helfen konnte, fühlte sich sehr schön an.

Dass sie es war, die er wollte und dass sie ihm geben konnte, war er braucht, ließ sie in unbekannte Höhen schweben.

Seinen Namen stöhnend, kam Maya schließlich, ihren Kopf an seine Schulter gepresst.

Nur wenig später zog er sich aus ihr zurück und kam ebenfalls.

9 MIT DIR ...

MAYA

Die Woche, die auf Chris Unfall folgte, war eine der schlimmsten und schönsten in Mayas Leben.

Chris ging es furchtbar. Nicht nur, dass er schwere Verbrennungen im Gesicht, am Hals und am Oberkörper hatte, es würden auch schreckliche Narben zurückbleiben, da sich Teile des Lycraanzugs mit der Haut verschmolzen hatten.

Er wollte niemanden sehen und verscheuchte jeden, der ihm Gesellschaft leisten wollte. Die Jungs von Fire&Ice waren ratlos und ein jeder von ihnen kämpfte mit seinen eigenen Dämonen.

Shane verbarrikadierte sich die meiste Zeit in Mayas Wohnung. Es war schön, ihn so oft um sich zu haben. Er ging wenig zum Arbeiten und erledigte das meiste von seinem Laptop aus.

Er war sehr anhänglich, nahm Maya viel in den Arm und wollte auch von ihr gehalten werden.

Und er wollte Sex. Viel Sex. So oft, dass Maya sich ernsthaft fragte, ob sie dieses Pensum auf Dauer mitgehen konnte.

Manchmal wünschte sie sich, die Zeit anhalten zu können. Er war perfekt, wie er im Moment war. Er war genau das, was sie wollte. Ob er genauso empfand wie sie, wusste Maya nicht, wollte ihn aber in dieser emotional schweren Zeit nicht auch noch mit ihren Problemen belasten. Für Maya wurde ihre Beziehung aber von Tag zu Tag ernster.

Sie liebte sein Lächeln, sein eigentlich fröhliches Selbst, sein Gesicht, seinen Körper, sein Selbstbewusstsein, seinen Style, sein Sexappeal ... diese Liste könnte ins Unendliche gehen.

Die gemütliche Zeit zu zweit fühlte sich an, als wären die beiden in ihre eigene Welt abgetaucht. Ein Leben in ihrem eigenen kleinen Kokon.

Samstag spät am Nachmittag stand Maya in der Küche und wollte gerade mit den Vorbereitungen für ihr gemeinsames Abendessen beginnen. Sie liebte es zu Kochen, und dass es Shane immer so gut schmeckte, bereitete ihr besonders viel Freude.

Er aß alles, was sie für ihn zubereitete und brummte bei jedem Bissen zufrieden vor sich hin. Jemanden zu bekochen, der die Arbeit wirklich zu schätzen wusste, war herrlich!

"Maya", hörte sie Shane hinter sich fordernd brummen.

"Nein, Shane", antwortete sie, da sie genau wusste, dass er wieder einmal mit ihr ins Bett wollte. Ein kleines Lächeln erhellte dennoch ihr Gesicht. Es fühlte sich so wahnsinnig gut an, so intensiv begehrt zu werden. Zu wissen, dass er nicht genug von einem bekam. Er schmiegte sich dicht an ihren Rücken und rieb seine Lenden an ihrem Po.

"Komm schon, Honey. Ich werde auch sanft zu dir sein", flüsterte er in ihr Ohr und küsste sich dann ihren Hals hinab.

"Ich kann nicht, Shane. Ich hab meine Periode, okay?", sagte sie und fand es in diesem Moment selber mehr als nur schade. Er fühlte sich einfach nur atemberaubend an ihrem Rücken an.

"WAS?", rief er entsetzt und machte einen Satz zurück, als hätte er sich an ihren Worten verbrannt

Maya lachte laut auf und drehte sich zu ihm um.

"Ach, komm schon, Shane. Du tust ja gerade so, als würdest du das erste Mal davon hören."

"Nein ... Ach, Scheiße! Geier haben so was nicht, wenn sie zu mir kommen!", sagte er, wedelte mit seiner Hand in ihre Richtung und sein Blick wechselte beinahe verzweifelt von ihrem Schritt zu ihrem Gesicht und zurück.

Der Ausdruck in seinem Gesicht war wirklich süß. Wie ein kleines Kind, dem man sein Spielzeug weggenommen hatte. Maya kicherte in sich hinein und wandte sich wieder dem Abendessen zu.

"Hör auf damit, wir gehen aus!", sagte Shane und stapfte aus der Küche.

"Was, warum das denn?", rief sie ihm hinterher, weil er bereits im Schlafzimmer verschwunden war.

"Ich muss mich ablenken!", rief er zurück.

Oh, er konnte so süß sein! Schnell wusch sie sich die Hände und machte sich dann selbst für den Abend fertig.

Nach einem gemeinsamen Abendessen liefen sie zu Fuß die wenigen Meter zu Chris Club. Shane klammerte sich an ihre Hand, als würde er sie brauchen, um sich dem Ganzen zu stellen.

Der Club war wie immer brechend voll. Shane bahnte ihnen beiden einen Weg zum VIP Bereich und ließ sich dann zusammen mit ihr auf eines der Sofas fallen. Seine Stimmung war komisch. Er war sehr ruhig, in sich zurückgezogen und Maya hatte das Gefühl, als würde er jeden Zentimeter seiner Umgebung die ganze Zeit über scannen.

"Hi Maya, Shane", grüßte Sky sie und gab ihnen beiden Küsschen auf die Wange.

"Hi Sky. Dann kann ich euch beide ja allein lassen",

sagte Shane und hatte dabei ein irgendwie eigenartiges Lächeln im Gesicht. Er küsste Maya auf die Stirn und ging.

"Ihr seht gut zusammen aus", sagte Sky leise.

"Ja, und es läuft auch echt super. Er war der absolute Traummann die Woche über", sagte Maya und lächelte verliebt vor sich hin.

"Hattet ihr schon *das Gespräch?*"

"Nein, wollte ihn nicht zusätzlich belasten. Die Sache mit Chris ging ihm ziemlich an die Nieren."

"Ja, Ryan auch, er hat sogar aufgehört, mich zu bitten, seine Frau zu werden."

Dann musste es auch für Ryan wirklich schlimm sein.

"Nina hat geschrieben, dass Ty sich selbst die Schuld dafür gibt. Dass er nicht auf die Warnungen in seinem Inneren gehört habe."

"Ja, schau sie dir nur der Reihe nach an, wie sie hier sitzen. Es geht ihnen allen wirklich nahe", sagte Maya und deutete auf die anwesenden Fire&Ice Mitglieder.

Sky nickte zustimmend.

SHANE

Dass ein Tag, der so gut begonnen hatte, so beschissen enden konnten, kotze Shane mächtig an! Die Woche mit Maya war der Hammer gewesen. Jedes Mal, wenn seine Gedanken begonnen hatten, sich um Chris zu drehen, konnte er einfach zu ihr gehen und beim Sex mit ihr Vergessen finden.

Wenn er in ihr war, konnte er an nichts anderes mehr denken. Sein Kopf war voll von ihr. Für Shane gab es keine Worte dafür, was während des Sex mit ihnen beiden passierte. Es war, als würden sie miteinander verschmelzen. Als würden sie eins werden und nur noch gemeinsam denken und handeln.

Und jetzt stand er hier, musste einen dieser dämlichen Geier anlächeln, nur um dann mittelmäßigen Sex haben zu können.

Er hatte Maya bei Sky zurück gelassen. So konnten die beiden quatschen, während Shane eine schnelle Nummer auf der VIP Toilette schob. Anschließend würde er sich Maya schnappen und schnell zurück in ihre Wohnung fliehen, wo ihn nicht andauernd irgendetwas an diesen schrecklichen Abend letzte Woche erinnerte.

"Hey Shane", flötete das erste Blondchen und lehnte sich dicht neben ihm an die Absperrung des VIP Bereichs.

"Hey Süße, wer hat dich denn allein vor die Tür gelassen?", sagte er und pflasterte sich mühsam ein charmantes Lächeln ins Gesicht.

Blondie kicherte nervtötend und klimperte dann mit ihren Wimpern.

"Ich kann recht gut auf mich allein aufpassen", kicherte sie weiter.

Shane kesselte sie zwischen dem Absperrgitter und seinem Körper ein.

"Sicher? Könnte sein, dass ich dich verschleppen werde. Wie willst du dich gegen mich wehren?", raunte er ihr ins Ohr und knabberte dann an ihrem Hals.

"Gar nicht, ich warte schon den ganzen Abend auf dich, aber du warst mit der Brünette beschäftigt", sagte sie und Shane überhörte den spitzen Ton gegen Maya einfach.

"Hmm, meine beste Freundin. Aber dich, Schätzchen, würde ich jetzt gern vernaschen", sagte er und drückte sie, die Hände auf ihrem Po, an seinen härter werdenden Schwanz.

Würde es sich hier um Maya handeln, würde sein bestes Stück bereits seit fünf Minuten strammstehen. Nun ja, Blondie würde ihn einfach aufblasen müssen.

Sie stöhnte an seinem Ohr, während Shane sie noch ein wenig mehr streichelte und küsste. Als er sich sicher war, dass sie nicht mehr abspringen würde, dirigierte er sie in die VIP Toiletten.

Dort angekommen, schloss er ab und drückte sie dann an ihren Schultern nach unten auf die Knie. Auf ihren verwirrten Blick hin sagte er: "Du wirst ihm ein wenig helfen müssen, Süße."

Sie lächelte verrucht zu ihm auf, ehe sie sich an seiner Hose zu schaffen machte. Ihr Blowjob war nicht schlecht, war ihm aber nicht genug. Kein Vergleich zu Mayas himmlischen Lippen, wenn sie ihn mit ihrem Mund verwöhnte.

Also packte er ihren Kopf und übernahm selbst die Führung. Er wollte schneller und tiefer in ihren heißen Mund stoßen.

Leider war sie ihm nicht wirklich gewachsen und Shane hatte weder die Zeit noch die Lust, behutsamer mit ihr umzugehen. Als sie unter dem Druck seiner Eichel in ihrer Kehle schließlich leicht zu würgen begann, beendete er das Spielchen und zog sie an ihren Armen nach oben.

Er hob sie auf den Waschtisch und drängte sich zwischen ihre Beine. Leider sah er sich so im Spiegel und ihm gefiel der Anblick von Blondie und ihm nicht.

Also hob er sie kurzerhand wieder hinunter, platzierte ihre Hände an der Wand neben der Tür und schob ihr Kleid nach oben. Schnell streifte er sich ein Kondom über. Dann schob er ihren String zur Seite und schob sich hart in sie. Sie schrie erst leise auf und wimmerte dann unter seiner Größe.

Er fickte sie schnell und erbarmungslos. Verhalf ihr mit seiner Hand an ihrer Klit ebenfalls zu einem Orgasmus, sie sollte schließlich auch etwas von diesem Arrangement haben.

Als er dann kam, war Shane nicht sonderlich zufrieden. Er hatte weder Vergessen gefunden, noch fühlte er sich befriedigt. Er zog sich aus ihr zurück und Blondie lehnte schwer atmend und zitternd an der Wand.

Er entledigte sich seines Kondoms und wusch sich gründlich Schwanz und Hände, ehe er seine Klamotten richtete. Sie hatte es noch nicht einmal geschafft, ihr Kleid über ihren viel zu spitzen Hintern zu ziehen.

"Also dann, war nett mit dir. Schönen Abend noch", sagte Shane betont höflich, ehe er die Tür aufsperrte.

Er sah sie nicht mehr an.

Zurück im VIP Bereich traf ihn völlig unvorbereitet eine Faust. Sein Kopf wurde zur Seite geschleudert und er bemerkte, wie seine Lippe aufplatzte.

"Was soll das?", fluchte er und suchte nach dem Absender der Faust. Brandon.

"Was das soll? Du kommst mit Maya her und fickst dann eine dieser Schlampen auf dem Klo?", schrie dieser ihn an.

"Was ist dein Problem? Zwischen Maya und mir ist alles klar!"

"Ach ja, und warum ist sie dann mit Tränen in den Augen gegangen?"

"Sie ist was?"

"Du bist noch ein viel größeres Arschloch, als ich jemals gedacht habe, Shane! Ich bin fertig mit dir!", fauchte Brandon ihn an und wandte sich zum Gehen.

Maya war weg? Er musste zu ihr.

10 GEBROCHENE HERZEN

MAYA

Nein, nein, nein, NEIN! Das darf einfach nicht sein! Das kann nicht passieren! NEIN!

Maya bebte am ganzen Körper.

Wie um alles in der Welt konnte er ihr das nur antun? Sie vor ihren Augen zu betrügen. Vor ihren Augen einen dieser Geier abzuschleppen.

Maya war speiübel. Sie war gerade in ein Gespräch mit Sky vertieft, als sie sah, wie Shane sich zu einer Blondine hinab beugte. Sein komplettes Verhalten veränderte sich schlagartig und er wechselte in den Playboy-Modus. Er hatte sie angegrinst und mit ihr geflirtet.

Mayas Herz zersplitterte in eine Million winzig kleiner Teile. Als sie sah, wie er die Blondine mit seinem Körper bedrängte, legte sich ein Stahlband um ihre Brust, das ihr Stück für Stück die Luft zum Atmen nahm.

Als er dann mit dem Geier zu den Toiletten ging, begann Maya zu würgen.

"Oh Gott, Maya, was ist denn los?", fragte Sky besorgt und strich ihr federleicht über den Rücken. Als Sky schließlich ihrem Blick folgte, erstarrte sie prompt.

"Scheiße!", war alles, was Sky noch herausbrachte, wohingegen Maya sprachlos vor lauter Schmerz war.

Schnell und rasselnd holte sie Luft.

"Scheiße, scheiße, scheiße!", fluchte Sky und Maya sah, wie ihre beste Freundin einen Ausweg aus dieser furchtbaren Situation suchte.

Nach drei Anläufen gelang es Maya schließlich, einen halbwegs vernünftigen Satz zu formulieren.

"Ich ... ich will heim ... bitte!", stotterte sie, während ihr ganzer Körper zitterte.

Bran drückte sie fest an sich und geleitete sie unter den teilweise schockierten Blicken der Fire&Ice Crew zum Hinterausgang.

Sie weinte während des kompletten Heimwegs an Skys Schulter. Wortlos gefangen in ihrem eigenen schier unerträglichen Schmerz.

Für sie war eine Welt zusammengebrochen. Eben hatte sie noch im Glück geschwelgt und von Glücklich-bis-dass-der-Tod-sie-scheidet geträumt und nun saß sie hier vor den Scherben ihrer Liebe.

"Mein Gott, Maya, es tut mir so unglaublich leid!", flüsterte Sky, als sie zusammen auf Skys Sofa saßen. Maya sah ihr an, wie schlimm diese Situation für sie war.

"Scheiße! Scheiße! Ich hasse ihn!" schluchzte Maya ungehalten an Skys Schulter. Ihr war einfach nur speiübel. Wie zum Teufel konnte er das nur tun?

"Ich auch", sagte Sky leise und drückte sie fest an sich.

"Ich wusste es, ich wusste es. In dem Moment, als ich ihn das erste Mal gesehen habe, wusste ich, dass er mich in Schwierigkeiten bringen könnte. Mich in Schwierigkeiten bringen würde. Gott, er ist so ein verdammtes Arschloch!", sagte Maya schniefend und Sky nickte.

"Scheiße!", fluchte sie nochmal und versuchte, den nicht enden wollenden Tränenfluss zu stoppen. Der Schmerz ließ sie am ganzen Körper zittern und sie hatte keine Ahnung, wie sie das hier überleben sollte.

"Es ist seine scheiß Art, sich zu bewegen, die mich von Anfang an so verrückt nach ihm gemacht hat. So wahnsinnig selbstbewusst, elegant und lässig und dabei immer mit dieser kleinen, unterschwelligen Anspannung in jeder seiner Bewegungen. Zu sehen, wie er die gleichen Gesten bei einer anderen Frau verwendet ... Gott, ich weiß nicht, ob ich weinen oder kreischen oder kotzen soll", gab Maya unter Schluchzern wider.

"Mhm, Ryan bewegt sich genauso", antwortete Sky, woraufhin Maya hart auflachte.

"Ja, nur du hast den guten Zwilling, schon vergessen? Ryan hat zu alldem auch noch einen guten Charakter! Er würde dir das hier nie antun, Sky!", sagte Maya scharf, woraufhin Sky ihrem Blick auswich. Sie wusste, dass Maya Recht hatte.

Maya hatte es von Anfang an gewusst und doch war sie in seine Falle getreten. Der Schmerz in ihrer Brust war beinahe übermächtig. Langsam schaukelte sie ihren Oberkörper vor und zurück. Was bei den Kindern half, konnte doch bei ihr selbst auch nicht schlechter sein.

"Du musst dich jetzt einfach von Shane fernhalten", sagte Sky und Maya lachte erneut hart auf. Sky verstand sie einfach nicht!

"Das versuche ich doch seit Wochen! Aber wenn er zu mir kommt, bin ich Wachs in seinen Händen, verstehst du das denn nicht? Ich kann es mir noch so fest vornehmen, ein paar kleine Berührungen und ich mache, was er möchte. Er spielt auf meinem Körper wie auf einem Klavier und mein Kopf kann nichts dagegen ausrichten. Es macht mir Angst. Es macht mir eine verdammte Scheiß Angst, denn es macht mich unglaublich abhängig von ihm. Es ist, als hätte er eine Droge an seinen Händen und ich laufe immer wieder zu ihm zurück, um mir den nächsten Schuss zu holen. Ich habe einfach nicht die Kraft, um standhaft zu bleiben, um ihm zu widerstehen. Er wird wieder hier auftauchen und seine Worte drehen und wenden, wie er sie braucht. Dann wird er mich in seine

Arme nehmen und ich bin wieder verloren. Scheiße!", krächzte Maya und vergrub schluchzend ihr Gesicht in ihren Händen.

Wie zum Teufel war sie nur in diese beschissene Situation gekommen? Sie hatte es doch von Anfang an besser gewusst. Hatte doch von Anfang an gewusst, dass Shane nicht gut für sie war! Dass sie sich von ihm fernhalten sollte!

"Mein Güte, Maya, du musst doch ein bisschen Selbsterhaltungstrieb in dir haben!", rief Sky aus.

"Mir ist absolut klar, dass er alles andere als gut für mich ist, glaub mir!" Maya lacht abermals hart auf. "Aber er hat sich einfach in meinem Kopf festgesetzt und ich komme ums Verrecken nicht mehr von ihm los!"

"Wir bringen dich erst einmal ein paar Tage weg von hier. Mit ein wenig Abstand wirst du gleich wieder klarer denken, okay?"

Maya nickte. Sky hatte absolut Recht! So konnte sie definitiv nicht weiter machen! Sie musste ihn vergessen, irgendwie, oder ihn zumindest so weit zurückdrängen, dass ein ganz normales Leben möglich wäre!

Und dazu war es zwingend nötig, ihm körperlich fern zu bleiben.

Sie schlief in Skys Gästezimmer, beziehungsweise sie schlief nicht. Ihre Gedanken drehten sich im Kreis und ihr Herz schmerzte so unglaublich, dass Maya sich nicht sicher war, ob sie sich jemals wieder davon erholen konnte.

Sie hörte Ryans Stimme, als er nach Hause kam. Die beiden diskutierten lautstark und Maya nahm sich vor, gleich morgen früh zurück in ihre Wohnung zu gehen. Sie wollte nicht der Grund dafür sein, dass dieses traumhafte Paar sich stritt.

"Du willst schon los?", fragte Sky mit großen Augen, als Maya zu den beiden in die Küche trat.

"Ja, ich will nach Hause, mich duschen und umziehen",

antwortete Maya leise.

"Brandon holt dich heute Abend ab und fährt dich auf seine kleine Ranch zwei Stunden entfernt von hier", sagte Sky. Maya sah den Schmerz in den Augen ihrer Freundin.

"Danke, Sky. Ich melde mich, sobald ich da bin."

"Weißt du, Maya, ich glaube wirklich, er meint es nicht so. Er weiß wahrscheinlich noch nicht mal, was er dir damit antut und ...", Ryan wurde rüde von Sky unterbrochen.

"Halt den Mund, Ryan! Du musst dieses Arschloch nicht auch noch verteidigen!"

"Sky!", sagte dieser flehend.

"Nein, hört auf! All das ist es nicht wert, dass ihr zwei euch darüber streitet. Ihr seid so perfekt zusammen! Bitte, hört auf!", fuhr Maya dazwischen, umarmte einen nach dem anderen und ging zurück in ihre eigene Wohnung. Eine Wohnung, in der sie sich überhaupt nicht mehr wohl fühlte.

Jeder noch so kleine Gegenstand erinnerte sie viel zu sehr an Shane und an den Verrat, den er begangen hatte.

Um vier Uhr klopfte es an Mayas Tür. Etwas früher als erwartet, aber nun gut, sie würde Bran bestimmt nicht vorschreiben, wann er sich Zeit nahm, um sie so weit zu fahren.

Sie war froh, bereits gepackt zu haben und lief eiligen Schrittes zur Tür.

"Ich bin gleich soweit, ich muss nur ...", brach Maya mitten im Satz ab.

"Hey Honey", sagte Shane und sah sie vorsichtig an.

"Was willst du hier?", fragte sie kalt. Und versuchte, die Tränen, die schon wieder ausbrechen wollten, weg zu atmen. Allein sein Anblick schmerzte sie mehr, als sie glaubte, ertragen zu können.

Shane drängte sie zurück in die Wohnung und schloss die Tür hinter ihnen. Dann hielt er sie zwischen seinem Körper und der Wand gefangen.

"Sei nicht sauer auf mich, Honey. Du weißt, dass sie mir nichts bedeutet hat", sagte er mit unglaublich sanfter Stimme. Einer Stimme, die Maya den Himmel versprach und die Hölle brachte.

"Lass mich in Ruhe!" Es sollte ein Fauchen werden, aber heraus kam eher ein Flehen.

"Komm schon, Baby. Du bist doch mein Mädchen, das weißt du doch", sagte er mit schmeichelnder Stimme, bei der Mayas Knie immer weich wurden. *Mein Mädchen. Ja, immer dann, wenn du willst, Arschloch!,* dachte Maya hart.

"Nein, Shane. Du hast sie gevögelt", gab sie deshalb zurück, doch ihre Stimme hatte eindeutig an Kraft verloren, seit er ihr so nah war.

Er beugte sich noch näher zu ihr und ihr verräterischer Körper wollte nichts mehr, als sich in seine Arme zu schmiegen. Ihr Herz wollte so gern all die Lügen glauben, die seine Berührungen versprachen.

Viele kleine Küsse platzierte er auf ihrem Hals, bis er an ihrem Ohr angekommen war. Dann raunte er: "Ich kann doch nichts dafür, Honey. Ich hätte dich tausend Mal lieber gehabt, aber du warst einfach nicht verfügbar."

Da war es wieder, dieses Wort, *verfügbar*. Er hatte es im Zusammenhang mit Sex schon einmal benutzt. Maya kramte krampfhaft in ihrem Hinterstübchen, bis sie auf den passenden Satz gestoßen war.

"Solange wir beide verfügbar sind, wäre es doch eine Schande, dieses Dreamteam zu trennen", flüsterte sie schockiert, als sie den Sinn seiner Worte vollends begriff. Er wollte niemals fest mit ihr zusammen sein. Er wollte sie nur immer um sich haben, damit er sie jederzeit vögeln konnte, er aber trotzdem frei war und tun und lassen konnte, was er wollte.

Maya wurde übel. Langsam hob sie ihren Blick und sah in seine vor Verlangen schon wieder getrübten Augen. Als sie das volle Ausmaß ihres Fehlers zu begreifen begann, stiegen Tränen in ihren Augen auf. Tränen der Trauer, der Übelkeit. Tränen über den Verrat und Tränen aufgrund all des Schmerzes, den er ihr gestern und auch mit seinen Worten heute zugefügt hatte.

SHANE

Langsam stiegen Tränen in ihren Augen auf und Shane verstand nicht ganz, warum. Sie hatten doch immer alles geklärt gehabt. Maya war genauso glücklich gewesen wie er! Und auf einmal schien alles zum Problem zu werden. Warum zum Teufel?

"Ich liebe dich, Shane", flüsterte sie, während sie ihm mit ihren nassen, schönen Augen tief in seine sah. Ein paar Tränen kullerten über ihre Wangen und Shane versuchte, sie mit seinen Daumen aufzufangen.

Er wollte sie nicht weinen sehen und er verstand einfach nicht, was hier los war.

"Ich liebe dich", sagte sie noch einmal, doch es klang nicht, wie es klingen sollte.

Er hatte diese Worte schon oft gehört. Wie Sky und Ryan sie zueinander sagten. Von seiner Schwester oder seiner Mum. Die Worte waren eigentlich warm und sie übermittelten im Ton schon die Liebe, die sie ausdrücken sollten.

Nicht so bei Maya. Sie sagte, dass sie ihn liebte, aber er hörte den Schmerz in ihrer Stimme. Sie hörte sich an, als müsste sie ihm die schlimmste Nachricht übermitteln. Als sie wieder zu ihm aufsah, sah er in ihren Augen, dass genau das für sie der Fall war.

Sie schlüpfte unter seinem Arm hindurch und lief ins Schlafzimmer. Völlig verwirrt sah Shane ihr hinterher. Doch gerade, als er ihr folgen wollte, kam sie zurück. Sie trug einen Mantel, ihre Beanie und Stiefel. In ihrer Hand hatte sie ihren Koffer.

"Du gehst?", fragte er, nun völlig verwirrt. Er hatte nicht gewusst, dass sie heute schon abreisen wollte.

"Ich kann nicht bleiben, Shane", sagte sie leise.

"Natürlich kannst du! Ich besorge dir einen Job und du

bleibst einfach in der Wohnung."

"Shane, hast du mir denn nicht zugehört?", fragte sie und sah ihn mit diesen unglaublich traurigen Augen an.

"Doch."

"Es würde mich umbringen, verstehst du? Ich kann dich nicht lieben und weitermachen wie bisher. Du brichst mir Tag für Tag aufs neue mein Herz!", sagte sie immer noch viel zu leise und mit sehr viel Schmerz in ihrer schönen Stimme.

"Das wollte ich nie! Es war von Anfang an klar, dass ich dir nicht mehr geben kann." Er hatte absolut keine Ahnung, was er jetzt machen sollte. Er wollte nicht, dass sie ging. Sie sollte bleiben, es lief doch gerade alles perfekt! Ein klein bisschen Panik stieg in seinem Innersten auf.

Maya lachte hart auf. "Glaub mir, Shane, ich habe mir das bei Weitem nicht ausgesucht!"

"Dann hör verdammt nochmal auf damit. Es läuft doch gerade alles super!", rief er in dem verzweifelten Versuch, alles wieder zum Ausgangszustand zurück zu lenken.

Shane sah, wie die Trauer in ihren Augen ganz langsam in Wut umschlug.

"Es läuft super für dich, Shane, das ist der Unterschied!", sagte sie ein klein wenig schärfer.

"Dir hat es doch genauso Spaß gemacht!"

"Hat es, Shane, hat es, aber für mich ist es mehr, war es glaube ich schon immer. Ich kann nicht mehr, verstehst du das denn nicht? Was wir hier tun, macht mich kaputt, Shane. Ich leide, jeden gottverdammten Tag. Ich kann nicht bleiben und zusehen, wie du mit anderen flirtest. Das war okay, als ich dich noch nicht geliebt habe. Aber zu sehen, wie du dieses Flittchen in diese scheiß Toiletten mitnimmst, hat mir das Herz gebrochen! Für dich ist immer alles easy, du bist der Sunnyboy und everyones Darling, aber ich kann nicht mehr, Shane! Ich bin am Ende! Ich kann nicht mehr."

Zum Ende des Satzes brach ihre Stimme wieder ein

klein wenig und auch Shanes Herz fing seltsamerweise ein wenig an, ihm weh zu tun.

"Hör zu, Maya, du bist was Besonderes für mich. Siehst du das denn nicht? Behandle ich dich etwa wie all die anderen Schlampen? Ich mag dich ... nein, das ist nicht genug. Ich empfinde Liebe für dich, Maya, nur nicht so, wie du für mich ... ach scheiße! Wie soll ich das erklären?", fragte er sie verzweifelt in dem Bemühen, sie zum Bleiben zu überreden. Natürlich liebte er sie. Sie war seine beste Freundin! Aber mit diesen Worten musste man immer so verdammt vorsichtig sein!

"Gar nicht, Shane. So oder so, es ist nicht genug!", antwortete Maya, leise, traurig und drehte sich dann weg und lief zur Tür.

"Was soll das? Läufst du jetzt weg? Schmeißt all das weg, was wir haben, Maya?", fragte Shane verzweifelt.

Den Türknauf bereits in der Hand, drehte sie sich nochmal zu ihm um.

"Was haben wir schon? Eine Freundschaft, in der es sich verdammt gut ficken lässt. Eigentlich profitierst nur du davon, Shane. Du hast bekommen, was du wolltest. Du konntest kommen und gehen, wie du wolltest. Ohne Erklärungen, ohne Verpflichtungen, ohne alles. Ich bin für dich nichts Besseres als eine kostenlose Hure. Fick deine Groupies, Shane, und lass mich in Ruhe!" Mit diesen Worten schmiss sie die Tür hinter sich zu.

Shane ließ sich nach hinten auf den Sessel fallen. Mayas Worte schmerzten ihn mehr, als sie es tun dürften. Und verdammt nochmal, sie hatte ihn tatsächlich verlassen!

SCHEIßE!

Er wollte nicht, dass sie ging. Sie sollte hier bleiben und einfach da weiter machen, wo sie gestern stehen geblieben waren.

Er rieb sich mit einer Hand über die Brust, um den Schmerz, der sich dort einnisten wollte, zu vertreiben.

SCHEIßE!

MAYA

Mit Tränen in den Augen rannte Maya zurück zu Sky und klingelte Sturm. Das war eines der schwersten Gespräche gewesen, die sie jemals geführt hatte. Wenn es überhaupt möglich war, war ihr Herz jetzt in tausend weitere Stücke zersprungen.

Sie hatte so viel Liebe investiert und Shane verstand noch nicht einmal, worum es ihr ging. Es sah tatsächlich so aus, als wäre er sich noch nicht einmal einer Schuld bewusst gewesen!

"Was ...?", begann Sky, als sie die Tür öffnete, doch Maya unterbrach sie sogleich.

"Ich muss hier weg, sofort!", sagte sie heftig atmend und versuchte, den Würgreiz zu unterdrücken, den das Zusammentreffen mit Shane heraufbeschworen hatte.

Sky nickte und rief gleich darauf Brandon an.

Fünf Minuten, signalisierte sie ihr, zog sich Schuhe und einen Mantel über und begleitete Maya zu den Aufzügen.

"Du gehst aber nicht mit!", sagte Ryan hinter ihnen und hörte sich dabei ein wenig ängstlich an.

"Sollte ich aber, wenn du dich so auf seine Seite stellst!", rief Sky scharf zurück.

"Nein!", donnerte Ryans Stimme über den Flur. Sein Blick zuckte nervös umher, ehe er an der Tür zur Treppe hängen blieb.

"Ich werde diesen Mistkerl eigenhändig umbringen!", rief er dann, bevor er ins Treppenhaus stürmte.

Brandon parkte bereits am Straßenrand vor dem Gebäude.

"Ruf mich an, Süße, ja?", bat Sky, während sie sie umarmte.

"Mach ich und sei nicht zu streng zu Ryan, er verteidigt doch auch nur seinen besten Freund", versuchte Maya die Wogen zu glätten. Sie wollte das Glück der beiden nicht durch ihre eigene Dummheit zerstören.

"Hey Maya", flüsterte Bran, als er sie fest an sich drückte. Maya musste sich zusammenreißen, um nicht sofort wieder los zu schluchzen. Die vertraute Umarmung tat ihr so gut und so schlecht zugleich.

"Hey Bran, danke, dass du das tust", sagte sie mühsam beherrscht und löste sich ein Stück von ihm.

"Na klar, komm jetzt, wir haben noch ein wenig Fahrt vor uns", sagte er mit einem mitfühlenden Lächeln und hielt ihr die Tür auf.

Nach ungefähr 30 Minuten Fahrt sagte er: "Es tut mir so leid für dich, Süße. Aber ich habe dich gewarnt."

"Könnte ich meine Gefühle ändern, würde ich es tun. Glaub mir!", erklärte Maya ihm bitter. Zu tief saß all die Demütigung und der Schmerz. Dass Shane so leichtes Spiel bei ihr gehabt hatte, schockierte Maya. Dass er mit seinen Halbwahrheiten und Wortspielchen so einfach an ihrer Abwehr vorbeirennen konnte, war einfach unfassbar.

Sonst war sie nicht so naiv. Sie ließ sich nicht leicht täuschen und pochte immer auf vollständig geklärte Fronten. Was genau dieses Mal schief gelaufen war, konnte sie nicht sagen. ... oder doch ... Shane!

"Was ist passiert, dass es jetzt so schnell gehen musste?", fragte Brandon sanft.

"Er war da", erklärte sie schlicht.

Aber Bran verstand sie wohl nicht, denn er fragte: "Hättest du nicht einfach zu Sky gehen können oder ihn nicht hinein lassen?"

"Weißt du, es ist verdammt schwer für mich, mich ihm nicht einfach trotz allem an den Hals zu werfen."

"Ich kann das nicht wirklich verstehen. Du musst ihn doch einfach nur abweisen", sagte er verständnislos.

"Ich kann ihm nicht widerstehen und werde einfach wie ein Magnet von ihm angezogen. Es ist, als wäre er überall, in jedem noch so entfernten Winkel meines Gehirns! Wenn ich meine Augen schließe, sehe ich ihn vor mir. Ich kann nicht schlafen, ich kann nicht essen, ich kann gar nichts mehr tun, ohne dass er bei mir ist!", sagte Maya und legte all die Verzweiflung, die sie bei diesem Gedanken empfand, in ihre Stimme.

Brandon verzog sein Gesicht zu einer schmerzverzerrten Grimasse.

"Das hört sich grauenhaft an. Kannst du ihn nicht einfach vergessen? Du weißt doch, was gut für dich ist. Ich meine, immerhin hast du ja eingesehen, was für ein Arschloch er ist und dass er sich niemals binden wird."

"Tja, ich bin wohl endgültig übergeschnappt, denn insgeheim denke ich mir immer, dass es ja gar nicht so sein muss. Dass er es vielleicht einfach nur nicht verstanden hat. Dass wir uns nicht genug ausgesprochen haben. Er kommt ja schließlich immer wieder zu mir. Also muss ich ihm doch auch etwas bedeuten."

Maya lachte hart auf und fuhr dann fort: "Verdammte Scheiße! Ich glaube ja selbst nicht, dass ich noch alle Tassen im Schrank habe, ich meine, das alles ist doch krank! ... Ich habe wirklich geglaubt, dass er sich geändert hat. Dass er mich lieben könnte, dass ich ihm genügen könnte. Und jedes Mal, wenn ich mit ihm darüber sprechen wollte, hat er es geschafft, dass ich alles vergesse. Wenn er wollte, könnte er es schaffen, dass ich sogar meinen Namen vergesse."

"Das klingt nicht mehr gesund", sagte Bran leise.

"Nein. Er wird mich umbringen!", gab Maya genauso leise zurück, lehnte ihren Kopf an die Fensterscheibe und schloss ihre Augen.

Sie hatte keine Kraft mehr, über all das nachzudenken. Sie hatte keine Kraft mehr zu trauern, zu weinen, zu schreien oder sogar wütend zu sein.

Sie wollte einfach nur noch schlafen und am besten nie wieder aufwachen, dann wäre sie all den Schmerz immerhin auch los.

11 NEUORIENTIEREN

MAYA

Brandons Farm war wunderschön. Sehr klein, irgendwie urig und gemütlich. Brandon stellte sie einem Mann namens Jacob vor, der der Betriebsleiter des Anwesens war. Er war ungefähr 50 Jahre alt und etwas grummelig, aber nun gut, Maya würde nicht allzu viel mit ihm zu tun haben.

Die Ranch bestand aus zwei Wohngebäuden, einigen kleineren Schuppen, zwei Stallungen und einigen Paddocks. Das größere der beiden Gebäude war weiß gestrichen und hatte eine umlaufende Veranda, auf der es sich im Sommer bestimmt gemütlich sitzen ließ.

Auch das Innere des Hauses war liebevoll eingerichtet. Ein wenig altmodisch zwar, aber man spürte, dass sich jemand Gedanken gemacht hatte.

Bran führte sie in das Wohnzimmer. Hier standen zwei Sofas, ein kleiner Beistelltisch und Unmengen an Bücherregalen. Vor der Couch, wo bei den meisten Menschen ein Fernseher gestanden hätte, prangte ein riesiger, steinerner, offener Kamin, den Brandon soeben entzündete.

"Ich brauch nur zwei Minuten, dann zeige ich dir dein Zimmer", sagte er und stapelte dünne Holzspalte in den Kamin. Binnen kürzester Zeit prasselte ein herrliches Feuer.

Bran führte sie eine schmale Treppe hinauf, an dessen Wand unglaublich viele Kinderfotos hingen. Je höher sie schritt, umso älter wurde das Kind.

"Das bist ja alles du!", stellte Maya überrascht fest.

"Ja, das war das Haus meiner Großmutter", sagte Bran knapp und etwas an seinem Ton hinderte Maya daran, weiter zu fragen.

"Hier, dieses Zimmer kannst du haben, solange du möchtest. Das Bad ist am Ende des Flurs", sagte er und stellte ihren Koffer auf der Bank hinter dem Bett ab.

Das Zimmer war recht geräumig und rustikal eingerichtet. Das Doppelbett, die Nachttische und der Kleiderschrank waren aus Echtholz und reichlich mit Schnitzereien verziert. Der Bettüberwurf war aus dem gleichen Stoff wie die Gardinen, die vor den beiden großen Fenstern links und rechts vom Bett aufragten.

"Im Erdgeschoss gibt es ein Büro, falls du einen Schreibtisch benötigst. Dort steht auch ein Notebook, über das du fernsehen könntest", sagte Bran und wirkte dabei etwas nervös.

"Ich brauche keinen Fernseher. Danke Bran, es ist wunderschön hier."

Langsam stieß er die Luft aus. "Okay, dann mach ich uns mal etwas zu essen." Damit war er auch schon durch die Tür verschwunden.

Maya stellte sich vor eines der beiden Fenster und schlang die Arme um sich. Ihr war kalt. Leider war ihr nur allzu klar, dass diese Kälte von innen kam und bei weitem nicht einfach nur mit einem Tee und einem warmen Feuer zu beheben war.

Die Wunden in ihrem Herzen waren verdammt groß und Maya brauchte all ihre Kraftreserven, um nicht hier und jetzt zusammenzubrechen. Ihre Atmung beschleunigte sich schon wieder und sie fühlte, wie ihre Augen erneut zu tränen begannen.

Sie konnte absolut nicht einschätzen, wie viel sie noch ertragen konnte. Schon die derben Rückschläge in Deutschland hatten sie stark zum Straucheln gebracht und sie war hierher gekommen, um sich zu sammeln, neue Kraft zu tanken und sich in ein neues Abenteuer zu wagen.

Was sie stattdessen gefunden hatte, war nur noch mehr Schmerz und Leid und Enttäuschung. Wie hatte er ihr das antun können?

Als sie bemerkte, wie die ersten Tränen über ihre Wangen rollten, schüttelte Maya schnell die Gedanken ab. Sie musste jetzt noch ein paar Stunden durchhalten. Sie wollte nicht vor Bran als heulendes Elend sitzen.

Als Maya zurück in das Erdgeschoss kam, duftete es bereits nach Tomatensoße. Maya folgte ihrer Nase und fand schließlich die Küche.

Brandon stand mit dem Rücken zu ihr vor dem Herd und rührte in einem Topf.

"Das riecht gut hier", sagte Maya und lehnte sich an die Esstheke.

Brandon lächelte sie über die Schulter an und sagte: "Setz dich, ich bin sofort fertig."

Es schmeckte sogar noch besser, als es roch. Nudeln in Tomatensahnesoße. Einfach, aber unglaublich lecker. Natürlich hätte das Ganze zusammen mit selbstgemachten Nudeln nach Granny Pico's Rezept noch besser geschmeckt, aber da Maya bereits den ganzen Tag vergessen hatte, etwas zu sich zu nehmen, hätte sie jetzt sowieso nicht mehr die Geduld gehabt, den Teig für die Nudeln zuzubereiten.

Nach dem Essen setzten sie sich gemeinsam bei einem Glas Wein ins Wohnzimmer. Brandon versuchte, sie mit Belanglosigkeiten abzulenken und die meiste Zeit klappte das recht gut.

Nach dem zweiten Glas war Maya sehr müde und verabschiedete sich von Bran.

Sie lag noch lange wach, weinte ungeweinte Tränen und trauerte um das, was sie nie mit dem Mann ihrer Träume würde haben können.

Vielleicht sollte sie ihre Granny in Italien besuchen. Sie hatte immer gesagt, dass die Männer in Italien ehrbarer wären und sie zu einer richtigen Frau machen würden. Eine Frau mit Mann und Kindern. Einem großen Haus und weißem Gartenzaun.

Irgendwann schlief Maya schließlich ein.

"Guten Morgen, Maya", begrüßte Bran sie, als sie am darauffolgenden Morgen in die Küche kam.

"Morgen, Bran", antwortete sie und setzte sich auf einen der Hocker an dem Tresen.

"Gut geschlafen?", fragte er.

"Geht so, danke."

"Es geht dir noch nicht besonders, oder?", fragte er mitfühlend, woraufhin Maya den Kopf schüttelte.

"Lass uns etwas unternehmen. Wie wäre es, wenn wir ein wenig im Wald spazieren gehen?"

Nach einem Frühstück taten sie genau das. Brandon tat sein Bestes, um sie ein wenig aufzuheitern. Er erzählte ihr Geschichten aus seiner Kindheit hier auf dem Land. Wie schön es war, auf dieser Farm aufzuwachsen. All die Natur und seine Grandma um ihn herum.

Auch Maya erzählte von ihrer Kindheit, von ihrer Familie in Deutschland und in Italien. Aber bereits nach wenigen Sätzen machte eben dieses Thema sie wieder traurig. In Lichtgeschwindigkeit kamen all die geplatzten Träume von einer Zukunft mit Shane zurück.

Sensibel, wie Bran sein konnte, bemerkte er ihren Stimmungsumschwung sehr schnell.

"Es tut mir leid, Maya. Ich wollte dich nicht traurig machen", sagte er, die Hände in die Hosentaschen vergraben.

"Nein. Du kannst nichts dafür, Bran. Lass uns lieber über das reden, was vor uns liegt. Was wir für die nahe Zukunft geplant haben."

Brandon grinste schief und erzählte ihr von seinen Wünschen, seinen Träumen. Seinem Leben jetzt und wie er es sich in fünf Jahren vorstellte. Die beiden entdeckten viele Gemeinsamkeiten und Bran schaffte es sogar, Maya hin und wieder zum Lachen zu bringen.

Am Abend saß sie wieder bei einem Glas Wein vor dem Kamin und bemerkte, dass sie ihre Trauer zwar relativ erfolgreich verdrängen konnte, sie aber, sobald sie zur Ruhe kam, mit voller Wucht zurück schlug.

Mayas Herz zog sich schmerzhaft zusammen und stumme Tränen liefen ihr über die Wangen. Wie hatte sie diesem Mann nur so sehr verfallen können? Wie hatte sie zulassen können, dass sie sich so sehr in ihn verliebte, obwohl sie doch haargenau wusste, was Shane wollte. Wie er sein Leben geplant hatte. Dass es für ihn nichts gab, das ihn dazu bringen könnte, eine feste Beziehung mit irgendjemandem einzugehen.

Es war seine lockere, lustige Art, die über seinen knallharten Kern hinweg täuschte. Sein stets anwesendes, immer charmantes Lächeln, mit dem er jeden im Umkreis von 50 Metern in seinen Bann zog.

Wenn Shane wollte, könnte er einem auch eine Kuh für ein Pferd verkaufen, da war Maya sich jetzt sicher. Er hatte sie nie explizit belogen, aber er wählte wie von selbst Worte, die beiden Seiten einen maximalen Interpretationsspielraum ließen.

Er log nicht. Er wich aus oder er verschwieg und genau das machte ihn nur noch gefährlicher. Wie bei einem Falschspieler, musste man immer auf der Hut sein, sich jede noch so kleine Reaktion genau einprägen und analysieren.

"Vergiss ihn, Süße. Du hast was besseres verdient!", sagte Brandon, der gerade mit frischem Feuerholz von draußen hereinkam.

"Leichter gesagt als getan", sagte Maya leise, ehe sie sich auf dem Sofa zusammenrollte und irgendwann über ihre Gedanken einschlief.

Die darauf folgenden Tage verliefen alle ähnlich. Bran versuchte, sie so gut es ging abzulenken und beschäftigt zu halten. Immerzu kam er mit neuen Aktivitäten. Sie gingen ins Kino und auf ein Konzert. Sie waren auf einer Messe für Futtermittel, die für Maya mehr als nur langweilig war, und bei einer Charityveranstaltung für benachteiligte Kinder.

Sein Konzept funktionierte. Nur leider immer nur so lang, bis er für einen Moment aufhörte, sie abzulenken. Wo es in ihren freien Minuten schlimm zu sein schien, waren die Nächte wirklich unerträglich. Mit stummen Tränen weinte Maya sich in den Schlaf, nur um kurze Zeit später wieder aufzuwachen und dieses grausame Spiel von vorn zu beginnen.

Bran zuliebe versuchte Maya, sich nicht anmerken zu lassen, wie schwer sie die ganze Situation immer noch belastete. Er gab sich so verdammt viel Mühe, da konnte Maya ihm zum Dank doch zumindest ein gutes Gefühl geben.

Es war ziemlich anstrengend. Immerzu zu lachen und so zu tun, als würde das Leben tatsächlich weiter gehen, als würde es ihr tatsächlich besser gehen. Es war verdammt anstrengend, jeden Tag aufs neue aufzustehen, zu essen, zu lächeln, zu reden ... zu leben!

Nachdem bereits eine Woche verstrichen war, saßen Maya und Bran wieder zusammen beim Frühstück.

"Musst du eigentlich gar nicht mehr arbeiten?", fragte Maya ihren Gegenüber.

"Doch, warum?", fragte Bran, ohne von seinem Müsli aufzusehen.

"Wir haben doch schon wieder Montag, du bist also

schon eine ganze Woche mit mir hier draußen."

"Sonderurlaub", antwortete er kryptisch.

"Was heißt das?", fragte Maya verunsichert.

"Ryan hat mir unbezahlten Urlaub genehmigt, solange ich ihn brauche."

"Warum nimmst du dir unbezahlten Urlaub?"

"Damit ich mich um dich kümmern kann."

"Ich bin erwachsen, Bran. Ich brauche keinen Babysitter."

"Das ist mir klar, aber du brauchst einen Freund."

"Das ist zu viel, das kann ich nicht von dir annehmen!"

"Tja, da du kein Mitspracherecht hast, wird dir wohl nichts anderes übrig bleiben", antwortete er und stand auf.

"Aber...", setzte Maya nochmal an, doch Bran unterbrach sie.

"Mach ein bisschen zügiger heute. Ich möchte auf eine Jungpferdeauktion in den Norden. Ich muss ein bisschen Geld verdienen", sagte er mit einem freche Jungen Lächeln.

Maya lächelte ebenfalls. Ein Freund wie Bran war mehr, als sie verdient hatte.

Die Auktion war sehr interessant und Bran schien wirklich zu wissen, was er da tat. Er begutachtete Jährlinge, Zwei- und Dreijährige. Beurteilte ihr Verhalten und ihr Aussehen nach einen Prinzip, das für Maya als Laien unerschließbar war. Er las in den Papieren und befand sie für gut oder auch nicht, wobei Maya auch hier nicht sagen konnte, was er aus dieser schier unendlich wirkenden Masse an Namen herausfinden konnte.

Wenn Maya alles richtig verstanden hatte, so hatte Bran einen Zweijährigen und zwei Dreijährige gekauft, welche in den kommenden Wochen auf seine Ranch geliefert werden sollten.

Auf der Heimfahrt hielten sie an einem kleinen Diner am Highway. Von der langen Zeit in der Kälte waren beide mächtig durchgefroren und bestellten sich Kaffee und

Suppe.

"Warum steckst du eigentlich so viel Zeit und Geld in die Ranch?", fragte Maya nach ein paar Schlückchen ihres Kaffees.

"Nun ja, zum einen sind es für mich einfach Erinnerungswerte und ich möchte nicht, dass sie verfallen. Und zum anderen möchte ich gern, dass meine eigene Familie irgendwann dort aufwächst."

Brans Worte versetzten Maya einen kleinen Stich, war es doch genau das, was auch sie sich wünschte. Also nickte sie verstehend und widmete sich ihrer Tomatensuppe.

Bran räusperte sich und rutschte ein wenig auf seinem Stuhl hin und her, bis Maya schließlich aufsah. Sein Blick war durchdringend auf sie gerichtet, als versuche er, ihre Reaktion abzuschätzen.

"Ich ... ähm ... weißt du, ich könnte mir das mit dir vorstellen, Maya", setzte er schließlich an.

Maya verschluckte sich an ihrer Suppe und hustete heftig.

"Ja, ich weiß, es ist noch zu früh, um darüber überhaupt nachzudenken. Vor allem nach dem, was du gerade erst hinter dir hast. Aber weißt du, wir wollen die gleichen Dinge für die Zukunft. Wir haben die gleichen Werte und Vorstellungen. Den gleichen Zeitplan und das gleiche Ziel. Wir verstehen uns ja auch gut und du bist eine wirklich schöne Frau, Maya", schloss er und starrte dann wieder auf seine Suppe.

"Das ist sehr schmeichelhaft, Bran. Aber ..."

"Nein, sag nichts. Lass es dir einfach mal durch den Kopf gehen, wenn die Zeit reif ist für solche Gedanken. Sieh mal, ich mag dich, Maya. Ich weiß, das ist alles viel zu früh, aber du sollst wissen, dass es auch noch andere Männer da draußen gibt. Männer, die froh wären, eine Frau wie dich an sich binden zu können."

Maya lächelte ihn sanft an. "Danke, Bran."

"Gern. Und jetzt lass uns wieder an ein wenig leichtere Themen gehen", sagte er mit einem schiefen Lächeln in seinem hübschen Gesicht.

"Ciao, Maya. Wie geht es meinem kleinen Mädchen?"

"Ciao Granny. Gut, danke, und dir?"

"Wie soll es einer Frau, die 80 Jahre alt wird, schon gehen, Mädchen? Das ist übrigens auch der Grund für meinen Anruf. Wir müssen uns kurz halten, die Telefonate auf eure mobilen Telefone sind immer so teuer!", antwortete Granny Pico.

Es hatte keinen Sinn, ihr zu widersprechen. Wenn Granny einer Meinung war, ließ sie sich durch nichts davon abbringen.

"Du denkst hoffentlich an meinen Geburtstag in zwei Monaten?"

"Ja, Granny!"

"Und du bringst endlich einen Mann mit?"

Maya musste schwer schlucken. Ihre Granny wünschte sich nichts mehr, als das Maya endlich einen passenden Mann fand und ihre eigenen Familie gründete. Für ihre Granny ging nichts über die Familie. Nun, sie könnte einfach Bran bitten, das für sie zu tun. Er hätte sicherlich Verständnis für ihre Situation.

"Mach ich Granny."

"Sehr schön, Bella. Ich richte ein Gästezimmer für euch ein. Bis dann!"

Traurig lief Maya zurück ins Wohnzimmer.

"Hey Maya, ich muss morgen und Freitag ins Büro, willst du hier ...", Brandon verstummte, als er sie sah.

"Hey Süße, was ist passiert?", fragte er sanft und streckte ihr die Arme entgegen.

Maya lief zu ihm und kuschelte sich in seine Arme. "Nichts, gar nichts. Ich hab nur mit meiner Granny telefoniert und war ein bisschen traurig", sagte Maya leise an seiner Schulter.

"Ach herrje", murmelte er und drückte sie noch ein wenig fester an sich.

"Sie hat bald ihren 80. Geburtstag ... und erwartet ... also, möchte ..."

"Spuck's aus, Süße", antwortete Bran und Maya hörte das Lächeln in seiner Stimme.

"Sie denkt, ich komme in Begleitung ..."

"Maya?"

"Hm?"

"Soll ich mit dir hinfliegen?", fragte Bran lächelnd.

"Würdest du?"

"Klar, kein Thema", sagte er sanft.

"Danke!", antwortete sie erleichtert.

Die Wärme seiner Umarmung tat gut und Maya genoss die Zuneigung, die Bran ihr schenkte. Sie löste sich dennoch ein Stückchen von ihm, um ihm keine falschen Signale zu senden.

"Du musst morgen weg?", fragte sie, um sie beide auf andere Gedanken zu bringen.

"Ja genau. Donnerstag und Freitag. Ich habe meine letzte Besprechung Freitag um 12 Uhr mittags und könnte im Anschluss direkt zurück fahren. Möchtest du mit? Eine Nacht in Boston?"

"Nein, lieber nicht. Ich bleibe hier", antwortete Maya leise.

"Hm ... ich werde dich vermissen", sagte Brandon und ehe Maya protestieren konnte, küsste er sie.

Sein Kuss war schön. Warm und weich. Sanft und zuckersüß. Er versprach ihr so viel Liebe und Zuneigung. Eine Zukunft mit all dem, was sie sich immer gewünscht hatte ... nur nicht mit dem richtigen Mann.

Vielleicht war es ihr einfach nicht vergönnt, eine eigene Familie und die große Liebe zu haben. Vielleicht sollte sie sich mit dem, was Bran ihr bot, zufrieden geben. Es war so viel mehr, als sich Millionen von Frauen jemals zu träumen wagen konnten.

Und doch war es nicht genug, denn er war nicht der Mann ihres Lebens.

Sacht löste sie sich von ihm.

"Es wird nicht funktionieren, Bran", flüsterte sie.

Er seufzte. "Ich weiß. Aber hey", fuhr er dann mit heiterem Tonfall fort. "Wenn wir beide 35 sind und noch niemanden gefunden haben, können wir immer noch eine Zweckgemeinschaft gründen. Was hältst du davon?"

Maya lächelte ein wenig wehmütig. An dem richtigen Finden hatte es nicht gelegen. Dieser Richtige müsste nur eine andere Vorstellung von seinem Liebesleben haben.

Um Brandon ein wenig glücklicher zu machen, sagte sie: "Deal!"

12 NEUORIENTIEREN 2

SHANE

10 Tage zuvor.

"Du bist das größte Arschloch, das mir jemals untergekommen ist!", schrie Ryan, als er die Firmenwohnung von JB-Industrials betrat, in der bis vor wenigen Minuten noch Maya gewohnt hatte.

Shane wurde von ihm am Revers seiner Jacke gepackt und an die nächste Wand genagelt.

"Was soll das, Bro?", fragte Shane scharf und versuchte, seinen besten Freund von sich zu schieben.

"Nur weil du Wichser deinen Schwanz nicht einmal in der Hose lassen kannst, hab ich jetzt Stress mit Sky!", schrie Ryan außer sich vor Wut und knallte Shane noch einmal gegen die Wand.

"Und was soll das bitte mit mir zu tun haben? Ich hab Sky nicht gevögelt!"

Shane hatte seinen Satz kaum beendet, da krachte Ryans Faust auch schon mit voller Wucht gegen seinen Kiefer. Unter dem zweiten Schlag duckte Shane sich weg, sodass Ryans Faust die Wand traf.

"Bist du verrückt geworden?", schrie er ihn an.

"Du hast ihre beste Freundin gevögelt. Das reicht schon, du Arschloch!"

"Ist ja nicht gerade so, als hätte sie es nicht gewollt!", gab Shane heftig zurück.

"Hättest du nicht einfach weiter irgendwelche Geier ficken können? Aber nein, weil Sunnyboy Shane den Hals niemals voll bekommt, muss er die beste Freundin meiner Frau vögeln", antwortete Ryan höhnisch.

"Du bist sowas von selbstsüchtig, Shane. Du willst immer nur, was du nicht haben kannst. Im Winter schreist du nach dem Sommer. Am Morgen nach dem Abend. Und während du noch das eine Mädchen vögelst, bist du in Gedanken schon beim nächsten!"

"Sei nicht so selbstgerecht, Ryan. Du hast verdammt nochmal nicht anders gelebt, als du noch nicht wie ein liebeskranker Trottel hinter Sky hergehechelt bist!"

"Aber ich habe wenigstens immer im Hier und Jetzt gelebt! Ich habe immer das genossen, was ich im Moment hatte. Jetzt sehnst du dich nach Talin und wenn wir dort sind, willst du nach Hause. Du bist immer unter Strom, weil du schon gar nicht mehr weißt, wie man etwas genießt, das einem geschenkt wird! Du bist immer auf der Suche nach dem nächsten Kick, nach dem nächst besseren. Aber dieses Mal hast du dich verkalkuliert, Shane, denn etwas Besseres wird es für dich nicht mehr geben!"

"Du hast überhaupt keine Ahnung davon, was ich möchte. Deine Sicht ist verzerrt, weil du nur noch durch deine rosarote Brille siehst", schrie Shane ihn an, weil die Worte, die Ryan sagte, zu nah an die Wahrheit heran kamen.

"Du wirst es schon sehen, in den kommenden Tagen. Du wirst sehen, wie verdammt glücklich du mit ihr warst, weil du dich absolut scheiße fühlen wirst! Du wirst am Boden zerstört sein, weil du erkennst, was du verloren hast. Glaub mir, ich weiß, wovon ich rede. Ich habe all das bereits hinter mir!"

"Einen Scheiß werde ich! Ich bin nicht so gemacht wie Ty und du! Ich brauche keine Frau fürs Leben! Natürlich werde ich sie vermissen, weil alles so einfach und perfekt mit ihr war, aber da draußen sind so unglaublich viele Frauen, die nur drauf warten, dass jemand wie ich vorbei kommt!"

"Mein Gott, Shane. In welcher Traumwelt lebst du eigentlich? In dem Moment, in dem dir klar wird, was du an ihr verloren hast, wirst du genau hier sitzen und auf den Boden deiner leeren Schnapsflasche starren. Dann wird dir klar werden, wie schnell diese traumhafte Beziehung in die Brüche gegangen ist. Deinetwegen!"

"Pah, Beziehung! Ich habe keine Beziehungen, Ryan! Ich nicht! Ich werde niemals in einer unglücklichen Ehe gefangen sein!"

"Vielleicht nicht, aber du wirst es auch niemals schaffen, in einer traumhaften Ehe zu leben und du wirst dich mehr als einmal fragen, warum du diesen Traum nicht behalten konntest. Und vielleicht wirst du dann auch verstehen, warum jede Frau, die du berührst, mit Sicherheit daran kaputt geht, sich auf dich eingelassen zu haben", antwortete Ryan in einem so niedergeschlagenen, beinahe mitleidigen Ton, dass Shane wütend wurde.

"Du bist verrückt geworden, Ryan. Dieser Lebensstil funktioniert für uns alle noch immer bestens! Nur weil du dich geändert hast, heißt das noch lange nicht, dass wir es dir alle gleichtun müssen!", fauchte er ihn an und stieß ihn grob vor die Brust.

"Irgendwann werden dir diese belanglosen Ficks einfach nicht mehr reichen. Die können die Leere in dir auf Dauer nicht füllen, verstehst du das nicht? Die wahre Liebe zu finden ist wie ein 6er im Lotto."

"Und woher willst du wissen, dass Maya meine wahre Liebe ist?"

"Du wirst es in den nächsten Tagen herausfinden. Du musst nur in dich hinein horchen. Bekommst du sie nicht mehr aus deinem Kopf? Hast du sie vor Augen, wenn du sie schließt, als wäre sie in dein Netzhaut eingebrannt? Vermisst du einfach nur ihre Gegenwart, nicht den Sex, sondern einfach nur, sie in deinen Armen zu spüren, sie zu riechen und sie zum Lächeln zu bringen? Denk an meine Worte, Shane, denn dann ist es Liebe und du solltest anfangen zu beten, dass du es dir nicht für immer versaut hast!"

"Das sind alles nur Märchen, Ryan. Die wahre Liebe gibt es nicht."

"Ich hoffe, du erkennst es rechtzeitig!", sagte Ryan, schüttelte seinen Kopf und ging hinaus.

Nach einem Moment ging Shane ins Badezimmer, um sich das Blut aus dem Gesicht zu waschen. Ryans rechter Haken war nicht von schlechten Eltern und Shane war froh, nicht öfter Adressat desselbigen zu sein.

Maya hatte bei weitem nicht alles gepackt. Also musste sie nur vorübergehend weg gegangen sein. Vielleicht war sie zu Sky in Ryans Wochenendhaus gefahren.

Shane beschloss, sicherheitshalber einfach in ihrer Wohnung wohnen zu bleiben, damit er sich mit ihr aussprechen konnte, wenn sie wieder kam.

Er ging in die Küche und holte sich ein kühles Bier, um seine Lippe zu kühlen. Dann setzte er sich vor den Fernseher und entspannte sich ein wenig.

Es fühlte sich seltsam an, ohne sie in ihr Bett zu gehen. Es war zu groß, zu leer ohne sie. Shane wälzte sich von rechts nach links und doch konnte er keine richtige Position finden. Wie auch, wo Maya nicht da war, um sich an sie zu schmiegen.

Schlussendlich nahm Shane ihr Kissen in den Arm, vergrub seine Nase darin und schlief mit ihrem Geruch in ebendieser ein.

Shane erwachte mit einem ziemlich harten Schwanz und suchte mit seiner Hand nach Maya. Erst nach und nach klärte sich sein Verstand und er erinnerte sich wieder daran, dass sie nicht da war.

Nach einer kalten Dusche frühstückte er und las dabei die Zeitung.

"Rhianna kommt diesen Monat noch in die Stadt für ein Konzert, was ...", er brach ab, weil ihm wieder einfiel, dass Maya nicht da war, um zu kommentieren, was er aus der Zeitung vorlas.

Ganz leise schlichen sich Ryans Worte in seinen Kopf: *Vermisst du einfach nur ihre Gegenwart...*

NEIN!

Auf dem Weg zum Mittagessen hielt er den Aufzug automatisch in ihrer Etage an, bevor ihm wieder einfiel, dass sie nicht da sein würde, um ihm beim Mittagessen Gesellschaft zu leisten.

Am Abend kam er totmüde zurück in die leere Wohnung. Es fühlte sich furchtbar an. Überhaupt nicht wie in der letzten Zeit, in der er sich immer gefreut hatte, nach Hause zu kommen.

Früher war er jeden Abend ausgegangen. Jeden Abend war er in Chris Club herumgelungert und hatte irgendeinen Geier aufgerissen. Heute hatte er keine Lust dazu. Zum einen wollte er nicht an den furchtbaren Abend erinnert werden, an dem Chris Leben so eine dramatische Wendung vollzogen hatte, zum anderen hatte er keine Lust auf eines dieser dummen Flittchen, die sich ihm immer an den Hals warfen.

Er wollte Maya. Er wollte, dass sie genau in diesem Augenblick in der Küche stand und ihm diese gottverdammten Nudeln kochte!

Ohne Abendessen verzog er sich in Mayas Bett und wälzte sich stundenlang hin und her, ehe er schließlich in einen unruhigen Schlaf fand.

Am nächsten Morgen war er schlauer. Er frühstückte gar nicht erst in der Wohnung, sonder ging sofort in sein

Büro und ließ sich, wie früher üblich, von seiner Sekretärin Frühstück bringen.

Mittags stand das wöchentliche Essen mit Sky und Ryan an. Letzterer funkelte ihn unentwegt böse an und Sky ignorierte ihn komplett. Er versuchte, die Stimmung mit ein paar Scherzen aufzulockern, aber es war nichts zu machen.

Irgendwann bettelte Ryan, der die angespannte Stille wohl auch nicht mehr ertrug: "Sky, bitte!"

"Nein, ich werde mich nicht mehr mit diesem Idioten abgeben!", fauchte sie und winkte dann dem Kellner, ohne darauf zu achten, ob die anderen schon fertig waren oder nicht.

Nicht, dass Shane noch einen Bissen hätte essen wollen.

Um nicht wieder völlig sinnlos in Mayas Wohnung herumzulungern, entschied er sich, am Abend doch in Chris Club zu gehen.

Er war brechend voll wie eh und je und auch der VIP Bereich war gut besucht. Über die Hälfte der Fire&Ice Mitglieder war an diesem Abend gekommen.

"Hey Jungs, wie geht's?", fragte er in die Runde und wurde vielstimmig gegrüßt.

Zwischen Jason und Logan war noch ein Platz frei und Shane setzte sich.

Die Gespräche der Runde drehten sich um die unterschiedlichsten Dinge. Chris Unfall, Tys Hochzeit, die Arbeit, die Geier, Fire&Ice, die Zukunft und schlussendlich kam auch das von ihm so gefürchtete Thema.

"Hey Shane, wo hast du eigentlich Maya gelassen?", fragte Jason.

Shane starrte in seine Bierflasche. "Sie ist gegangen."

"Gibt es doch mal jemanden, der dir nicht alles verzeiht?", frotzelte Logan

"Wohin?", wollte Mat wissen.

Shane konnte nur die Schultern zucken. Sky würde es

ihm bestimmt nicht verraten.

Die Jungs sprachen noch eine Weile über sie. Wie toll sie war und wie heiß. Shane versuchte, die Gespräche so gut es ging auszublenden. Teilweise machten ihn die Themen sauer, wenn etwa Luce darüber sprach, es einmal bei ihr zu versuchen, obwohl es ihn nicht interessieren sollte. Sie waren schließlich kein Paar, also konnte jeder von ihnen tun und lassen, was er wollte. Und doch machte der Gedanke an Maya und einen anderen Mann ihn eifersüchtig.

Zum anderen, weil er es einfach nicht ertrug, ihren Namen zu hören. Immer und immer wieder daran erinnert zu werden, was er verloren hatte. Seine Freunde über sie reden zu hören, zog ihn in ein tiefes dunkles Loch, von dem er keine Ahnung hatte, wie er dort jemals wieder heraus kommen sollte.

Der DJ spielte das Lied, zu dem er sie das erste Mal verführt hatte und Shane kam sich vor, als hätte sich die ganze Welt gegen ihn verschworen.

Jeder einzelne von ihnen wollte mit einer großen Leuchtreklametafel auf den leeren Platz neben ihm deuten. Und warum? Nur weil er schlechten und unbedeutenden Sex mit einem Geier haben musste.

Verdammte Scheiße!

Schnell verabschiedete er sich von seinen Freunden und zog sich in dieses grauenhafte Bett zurück, das so furchtbar gut nach ihr roch.

Mittwochabend war er bereits so frustriert, dass er sich einfach nur mit einem Bier vor den Fernseher knallte. Sie musste doch langsam mal zurück kommen! Immerhin hatte sie noch all ihre Sachen hier! Sie würde wohl kaum alleine in Ryans Wochenendhaus sitzen wollen. Sie würde eingehen vor Langeweile!

Maya brauchte Action und tausende von Leuten um sich herum! Wie oft hatte sie ihn von A nach B gezogen, nur weil ihr langweilig war.

In der Woche nach Chris Unfall musste er sogar mit ihr in den Supermarkt, weil das Einkaufen von Lebensmitteln anscheinend immer noch lustiger war, als einfach gemütlich auf dem Sofa zu sitzen.

Wäre sie jetzt hier, würde er mit ihr in den Supermarkt fahren. Er könnte sich Chips holen und sich dann darüber amüsieren, wie planlos Maya von links nach rechts rannte. Er hatte noch nie jemanden kennengelernt, der so wenig System beim Einkaufen hatte. Sie konnte bereits bei der Kasse sein, da fiel ihr ein, dass sie doch noch Bananen wollte und sie lief zurück zum Eingang des Supermarkts.

Von wegen, sie könnte sich genauso schnell ein Kleid besorgen, wie sie es bei Carry getan hatten. Maya würde die gesamte Stadt zwei Mal abklappern, ehe sie eine Entscheidung getroffen hätte.

Schluss jetzt! Was war nur los mit ihm? Seine gesamten Gedanken konnten doch nicht unaufhörlich um Maya kreisen, vor allem, da es ja noch nicht einmal etwas mit dem phänomenalen Sex zu tun hatte, den sie beide geteilt hatten.

Bekommst du sie nicht mehr aus deinem Kopf? Hast du sie vor Augen, wenn du sie schließt, als wäre sie in deine Netzhaut eingebrannt? Vermisst du einfach nur ihre Gegenwart.

Nein, verdammte Scheiße! Ryan hatte nicht Recht!

Mit aller Kraft warf er seine beinahe leere Bierflasche gegen die Wand. Sie zersprang in 100 Teile und hinterließ einen hässlichen Fleck an der Wand.

Genauso hässlich wie der schwarze Fleck, der auf seinem Herzen entstanden war, als Maya ihn verlassen hatte. Was zu Teufel hatte diese Hexe mit ihm angestellt?

Er musste schlafen. Dringend. Morgen würde er seine Gedanken wieder besser sortieren können.

Donnerstagmittag entschied er sich, nicht zu der Runde am Abend zu gehen. Sky war eindeutig sauer auf ihn und er wollte nicht, dass Ryan noch mehr Ärger mit ihr bekam. Sonderlich gern war er sowieso nie hingegangen. Er war immer nur dort gewesen, weil Maya da war.

Verdammt viele seiner Aktivitäten in der letzten Zeit hatte er nur unternommen, weil Maya es wollte. Wäre es nach ihr gegangen, wären sie noch viel häufiger unterwegs gewesen. Sie wollte immer irgendetwas besichtigen oder unternehmen.

Und durch die Clubs ziehen. Abend für Abend wollte sie irgendwohin gehen, um tanzen zu können. Noch ein Grund, warum sie nicht in dem Haus auf dem Land sein konnte. Wo zur Hölle sollte sie dort tanzen gehen?

Um den Kopf ein wenig von Maya zu befreien, entschied Shane sich, seine Schwester zu besuchen.

"Hey Carry!", rief er, als er in ihrem Laden angekommen war und ließ sich auf eines der Sofas fallen.

"Hey Bruderherz, was verschafft mir die Ehre?"

"Mir war langweilig", antwortete Shane.

"Dir ist nie langweilig. Warum hängt heute keines dieser Weiber an deinem Rockzipfel?"

"Ich trage keine Röcke", sagte Shane grinsend und war froh, dass seine Schwester ihn ein wenig ablenkte.

"Also dann ohne Rock. Schlussfolgerung überlasse ich dir. Und jetzt erzähl, was ist los?"

"Nichts, wie gesagt, ich hatte nichts zu tun, kann man da nicht mal seine große Schwester besuchen?"

"Du nicht. Du kommst immer nur, wenn wir nach Hause müssen oder ich eines deiner Dummchen einkleiden soll."

"Stimmt doch gar nicht!", entgegnete Shane empört.

"Wo ist das letzte hin? Es schien mir gar nicht allzu doof", sagte Carry und stellte einen Kaffee vor ihnen beiden ab.

"Sei nicht immer so, Carry! Dein Humor ist sehr speziell und die meisten verstehen ihn einfach nicht."

"Sie müssen ihn auch nicht verstehen. Ich will all die Menschen sowieso nicht um mich haben. Und du weichst mir aus, Shany!"

"Nenn mich nicht so, Carry!", gab Shane etwas grober zurück.

"Raus mit der Sprache!"

"Nein!"

"Shane Walter Carter ...", weiter kam sie nicht, weil Shane ihr eine Hand vor den Mund schlug.

"Pssst! Bist du wahnsinnig? Wenn jemals jemand von diesem Namen erfährt, bin ich geliefert!", fauchte Shane und sah sich rasch um, ob jemand das Übel, für das er seinen Onkel verantwortlich machte, mitbekommen hatte.

Carry zog seine Hand zur Seite. "Dann sprich oder ich rufe noch heute bei der *Boston Society* an!"

Zähneknirschend ließ Shane sich auf seinem Stuhl zurück sinken. "Sie ist gegangen."

"Aha. Dann ist es klüger, als ich dachte."

"Lass das! Klar ist Maya klug."

"Jup, sonst hättest du sie schon nach eurem ersten Abend in den Wind geschossen."

"Quatsch!", gab Shane verärgert zurück. Carry hatte überhaupt keine Ahnung von seinem Leben!

"Es ist nur dein Ego, das dir sagt, dass du mehr als eine Frau brauchst, um glücklich zu sein, weißt du? Und du hast Angst, dass du so unglücklich werden könnest, wie Dad es war. Aber hör mal, Shane, jeder ist seines Glückes Schmied und man kann eindeutig nichts gewinnen, wenn man zu feige ist zu spielen!", gab seine große Schwester besserwisserisch zum Besten.

"Ja, sagt die Frau, die noch nicht einmal Freunde haben will!"

"Das tut nichts zur Sache. Dein Egoismus hat die vielleicht einzige Frau, die es in deinem Leben schaffen könnte, dich längerfristig glücklich zu machen, vertrieben. Und wenn du nicht bald aufhörst, so verdammt stolz zu sein, wirst du sie für immer verloren haben!"

"Ich bin nicht zu dir gekommen, damit du mir dämliche Vorträge hältst! Da hätte ich auch bei Ryan bleiben können."

"Oh, ist der Trottel doch mal zu was zu gebrauchen", gab Carry sarkastisch zurück.

"Hör auf damit, Carry! Er ist mein bester Freund!"

"Er ist ein Trottel, genau wie all die anderen Hohlköpfe, mit denen du dich umgibst!"

"Ich gehe. Du bist heute wieder in Höchstform."

"Ja, hau endlich ab und hol dir das Mädchen zurück. Ich hab ihr Kleid für Tys Hochzeit schon hergerichtet."

"Was? Woher weißt du überhaupt davon?"

"Nina hat mich eingeladen und jetzt zieh Leine. Ich habe Kundschaft."

Völlig überrumpelt verließ Shane den Laden seiner Schwester. Woher kannte Carry Nina und wie konnten die zwei so ziemlich gegensätzlichsten Personen, die er kannte, sich so gut verstehen, dass Nina sie gleich zu ihrer Hochzeit einlud?

Zurück in die leere, kalte Wohnung zu kommen, fühlte sich von Tag zu Tag noch furchtbarer an. Ob die anderen es ihm eingeredet hatten oder ob er es selbst eingesehen hatte, wusste er nicht. Aber er vermisste Maya.

Er vermisste sie und ... ja, er liebte sie. Mehr als eine Freundin. Er liebte sie richtig, mit allem drum und dran. Wie sollte es anders sein? Seit fast einer Woche vermisste er sie 24 Stunden am Tag. Jeder Gedanke kreiste immer nur um sie und sogar im Schlaf suchte sie ihn heim. Er wollte und konnte nicht mehr ohne sie sein!

Und er war sogar eifersüchtig! Ein komisches Gefühl, das ihm überhaupt nicht gefiel. Er wollte seine Maya für sich allein haben!

Vielleicht hatten Ryan und Carry sogar ein wenig Recht. Vielleicht hatte er auch ein klein bisschen Angst, so verbittert zu enden wie sein Dad. Aber heutzutage hieß das alles ja noch lange nicht, dass es ein bis dass der Tod uns scheidet werden musste! Sie hatten perfekt harmoniert und es hätte eben so lang gehalten, wie es funktioniert hätte, und fertig!

Er war einfach zu dumm gewesen, um zu erkennen, was für eine großartig, starke Frau er da vor sich hatte. Allein deshalb war sie jetzt weg und er allein. Das Zusammenleben, ja sogar die alltäglichen Dinge mit Maya waren perfekt gewesen.

Auf der anderen Seite wusste er genau, wonach Maya sich sehnte. Sie wollte das volle Programm. Hochzeit, Kinder, Enkel, Haus, Hund. Shane bekam schon bei dem Gedanken an diesen Berg von Forderungen Schweißausbrüche.

Wenn ich sie wirklich liebe, sollte ich sie in Ruhe lassen. Ich kann ihr nicht geben, wonach sie sich so sehr sehnt!

Er musste einfach einmal eine Runde darüber schlafen, dann würde er die Dinge wieder klarer sehen und seine nächsten Schritte planen können.

Morgen würde die Welt schon wieder ganz anders aussehen, da war er sich sicher!

Einen wunderschönen guten Morgen, Welt! Und es sieht verdammt nochmal gar nichts fucking anders aus!

Nun gut, dann bliebe ihm wohl nichts anderes übrig, als egoistisch zu sein und sie sich zurück zu holen. Als erstes musste er herausfinden, wo genau sie sich befand. Gut, dass es Samstag war, so hatte er alle Zeit der Welt, Sky einzuwickeln, damit sie ihm weiterhalf.

Nach einer kurzen Dusche machte er sich auf den Weg zu Ryans Wohnung. Trotz mehreren Minuten Sturmklingelns öffnete ihm niemand. Also ging Shane davon aus, dass die beiden sich in sein Wochenendhaus verzogen hatten. Da dieses nur ungefähr 30 Minuten entfernt lag, machte Shane sich ebenfalls auf den Weg dorthin.

Sky würde sich wesentlich leichter einwickeln lassen, wenn er ihr gegenüber stand und sie mit seinem Charme umgarnte, anstatt nur mit ihr zu telefonieren.

Kurze Zeit später klingelte er bereits an dem riesigen

weißen Haus Sturm. Nur in Boxershorts bekleidet, öffnete sein bester Freund die Haustür.

"Morgen, mein Bester! Ich bin auf der Suche nach Maya", sagte Shane betont fröhlich, weil Ryans verstrubbelter Haarschopf ein weiteres Indiz für die nächtliche Ruhestörung war, die Shane gerade beging.

"Wir haben 8 Uhr morgens. Warum zum Teufel liegst du nicht verkatert mit irgendeinem Geier in irgendeinem Bett?", knurrt Ryan und machte keine Anstalten, ihn hineinzulassen.

Also erledigte Shane das selbst und schob sich einfach an ihm vorbei.

"Weil ich mir deine Worte zu Herzen genommen habe und jetzt Maya zurück holen muss!", sagte er mit fester Stimme und schmierte ihm absichtlich ein wenig Honig ums Maul.

"Ich werde dir überhaupt nichts sagen, ich habe die letzte Vorehekrise noch nicht ganz überwunden", knurrte Ryan und kratzte sich an der Brust.

"Nicht kratzen, Stelle merken, waschen, Ryan!", belehrte Shane ihn und kam dann wieder zum Kern seines Anliegens.

"Dann frage ich deine Holde selbst. Liegt sie noch im Bett?", fragte er und lief schon in Richtung Schlafzimmer.

"Wenn du dich dem Bett, in dem die zukünftige Mrs. Black liegt, auch nur auf 100 Schritt näherst, reiße ich dir persönlich den Schädel ab!", donnerte Ryans Stimme durch die Vorhalle und er hörte sich tatsächlich ernst an.

"Über das Thema Heirat sind wir uns noch nicht einig, ansonsten stimme ich dir vollkommen zu, Ryan. Was willst du hier, Shane?", wandte Sky sich an ihn.

Sie hatte sich bereits angezogen oder was sie so anziehen nannte. Sie trug wieder diese verdammt kurzen Shorts, die ihre schönen Beine so herrlich zur Geltung brachten. Dazu ein farblich passendes Tanktop, das ihrer Figur ...

"Aua!", rief Shane aus und rieb sich den Hinterkopf,

auf den Ryan ihn gerade geschlagen hatte.

"Starr sie nicht an! Mann, Shane, du hast wirklich die Konzentrationsspanne einer Erdnuss!", maulte Ryan und lief dann zu seinem Mädchen.

"Was willst du, Shane?", fragte Sky und hörte sich ziemlich sauer an.

"Ich will Maya zurück. Wo ist sie?", fragte er und lächelte charmant.

Shane zucke unter dem Eisblick, mit dem Sky ihn bedachte, zusammen.

Mann oh Mann, wenn Blicke töten könnten!

"Hau ab, Shane. Du kannst froh sein, dass wir dich nicht im Schlaf kastriert haben", fauchte sie.

Okay, Sky war wohl wirklich ziemlich sauer. Er sollte lieber schnell das Weite suchen und sich einen anderen Verbündeten suchen. Wo konnte seine Maya nur stecken?

CAT! Natürlich, warum war er darauf nicht früher gekommen?

"Okay, danke euch zwei und ein schönes Wochenende!", flötete er unschuldig, um seine Absichten nicht zu verraten.

Beim Hinausgehen hörte er noch Skys Stimme: "Er plant irgendetwas und egal, was es ist, ich mache dich dafür verantwortlich, Ryan Black!"

Schnell suchte Shane das Weite, bevor Ryan den schwarzen Peter an ihn weitergeben konnte.

"Shane Carter, für Cathrin Black bitte", meldete er sich am Empfang des großen Hotels an.

"Ich kann sie leider nicht vor 12 Uhr erreichen, Sir, sie ist in einer wichtigen Sitzung", antwortete der Portier.

Natürlich, was auch sonst, warum sollte ich einmal Glück haben!

"Okay. Ich bin im Restaurant, wenn sie raus kommt. Könnten Sie bitte noch nachsehen, ob eine Maya Santana bei Ihnen eingecheckt hat?"

"Es tut mir leid, Sir. Unsere Kundendaten unterliegen

strengsten Sicherheitsbestimmungen. Ich kann Ihnen leider keiner Auskunft geben."

"Ja, ja. Danke."

Wie gesagt, warum sollte ich Glück haben ...

Vier Stunden, ein Frühstück und ein Mittagessen später, hatte Cat endlich Zeit für ihn.

"So, so, Shane Carter. Was verschafft mir die Ehre?", fragte Cat lächelnd, als sie zur Tür hinein kam.

"Hey Cat. Ich muss Maya finden. Sie ist doch bestimmt hier, oder?", fragte Shane und zog sich bereits seine Jacke über.

"Warum sollte sie?", fragte Cat und schien wirklich verwundert.

"Wir hatten eine Meinungsverschiedenheit und jetzt ist sie weg. Ich will sie wiederhaben, also sag mir, wo sie ist!"

Mhm, geschickt ausgedrückt, Mr. Carter!, dachte Shane und freute sich darüber, dass er ihren Streit so wunderbar unschuldig umschreiben konnte. So konnte er Cat bestimmt auf seine Seite ziehen!.

"Ich hab davon nichts gehört, wirklich, Shane! Sorry, aber ich kann dir nicht helfen!"

SCHEIßE!!

Geknickt verließ er das Hotel und nahm sich vor, die Setarips anzurufen. Vielleicht hatte sie einem von ihnen Bescheid gegeben, was sie vorhatte.

Weitere drei Stunden und gefühlte 100.000 Anrufe später war Shane immer noch nicht weiter. Blieb also nur noch Nina. Mit weitaus weniger elanvollen Schritten lief er zu seinem Auto.

"Hey Ty. Shane hier", sprach er in die Gegensprechanlage des alten Fabrikgebäudes.

"Hi Kumpel", antwortete dieser, machte aber keine Anstalten, ihn hinein zu lassen. Als Zeichen, dass Maya wirklich hier war, wollte er das aber nicht werten, da Ty einen nie gern in seine eigenen vier Wände ließ.

"Hast du Maya gesehen?", fragte er den Hünen deshalb.

"Nein", antwortete dieser gewohnt knapp.

"Weißt du, wo sie ist?", fragte Shane, bereits leicht genervt von dessen Wortkargheit.

"Nein."

"Hat Nina eine Ahnung, wo sie sein könnte?" Langsam ging er ihm mächtig auf den Zeiger. Es entstand eine kurze Pause.

"Nein."

"Scheiße Mann! Ich will sie zurück!", fluchte Shane.

"Ich melde mich, wenn ich was höre."

"Danke! Ach und Ty, setz jemanden mit Nerven wie Drahtseile neben Carry, wenn du sie schon unbedingt auf einen gesellschaftlichen Anlass einladen musst."

"Mach ich! Bye."

"Bye."

Shane kam sich jedes Mal blöd vor, wenn er an der Tür so abgefertigt wurde, aber naja, wenigstens war Ty um Welten umgänglicher geworden, seit er Nina kannte.

Schließlich landete er wieder vor dem Fernseher und trank ein Bier nach dem anderen, bis er auf dem Sofa einschlief.

Jemand bearbeitete seinen Schädel mit einem Presslufthammer. Stöhnend drehte sich Shane um ... und krachte ungebremst auf den Boden.

Autsch! Scheiße!

"Shane!", wieder der Presslufthammer.

Blinzelnd öffnete er die Augen.

"Shane, verdammt nochmal, mach die Tür auf oder ich werde sie eintreten müssen!"

Wer zum Teufel störte ihn zu dieser unchristlichen Zeit? Und woher kam der Geschmack nach totem Wiesel in seinem Mund?

Mit dröhnendem Schädel schleppte er sich auf allen Vieren zur Tür.

"Letzte Warnung!", brüllte der Gesichtslose auf der anderen Seite.

Noch immer auf den Knien öffnete er schließlich und ließ sich laut stöhnend zurück zum Boden sinken.

"Meine Fresse, siehst du scheiße aus!"

Blinzelnd öffnete Shane die Augen und erkannte Ryan und Sky in seiner Tür stehen.

"Was wollt ihr hier? Euch an meinem Elend weiden?", brummte Shane und robbte, immer noch auf allen Vieren, da er sich zu mehr nicht fähig fühlte, zurück zum Sofa.

"Nein, wir haben doch für heute die Karten für diese Ausstellung mit den Toten", sagte Ryan.

"Körperwelten", warf Sky hilfreich ein.

"Da könnt ihr mich höchstens als Ausstellungsstück hinbringen", stöhnte Shane während er sich wieder in die Horizontale hievte.

"Du wolltest doch unbedingt da hin!", protestierte Ryan.

"Ja, weil Maya hin wollte", antwortete Shane ganz selbstverständlich und drehte sein Gesicht zur Rückenlehne.

"Shane ...", begann Ryan, doch er unterbrach ihn.

"Ja, ja. Ich hab's mir selbst verbockt. Und jetzt geht endlich, dass ich mich selbst bemitleiden kann", sagte Shane, drehte sich ganz auf die Seite und zog eine Wolldecke über sich. Er musste jetzt erst mal seinen Kater pflegen.

Nach einer kurzen gemurmelten Diskussion brachte Ryan ihm noch eine Flasche Wasser und Aspirin, dann verschwanden die beiden.

Die Woche verlief furchtbar schleppend und Tag für Tag ging Shane zurück in Mayas Wohnung und fand diese leer vor. Die Tatsache, dass ihm absolut nicht einfiel, wo Maya sein könnte, machte ihn wahnsinnig.

Mittwochabend saß er wieder einmal mit einem Bier in der Hand auf dem Sofa, als es an seiner Tür klingelte.

"Hey Ryan, was machst du hier?", fragte er ihn und lief zurück zum Sofa, ohne sich darum zu kümmern, was sein Freund tat.

"Nach dir sehen. Wie geht's?"

"Scheiße. Ich vermisse sie."

"Hattest du also ein Einsehen?"

"Jup. Ich liebe sie und ich will sie zurück, ob ich sie nun verdient habe oder nicht. Trotz der Tatsache, dass sie etwas so viel besseres als mich bekommen sollte. Es ist nicht angenehm, das zu sagen, aber du hattest Recht, Kumpel."

"Dann willst du also vor ihr zu Kreuze kriechen?"

"Auch für den Fall, dass es vielleicht bereits zu spät ist und sie mir niemals verzeihen wird. Ich werde vor ihr auf Knien robben und sie um Vergebung anflehen, wenn ich nur jemals herausfinde, wo sie ist", antwortete Shane ernst.

"Okay. Und nur weil ich glaube, dass sie deine Sky sein könnte und ich mir sicher bin, dass du mich niemals bei meiner Frau verraten wirst ... sie ist auf Brandons Farm."

"Sie ist WAS?", schrie Shane auf und war schon auf den Beinen. Schnell eilte er zur Tür, um sich Schuhe und Jacke überzuziehen.

"Mach langsam, Großer! Du musst das planen!"

"Da gibt es nichts zu planen! Ich muss sie wiederhaben!"

"Aber du brauchst eine verdammt gute Entschuldigung und es wäre außerdem besser, wenn Bran nicht dort wäre!"

"Hm ... ja, du hast Recht, aber wie?"

"Bran hat morgen ein Meeting in Boston und Freitagvormittag gleich nochmal, daher denke ich, dass er auf jeden Fall hier bleiben wird."

"Sehr gut, sehr gut. Wann meinst du, fährt er zurück?", fragte Shane, schon ganz nervös vor lauter Vorfreude, Maya wiederzusehen.

"Da er erst gegen 11 Uhr da sein muss, denke ich nicht, dass er vor Morgen früh fährt. Also hast du noch die ganze Nacht, dir etwas wirklich Herausragendes zu überlegen", antwortete Ryan

"Mhm, du hast Recht. Irgendwelche Vorschläge?", sagte Shane und ging im Geiste bereits eine Idee nach der anderen durch.

"Ich denke, für Maya kann es nicht romantisch genug sein! Und zerr sie um Himmelswillen nicht zu schnell ins Bett, sonst glaubt sie am Schluss noch, dass du sie nur deshalb zurück haben willst!"

"Aber ich hab schon fast blaue Eier!", rief Shane schockiert.

"Ich sage dir, Shane, sollte ich deinetwegen Ärger mit Sky bekommen, waren wir die längste Zeit befreundet!", knurrte Ryan warnend.

"Ja, ja, schon verstanden. Ich werde mich redlich bemühen. Versprochen!"

Ryan klopfte ihm noch einmal auf die Schulter und verließ dann Mayas Wohnung.

Shane machte sich sogleich an die Planung. Es sollte etwas wirklich Herausragendes sein. Romantik und Kitsch pur!

Grübelnd hing er stundenlang über seinen Ideen, ehe er endlich das Richtige fand und mit der Planung beginnen konnte.

13 ZWEITE CHANCE?

SHANE

Die Nacht war sehr kurz gewesen. Nicht nur, dass Shane bis spät in die Nacht an seiner Entschuldigungsstrategie gefeilt hatte, auch das mit dem Schlafen wollte nicht so recht klappen. Die Gedanken rasten in Höchstgeschwindigkeit durch seinen Kopf und ließen ihn einfach nicht zur Ruhe kommen.

War er dann doch endlich einmal eingeschlafen, hatte er Alpträume von Maya und Brandon bei der Familienplanung.

Schon vor dem Morgengrauen war er wieder aufgestanden und hatte sich geflissentlich seiner Körperpflege gewidmet. Schließlich wollte er all seine Vorteile nutzen und dazu gehörte sein Aussehen nun einmal ebenso.

Die Fahrt hatte über eine Stunde länger als normalerweise gedauert, da die Straßen über Nacht gefroren waren. Shane selbst hätte es nicht davon abgehalten, so schnell wie möglich zu seinem Mädchen zu gelangen. Leider waren nicht alle Verkehrsteilnehmer seiner Meinung gewesen.

Ziemlich genervt kam er schließlich um acht Uhr morgens an dem Zubringer zu Brans Farm an. Shane war sich ziemlich sicher, dass Bran noch nicht losgefahren war, weshalb er lieber noch ein Stückchen entfernt parkte.

Um halb neun sah er, wie Bran endlich Richtung Highway abbog.

Rasch wendete Shane den Wagen und fuhr zur Ranch. Sein Sportwagen hatte ziemliche Probleme mit der Schotterpiste, die zu dem Farmhaus führte, und hockte mehrfach auf. Jedes Mal, wenn Shane wieder einen dieser dumpfen Schläge an seinem Unterboden hörte, zog sich sein Magen schmerzhaft zusammen.

Endlich ragte das weiße Wohngebäude vor ihm auf. Mit zwei Sätzen überwand er die Stufen der Veranda und klopfte dann voller Vorfreude energisch an die Tür.

"Ist noch offen!", schallte Mayas Stimme von drinnen zu ihm.

Langsam öffnete er und folgte dem Geräusch von klapperndem Geschirr.

"Hast du was vergessen?", fragte sie mit immer noch sehr lauter Stimme. Einer Stimme, die Shane so sehr vermisst hatte. Sie wieder zu sehen war ein atemberaubendes Gefühl. Und Shane musste sich an der Tür festhalten, damit seine Knie nicht nachgaben.

"Ja", antwortete er leise und blieb im Türrahmen gelehnt stehen. "Dich festzuhalten, dich niemals gehen zu lassen."

Klappernd fiel der Topf, den Maya gerade in der Hand gehabt hatte, in die Spüle. Wie in Zeitlupe drehte sie sich zu ihm um und umklammerte dabei die Arbeitsplatte wie einen Rettungsanker. Ihre Brust hob und senkte sich schnell und ihre Augen waren weit aufgerissen.

"Wwwas maaachst dddu hiiier?", stotterte sie und ihr Körper zitterte leicht.

"Ich habe mir all die schönen Worte zurecht gelegt, aber jetzt wenn ich dich sehe, Honey, sind sie alle weg und ich sehne mich nach nichts mehr, als in deinen Armen zu liegen! Deinen Körper an meinem zu spüren. Deinen Duft in meiner Nase zu haben. Mein Gott, Maya, ich habe dich so sehr vermisst! Mir fehlen die Worte." Er war noch einmal zwei Schritt auf sie zugegangen, dann aber stehen geblieben, um sie nicht zu überrumpeln.

"Nein! Geh weg!", sagte sie mit schwacher Stimme.

"Ich kann nicht, Babe. Ich habe versucht, dich gehen zu lassen, aber ich kann nicht. Ich brauche dich! Bitte, lass mich dir alles erklären. Lass mich dir meine Entschuldigungen vorbringen." Wieder machte er zwei Schritte auf sie zu, sodass nur noch eine gute Armeslänge zwischen ihnen war.

Mayas Augen waren gefüllt voll ungeweinter Tränen und auch Shanes Augen brannten leicht.

"Du wirst mich umbringen", flüsterte sie.

"Nein, Honey. Ich will dich. Nur dich! Ich werde nie wieder auch nur einen dieser verdammten Geier ansehen. Sie können nicht mit dir mithalten! Bitte, Maya, gib mir nur noch eine einzige Chance!", flehte Shane und stellte sich direkt vor sie, sodass sie zwischen ihm und der Arbeitsplatte eingeschlossen war.

Dort standen sie, zwei zitternde Körper, voller Sehnsucht nach dem anderen, und nur die Angst hemmte sie in dem, was sie zusammen haben konnten. Was sie zusammen sein konnten.

Shane sah ihr tief in die Augen und legte all seine Verzweiflung in ein einziges Wort: "Bitte!"

Mayas Tränen quollen über und sie ließ ihren Körper ganz langsam nach vorne sinken. Als ihre Stirn schließlich seinen Brustkorb berührte, schloss Shane seine Arme fest um sie. Er presste sie an sich, als könne er so vermeiden, dass sie sich je wieder von ihm löste.

Nichts hatte sich je so verdammt gut angefühlt! Nie wieder wollte er sie gehen lassen. Ryans ermahnende Worte hätte er überhaupt nicht gebraucht, weil er in diesem Moment nichts anderes brauchte und wollte, als sie einfach nur im Arm zu halten.

Ihr Körper bebte in seinen Armen und wurde immerzu von Schluchzern geschüttelt. Sacht wiegte er sie beide hin und her und vergrub seine Nase in ihren Haaren. Sie duftete genauso köstlich, wie er es in Erinnerung hatte.

"Komm mit mir, Honey. Ich habe uns einen Urlaub gebucht. Nur wir beide und wir können uns einfach einmal aussprechen."

"Ich kann nicht ... du ..."

"Schsch. Bitte Baby! Ich verspreche dir, du wirst es nicht bereuen!", sagte er und löste sie dann ein Stückchen von sich. Er nahm ihr Gesicht in seine Hände und küsste sie. All seine Liebe, seine Verzweiflung, seinen Schmerz, seine Sehnsucht. All das legte er in diesen einen Kuss.

Er kostete von ihren Lippen. Ehrfürchtig, wie von dem teuersten Wein. Sanft liebkoste er ihre mit seinen. Strich immer wieder darüber. Er genoss es, wie weich ihre vollen Lippen waren und wie nachgiebig sie sich seinem Kuss hingaben.

Süß und salzig zugleich schmeckten sie, als er vorsichtig mit seiner Zunge darüber strich. Süß, nach Maya, wie Honig, und salzig nach den Tränen, die sie nie seinetwegen hätte vergießen dürfen.

Er löste sich nur wenige Millimeter von ihr und flüsterte: "Ich liebe dich!"

Doch statt seine Worte zu erwidern oder sich auch nur darüber zu freuen, flossen ihre Tränen noch schneller und sie flüsterte: "Du wirst mich umbringen, Shane."

"Komm mit mir und ich beweise dir das Gegenteil, Honey. Lass mich dich lieben, so schlecht ich auch darin sein mag. Gib mir diese eine Chance, Kleines!"

Ihr Nicken war klein und zaghaft, aber es reichte Shane vollkommen. Schwungvoll nahm er sie auf seine Arme und lief zur Haustür.

"Wo ist deine Handtasche?", fragte er ungeduldig, da ihm im letzten Moment noch eingefallen war, dass sie zum Fliegen ihre Papiere brauchen würde.

"Garderobe", antwortete sie leise und nestelte am

Kragen seines Pullovers.

"Du wirst es nicht bereuen!", versprach er noch einmal im Brustton seiner Überzeugung und trug sie dann zu seinem Auto.

Und das würde sie nicht! Er würde verdammt nochmal alles tun, um seine Maya zurück zugewinnen und er würde ebenso alles tun, um sie nie wieder so verdammt traurig und verwirrt zu sehen, wie in diesem Moment.

14 WIR ZWEI

MAYA

Noch immer war es ihr nicht möglich, normal zu atmen. Gemeinsam gingen sie den Gate zu ihrem Flugzeug entlang. Shane hatte seinen Arm fest um sie geschlungen, als hätte er Angst, sie könnte ihm davonlaufen.

Doch wo zum Teufel sollte sie schon hin? Ihr Herz würde einfach bei ihm bleiben und ihr verräterischer Körper hatte sie, sobald er den Raum betreten hatte, ebenfalls im Stich gelassen.

Es stand also 2 zu 1 gegen ihren Kopf, welcher immer noch fieberhaft an einem Ausweg arbeitete, bei dem sie nicht ihr Leben lassen würde.

Er schien es so verdammt ernst zu meinen, doch die Erfahrung hatte sie gelehrt, wie falsch Shane spielen konnte. Kein anderer Mensch konnte einem ohne ein Wort so viele falsche Tatsachen vorspielen.

Wie viel von all dem, was sie verstanden hatte, hatte er wirklich so gemeint? Wie viel interpretierte sie einfach in seine Gesten und Worte hinein, weil sie es sich insgeheim so sehr wünschte?

"Ich werde wesentlich entspannter sein, wenn dieses gottverdammte Flugzeug endlich in der Luft ist und du mir nicht mehr davonlaufen kannst", brummte er, als er seine Nase in ihren Haaren vergraben hatte. Mayas Atmung beschleunigte sich sofort.

Was meinte er nun schon wieder? Was hatte er vor? Wieder viel zu viel Interpretationsspielraum! Wie sollte sie das nur überstehen?

"Denk nicht so viel nach, Süße! Ich bin dir so unglaublich dankbar, dass du mir diese Chance gewährst. Ich werde sie nicht verspielen. Versprochen, dieses Mal mache ich alles richtig. Komm, entspann dich ein wenig", sagte er und zog sie, als sie schließlich auf ihren Plätzen saßen, in seine Arme.

Seine Wärme, sein vertrauter Körper, sein herrlicher Geruch, seine sanfte Stimme, all das schuf eine Illusion, der sich Maya nur allzu gern hingeben wollte.

Von seiner Hand, die so beständig ihren Nacken streichelte, ließ sie sich schließlich in den Schlaf lullen.

"Aufwachen, Kleines", sagte die sanfte Stimme, die eigentlich nicht da sein durfte. Und immer noch war da die Hand, die ihren Nacken streichelte.

Maya wollte nicht aufwachen. Zu schön war der Traum, in dem sie immer noch gefangen war. Ein Traum, in dem sich schlussendlich alles zum Guten wenden würde.

"Komm schon, Honey. Wir sind da", schmeichelte die Stimme weiter. Dann spürte sie starke Arme um sich und kuschelte sich fest hinein. Wenn es sein musste, würde sie für immer schlafen, nur um diesen wunderbaren Traum nicht zu verlieren.

Ein harter Schlag gegen ihren Kopf weckte sie unsanft.

"Entschuldigung, Baby, da war ein Schlagloch, dem ich nicht mehr ausweichen konnte", das war Shanes Stimme.

Sollte das alles etwa nicht nur ein schöner Traum

gewesen sein?

Ganz vorsichtig öffnete sie ihre Augen und blinzelte in Richtung der Stimme. Tatsache. Neben ihr in einem geräumigen Auto saß Shane Carter. Maya blickte sich um, konnte aber mit der Umgebung absolut nichts anfangen.

"Wir sind auf St. Lucia, Honey. Das ist eine kleine karibische Insel. Ich habe ein kleines Ferienhäuschen ein bisschen außerhalb von Castries. Das ist die Hauptstadt der Insel."

Seine Stimme war sanft und vorsichtig, als hätte er Angst, Maya könnte jeden Moment den Rückflug anordnen. Als würde sie das tun. Ha! Nicht einmal wenn sie wollte, hätte sie eine Chance gegen diesen Mann!

Die Umgebung war wunderschön. Idyllisch, romantisch und sie hätte es beinahe geschafft, ihre Gedanken von dem Mann neben sich abzulenken. Eine weitere halbe Stunde später kamen sie an einem kleinen Häuschen ein wenig abseits der Straße an. Shane parkte den bulligen Geländewagen in der Auffahrt und stieg dann sogleich aus.

Bevor Maya reagieren konnte, war er bereits um das Auto herum gelaufen und hielt ihr die Tür auf. Sie nahm die ihr dargebotene Hand und vergewisserte sich, ob sie tatsächlich zu Shane gehörte. Sie kannte ihn so nicht. Nicht einmal, wenn er versuchte, eine Frau ins Bett zu bekommen, ließ er dermaßen den Gentleman raushängen.

"Ich hoffe, es gefällt dir", sagte er leise, als er ihr die Tür zu dem winzig wirkenden Haus aufhielt.

Es war traumhaft. Sanft, mediterran, unaufdringlich. Ohne Schnickschnack, grellen Farben oder viel moderner Technik. Maya war von der ersten Sekunde an verliebt in dieses Haus, weil es sie so sehr an das ihrer Granny erinnerte.

"Also ... ähm ... es sieht nur so rustikal aus. Es hat all das moderne Zeug, nur ein bisschen besser getarnt", stammelte Shane unsicher.

"Es ist bezaubernd", sagte sie leise und sah sich erneut

in dem Raum um, der sowohl Wohn- und Esszimmer als auch die Küche beherbergte.

Er führte sie in ein kleines Schlafzimmer mit angrenzendem Bad, wo sie sich umziehen und frischmachen konnte.

Wo es in Boston Frühjahr war und teilweise noch Schnee lag, hatte es auf St. Lucia bereits 30 Grad. Einige sommerliche Kleidungsstücke lagen auf dem Bett und Maya wählte ein rotes, kurzes Sommerkleid mit Spagettiträgern.

"Du siehst bezaubernd aus, Maya. Komm, lass uns etwas zu Abend essen", sagte er leise und schob sie dann, die Hand auf ihrem unteren Rücken, auf die Terrasse.

Auf einem kleinen Tisch waren kalte Platten und Rotwein angerichtet. Es gab Wurst und Käse, Gemüse und Obst und dazu frisches Brot. Es sah wirklich köstlich aus und die tief stehende Sonne machte die Atmosphäre des Abends perfekt.

Der leichte Druck seiner Hand auf ihrem unteren Rücken dirigierte sie zu dem Platz. Er zog ihr den Stuhl hervor und strich ihr dann federleicht über den Nacken, bevor er sich auf seinen eigenen Stuhl setzte.

Erst während des Essens bemerkte Maya, wie hungrig sie wirklich war. Kein Wunder, hatte sie doch seit dem Frühstück nichts mehr zu sich genommen.

Sie schwiegen und jeder hing seinen eigenen Gedanken nach. Wirklich genießen konnte Maya weder das wirklich leckere Essen noch die Atmosphäre. Zu sehr quälte sie ihr gebrochenes Herz.

"Komm mit mir zum Wasser", bat Shane und hielt ihr seine Hand hin.

Die Finger ineinander verschlungen, liefen sie barfuß zum Strand. Auch Shane hatte sich umgezogen, trug knielange weiße Shorts und ein fast durchsichtiges, weißes Hemd, welches er nicht geschlossen hatte.

Der Strand war atemberaubend. Weißer, warmer Sand

vor dem glitzernden, reinen Meer. Die Sonne war gerade am Untergehen, sodass alles in ein weiches Rot getaucht schien.

Als ihre Füße schließlich im Wasser waren, drehte er sich zu ihr und zog sie in seine Arme. Mit sanften wiegenden Tanzschritten bewegte er sie durch die kleinen Wellen.

Maya traute sich kaum zu atmen, weil sie Angst hatte, jede noch so kleine Bewegung, jedes noch so kleine Geräusch könnten diesen Traum platzen lassen.

Nach einem tiefen Atemzug begann er schließlich zu reden: "Es gibt einige Dinge, die du wissen musst. Und du musst mir einfach glauben, dass ich jedes einzelne Wort ehrlich meine. Keine Tricks, keine Wortklaubereien, nichts! Ich liebe dich, Maya. Ich liebe dich wirklich und es gibt keine Worte, um zu beschreiben, wie unglaublich leid mir all das tut! All die großen und kleinen Fehler, die ich begangen habe, seit ich dich kenne."

Er drückte sie noch ein klein wenig fester an sich und fuhr nach einem weiteren Atemzug fort: "Ich war einfach zu dumm, um zu erkennen, was mir da geschenkt worden ist. Was mir da so unverhofft vor die Füße fiel. Ich habe viel zu lange gebraucht, um zu verstehen, dass wir eigentlich das Gleiche wollen. Ich weiß, was du willst und was du brauchst und ich habe es einfach ignoriert, weil es für mich am einfachsten war. So vieles ist schief gelaufen und ich habe einfach keine Ahnung, wie ich das je wieder gut machen kann."

Sanft drückte er ihr einen Kuss auf den Scheitel.

"Zu wissen, wie viel Schmerz du meinetwegen hast ertragen müssen, bringt mich um, Maya. Zu wissen, dass ich es war, der diese wunderschönen Augen immer und immer wieder mit Tränen gefüllt hat, bricht mir das Herz. Ich weiß, dass es nicht leicht sein wird, dass du mir verzeihst. Dass es nicht leicht sein wird, mit all den falschen Dingen, die ich dir vorgegaukelt habe, zu leben. Und vor allem, dass es nicht leicht sein wird, mit dem

Schmerz zu leben, den ich dir bereitet habe, aber bei Gott Maya, ich werde dir das nie wieder antun. Ich liebe dich!"

"Ich liebe dich auch", flüsterte Maya.

"Oh Gott, Maya", hauchte er und küsste sie innig.

Seine Worte, seine Taten, seine Berührungen, all das brachte sie beinahe dazu, ihm voll und ganz zu glauben. Aber ein kleiner Teil in ihr, der immer noch damit beschäftigt war, die Scherben ihres Herzens zusammen zu kleben, warnte sie inständig davor.

"Ich kann nicht mehr tun, als deine Tränen zu trocknen und dafür zu sorgen, dass du wegen mir nie wieder welche vergießen musst, Honey. Dass du einem Idioten wie mir eine zweite Chance gibst, ist ein Geschenk Gottes und ich werde dich nicht enttäuschen, Baby", raunte er in ihr Ohr.

Dann küsste er sie noch einmal und hob sie auf seine Arme, um sie zurück ins Haus zu tragen.

In ihren Klamotten legte er sich mit ihr zusammen aufs Bett und zog sie fest an seine Brust. Maya versteifte sich ein wenig.

"Wir werden keinen Sex haben, Liebes, nicht bevor du mir wieder vertrauen kannst", murmelte er in ihre Haare und streichelte dann ihren Bauch.

Dieser Beweis, dass er sie nicht nur zum Sex zurück haben wollte, tat ihr gut und half ihr, sich ein wenig zu entspannen.

Shane murmelte ihr fortwährend Liebkosungen zu. Wie sehr er sie vermisst habe, wie sehr er sie liebe, wie sehr er es vermisst hatte, sie in seinen Armen halten zu können. Viele kleine Dinge, die dem kleinen Männchen in ihr immer mehr Kleber zur Reparatur ihres Herzen gaben.

Irgendwann musste sie schließlich eingeschlafen sein.

SHANE

Die Erkenntnis, wie groß der Schaden war, den er mit seinem unbedachten Verhalten verursacht hatte, war niederschmetternd.

Dass er diese starke Frau so bis in ihre Grundfeste erschüttert hatte, machte ihn wirklich fertig. Er verstand nicht, wie sie einem Mann wie ihm eine zweite Chance geben konnte. Wie sie einen Idioten wie ihn lieben konnte.

Die Angst und den unglaublichen Schmerz in ihren Augen zu sehen, war grauenvoll gewesen.

Nie wieder würde er das zulassen. Maya wieder zu sehen, sie wieder in seinen Armen zu halten, hatte ihn restlos davon überzeugt, dass er sie niemals wieder gehen lassen würde.

So unglaublich es sogar in seinen eigenen Ohren klingen mochte, Shane Carter liebte eine Frau und hatte vor, den Rest seines Lebens mit ihr zu verbringen.

Wie er sich in diese Situation manövriert hatte, war ihm unerklärlich. Aber gut, er würde nicht mehr ohne Maya leben wollen und er würde alles tun, um sie auch davon zu überzeugen.

Shane blieb noch lange wach, obwohl Maya bereits vor Stunden eingeschlafen war, und genoss einfach das Gefühl, sie wieder zu haben.

Maya schlief noch, als er erwachte. Einige Zeit lang, sah er ihr beim Schlafen zu und bewunderte ihre natürliche Schönheit.

Leise schlich er sich schließlich aus dem Bett und bereitete das Frühstück auf der Terrasse vor.

Als er zurück ins Schlafzimmer kam, war sie bereits wach, hatte sich aber keinen Millimeter bewegt. Sie lag nach wie vor auf der Seite, nur ihre Augen waren aufgeschlagen und beobachteten jede seiner Bewegungen.

Shane kniete sich vor sie und gab ihr einen sanften Kuss auf die Stirn.

"Guten Morgen, Honey. Frühstück ist fertig."

Ihr Blick war skeptisch, also hob er sie einfach hoch und trug sie auf die Terrasse.

"Was hältst du davon, dass wir heute in die Stadt fahren und ein bisschen shoppen? Wir haben beide nicht wirklich viel Gepäck mitgebracht", fragte Shane, dem die neue Maya nicht allzu gut behagte.

"Okay", antwortete sie zaghaft.

"Gott sei Dank!", sagte Shane verschmitzt grinsend. Auf ihren fragenden Blick hin fuhr er fort: "Ich hatte schon Angst, du mutierst jetzt zu Nina und bringst gar kein Wort mehr über die Lippen."

"Das ist alles ziemlich viel für mich, Shane", antwortete Maya und stocherte in ihrem Frühstück.

Shane hob ihren Kopf, indem er ihr einen Finger unters Kinn legte und sagte ernst: "Ich werde es nicht verbocken, Maya. Diesmal nicht!"

Nachdem sie genickt hatte, küsste er sie sanft und unschuldig auf ihre weichen Lippen.

MAYA

Castries war herrlich. Die Häuser waren nicht all zu alt, da, so erzählte Shane es ihr, die Stadt in der Vergangenheit öfter einmal von großen Feuern heimgesucht worden war.

Auf dem Weg in die Hauptstadt von St. Lucia führte ihre Fahrt durch Anse La Raye, ein altes Fischerdorf mit historischen, karibischen Holzhäusern. Die meisten Einwohner der Insel schienen dunkelhäutig zu sein, was sich auf ihre Vorfahren, die afroamerikanischen Sklaven, zurückführen ließ.

Shane und sie kauften hauptsächlich leichte Sommerkleidung auf einem kleinen Markt in der Nähe einer der schönsten Häfen, die Maya jemals gesehen hatte.

Aber auch frisches Obst und Gemüse, sowie Fisch und einige andere Grundnahrungsmittel nahmen sie mit.

Shane war Gentleman pur und las ihr jeden Wunsch

von den Augen ab. Eine kleine Kette aus Muscheln hatte sie einen Moment zu lang angesehen und schon hatte er sie trotz ihrer Proteste gekauft.

Sie aßen in einem kleinen Fischrestaurant direkt am Hafen und genossen die leichte Brise, die außerhalb des kleinen Städtchens wehte.

"Es ist wundschön hier", sagte Maya, nachdem sie zu Ende gegessen hatte.

"Ja ist es. Ryan und Ty haben ihr Geld in ihre Häuser bei Boston gesteckt, ich in dieses kleine Häuschen. Ich habe nur leider viel zu wenig Zeit, hierher zu kommen."

Langsam machten sie sich auf den Rückweg

Jeden Tag unternahmen sie einen kleinen Ausflug. Shane zeigte ihr andere kleine Städte auf der Insel, sie bestiegen den Morne Fortune und das Vorgebirge der Vigie-Halbinsel und fuhren sogar ein Stückchen aufs Meer hinaus, mit einem kleinen Motorboot, das Shane gemietet hatte.

Von Tag zu Tag erlaubte Maya es sich mehr, an diesen Traum zu glauben, an Shane zu glauben. Hin und wieder brachte er sie sogar zum Lachen.

Und er begehrte sie. Er versuchte es zu verstecken und zu unterdrücken, aber ganz gelang es ihm nicht. Zunächst wurde er immer wütend auf sich selbst, wenn sie ihn dabei ertappte, wie er sie lüstern betrachtete oder wenn sie bemerkte, dass er hart geworden war.

Mittlerweile fuhr er sich aber nur noch verlegen mit einer Hand durch den Nacken und grinste entschuldigend. Diese Geste war so viel mehr Shane, als gut für Maya war, und sie verlor immer mehr an Boden ihm gegenüber.

Zehn Tage waren vergangen, seit Shane sie entführt hatte. Maya genoss seine Gegenwart mehr, als sie sollte. Sie waren fast wieder auf ihrem normalen Unterhaltungsniveau angekommen und neckten sich den lieben langen Tag.

Sie saßen wieder bei einem späten Abendessen auf der Terrasse. Es gab gedünsteten Fisch auf Gemüse. Bei diesen heißen Temperaturen hatte keiner von beiden Lust auf ein schweres Essen.

"Ich freue mich darauf, in Boston endlich wieder einen vernünftigen Hamburger zu essen. Irgendwie habe ich nie das Gefühl, satt zu werden, bei all dem Gemüse", sagte Shane und sortierte wie immer den Mais aus.

"Hm ... dabei tut es dir gar nicht schlecht, mal ein wenig sparsamer zu essen", antwortete Maya und konnte sich das Grinsen kaum noch verkneifen.

"Also, das ist ja wohl die Höhe! Ich habe einen Astralkörper! Ich brauche ..."

Jetzt gab es für Maya kein Halten mehr. Sie lachte lauthals los, krümmte sich und hielt sich den Bauch.

"Na warte!", hörte sie Shane rufen, ehe er sie über die Schulter warf.

Mayas Lachen ging in ein Quieken über, als er mit ihr über der Schulter zum Strand joggte. In großen Schritten lief er, bis er bis zur Hüfte im Wasser stand, ins Meer hinaus.

Lauthals lachend warf er Maya ins warme Wasser.

"Oh, du Schwein!", rief sie prustend aus, nachdem sie wieder aufgetaucht war und versuchte, ihn ebenfalls umzuwerfen.

Sie balgten und kämpften, bis Maya schließlich im seichten Wasser lag und Shane ihren Körper mit seinem bedeckte. Seine Brust hob und senkte sich genauso schnell wie ihre und seine Hände nagelten ihre Arme über ihrem Kopf fest.

An seinen leicht geöffneten Lippen hing ein Wassertropfen und Maya spürte seinen erigierten Schaft an ihrem Oberschenkel. Auch sie selbst war erregt.

In Zeitlupe beugte er sich über sie und legte seine Lippen auf ihre. Seine Küsse waren so wahnsinnig vertraut und versprachen so unendlich viel Lust, die er ihr schenken könnte. Maya vermisste den Sex mit ihm, hatte aber Angst, sich wieder so restlos in ihm zu verlieren.

Shane unterbrach den Kuss und atmete schwer an ihrem Hals. "Wir müssen aufhören, Maya. Es tut mir leid, ich ..."

"Nein", unterbrach sie ihn, denn sie wollte ihn genauso sehr wie er sie. Vielleicht musste sie ihm einfach einen kleinen Vertrauensbonus geben.

"Bitte, schlaf mit mir", sagte sie und bog ihm ihren Unterleib entgegen.

Stöhnend ließ er seinen Kopf zurück an ihren Hals fallen, als ihre heiße Mitte seinen Schwanz berührte. Er ließ ihre Hände los und öffnete seine Hose. Den dünnen String, den sie unter dem leichten Sommerkleid trug, zerriss er mit einem kräftigen Ruck.

Sacht strichen seine Finger über ihre Spalte, während sich seine Lippen durch den nassen Stoff ihres Kleides um den bereits fest zusammengezogenen Nippel schlossen. Der feste Zug fuhr ihr direkt in den Unterleib und ließ ihre Pussy vor Vorfreude zucken.

Seine forschenden Finger teilten und dehnten sie, während seine Lippen sie immer weiter liebkosten. Sie war bereits völlig von Sinnen, als er seine Finger durch seinen stahlharten Schwanz ersetzte.

Maya presste ihre Oberschenkel zusammen, um ihn an einem weiteren Eindringen zu hindern.

"Kondom", stöhnte sie.

"Ich hab keins. Ich bin nur mit dir zusammen, Honey", gab er aus zusammengebissenen Zähnen zurück. Die Tatsache, dass er so vollkommen unvorbereitet war trotz ihres besseren Verhältnisses, ließ ein weiteres Teilchen in ihrem Inneren einrasten.

Maya öffnete ihre Schenkel und Shane glitt, aufgrund ihrer Feuchtigkeit und des Meeres, sofort bis zur Wurzel in sie. Beide stöhnten laut auf.

"Du musst ihn vorher raus ziehen", sagte Maya schwer atmend. Zwar hatte sie im Moment nicht ihre fruchtbaren Tage, aber sie wollte kein Risiko eingehen.

Shane erstarrte kurz, fing dann aber an, sich in ihr zu bewegen.

"Das fühlt sich so unglaublich gut an, Baby", raunte er in ihr Ohr und Maya konnte nur zustimmend stöhnen. Sie schlang ihre Beine um seine Mitte und kam ihm jeden Stoß entgegen.

"Oh Gott, Honey, in dir zu sein ist das schönste Gefühl in meinem Leben. Ich habe dich so sehr vermisst, Babe", stöhnte er weiter und richtete seinen Oberkörper ein Stückchen auf.

Seine Stöße wurden kräftiger und weiter ausholend, während die Wellen immer noch sanft über ihren Oberkörper hinweg brandeten.

"Ich werde niemals genug von dir bekommen, Honey. Niemals, hörst du?", fragte er und untermalte jedes seiner Worte mit einem kräftigen Stoß.

In immer schnellerem Tempo glitt er in sie und Maya war bereits außer sich, als er seine geschickten Finger an ihrer Klit spielen ließ.

"Komm für mich, Baby. Ich kann nicht mehr", brummte er, fuhr aber in immer noch schnellem und hartem Tempo fort. Als er sich dann noch über sie beugte und an ihrem Nippel zu saugen begann, brach der Orgasmus gnadenlos über Maya herein.

"Fuck!", hörte sie Shane noch fluchen, ehe er ihr seinen Schwanz entriss. Dann stöhnte auch er laut und ließ seinen Kopf zurück an ihren Hals fallen.

Shane rollte sich zur Seite und zog ihren Kopf auf seine Brust. So blieben sie eine Weile im warmen Wasser liegen und betrachteten die Sterne am Himmel über ihnen.

Irgendwann drehte Shane seinen Kopf ein Stück und küsste sie auf den Scheitel.

"Ich liebe dich, Maya", sagte er dann leise.

Shane trug sie nach drinnen und sie nahmen eine gemeinsame Dusche, ehe sie sich ins Bett legten. Mayas Gedanken rannten, sie glaubte ihm und allzu viele

Möglichkeiten hatte sie sowieso nicht. Sie war ihm wieder einmal restlos verfallen.

SHANE

Er konnte sich einfach nicht entscheiden, was besser war. Neben Maya aufzuwachen oder neben ihr einzuschlafen. Wie ein Engel lag sie jetzt neben ihm, ihre dunklen Locken ausgebereitet auf seinem Kissen.

Er könnte ihr ewig beim Schlafen zusehen. Leider störte ihn in genau diesem Moment das Klingeln seines Handys.

"Carter", blaffte er ins Telefon und bemühte sich nicht, seine Verärgerung über die Störung zu verheimlichen.

"Hey Shane. Ryan hier."

"Hey Mann, was gibt's?", fragte Shane im Versuch, den Störenfried so schnell wie möglich wieder los zu werden.

"Du musst langsam zurück kommen. Wir brauchen dich hier."

"Nein. Ich kann nicht!", gab Shane schroff zurück. Er dachte überhaupt nicht daran, sein neu gewonnenes Glück aufzugeben.

"Du hast keine Wahl. Wir haben übermorgen den Termin bei der Bank, um den Investitionsantrag für die Expansion zu unterschreiben. Das kann ich dir nicht aus den Füßen nehmen, Bro! Ich bin hier wirklich schon am rotieren, aber dafür brauchen wir nun mal beide Unterschriften."

Er wusste, dass er Recht hatte und auch wenn Shane es verdrängt hatte, so war ihm doch klar, dass all seine Arbeit im Moment an Ryan hängen blieb.

"Okay", gab er sich mürrisch geschlagen.

"Ich habe die Maschine für heute Abend um sieben Uhr am Flughafen St. Lucia-Vigie gechartert", sagte Ryan noch und Shane hörte, dass es ihm ebenfalls leid tat.

"Danke, Mann", sagte Shane und legte mit einem frustrierten Seufzen auf.

"Was ist los?", fragte Maya hinter ihm.

"Wir müssen zurück, Süße. Ich habe einen Termin, den ich nicht verschieben oder delegieren kann. Es tut mir leid, Maya."

"Nein, warum? Das ist deine Arbeit, für immer hier bleiben zu können, ist eine Illusion."

"Danke", sagte er schlicht und zog sie in seine Arme.

Sie verbrachten den Tag am Strand. Genossen ein letztes Mal das schöne Wetter und das warme Wasser. Sie lagen sich viel in den Armen, streichelten und liebkosten einander.

Als es Zeit wurde, zu packen, machten sich beide nur widerwillig daran. Und auch auf dem Weg zum Flughafen, musste Shane all seine Selbstbeherrschung aufbringen, um nicht einfach umzudrehen.

Maya schlief, als sie schließlich vor dem JB-Industrial Gebäude ankamen, also hob er sie aus dem Wagen und trug sie zur Wohnung. Sie schmiegte sich eng an ihn und murmelte etwas Unverständliches an seinen Hals.

Er legte sie in ihr Bett und zog sie aus. Sie wurde lediglich halb wach und blinzelte ihn unter gesenkten Augenliedern an. Sobald er sie zugedeckt hatte, war sie wieder vollkommen eingeschlafen. Dann zog er sich aus und schmiegte sich an sie. So erschöpft, wie auch er von der Reise war, schlief er in Rekordgeschwindigkeit ebenfalls ein.

Maya wollte ihn verlassen. Einfach so gehen, ohne ein weiteres Wort. Das konnte er nicht zulassen. Mit aller Kraft presste er sie an sich. Versuchte, sie mit seiner körperlichen Überlegenheit bei sich zu behalten.

"Shane!", rief sie ihm zu. Doch er wollte keine Ausflüchte hören. Sie sollte ihm keine Ausreden auftischen und ihn dann klammheimlich verlassen. Nein, sie hatte sich in sein Herz geschlichen und er würde sie nicht mehr hergeben. Niemals!

"Shane! Shane, wach auf!", rief sie abermals.

Was? Aufwachen?

"Was?", fragte er schließlich benommen und blinzelte gegen das helle Licht an.

"Endlich! Komm schon, wach ganz auf und lass mich los!", sagte Maya leise, schmeichelnd.

"Warum?", brummte Shane nur unwillig zurück. Zu sehr hatte er noch seinen Alptraum vor Augen.

"Weil ich zur Toilette muss, Shane. Wach auf!", antwortete sie leise kichernd und biss ihn dann in den Oberarm.

Langsam aber sicher wurde er ganz wach. Maya lag mit dem Rücken an seine Brust gepresst. Er hatte beide Arme fest um ihren Oberkörper geschlungen und sein Bein lag über ihrer Hüfte.

"Du kommst aber sofort zurück", sagte er mürrisch und löste seinen Klammergriff. Maya kicherte und streifte sich sein T-Shirt über.

"Das ist unser letzter gemeinsamer Tag, bevor du wieder arbeiten musst. Den will ich doch nicht vertrödeln!", sagte sie auf dem Weg zur Toilette, welche direkt an das Schlafzimmer angrenzte.

"Ja eben! Deshalb sollst du ja schnell zurückkommen!", rief er ihr nach.

Und tatsächlich kam sie zurück zum Bett gerannt.

"Decke hoch!", rief sie ihm zu und Shane hob sie an, damit sie sich an ihn kuscheln konnte.

"Ahh! Scheiße! Warum hast du so eiskalte Füße?", rief Shane und versuchte, ihre Eisklötze von sich zu kriegen.

"Hey! Lass sie mich an dir aufwärmen! Der Boden im Bad ist verdammt kalt!", kicherte sie und verfolgte ihn mit ihren Füßen.

Um sie zu bändigen, warf er sich der Länge nach auf sie.

"Sei brav, Weib! Dann ruf ich auch den Hausmeister", sagte er und küsste sie dann sanft auf ihre verführerischen Lippen. Warm, weich und süß.

Sie grinste, noch während er sie küsste.

"Was ist?", fragte er, ohne seine Lippen vollständig von ihr zu lösen.

"Das ist so häuslich von dir", gab sie immer noch lächelnd zurück.

"Das gefällt dir, hm? Mir würde es gefallen, wenn du endlich dieses verdammte Shirt ausziehen würdest. Ich vermisse den Anblick", brummte er und knabberte an ihrem Hals.

Er wollte es ihr gerade über den Kopf ziehen, als es an der Tür klingelte.

"Lass uns einfach so tun, als wären wir nicht da", flüsterte Maya und Shane nickte zustimmend.

Es klingelte noch einmal, ehe das Telefon zu läuten begann. Beide verharrten regungslos, als könnte eine Bewegung sie verraten. Nach dem fünften Klingeln, sprang der Anrufbeantworter an.

Piep!

"Shane, mach auf, Mann, ich weiß, dass du da bist. Wir müssen noch ein paar Sachen durchsprechen, damit ich sie noch in den Vertrag aufnehmen lassen kann, bevor wir uns morgen mit unserem Kundenberater der Bank treffen", sprach Ryan aufs Band.

Stöhnend ließ Shane seinen Kopf an ihren Hals fallen.

"Ich will nicht", jammerte er.

"Armes Shany-Baby", kicherte Maya und streichelte seinen Nacken.

Blitzschnell löste er sich ein Stück von ihr, warf sie auf den Bauch und setzte sich auf ihre Oberschenkel. Mit seiner linken schob er ihr T-Shirt ein Stückchen nach oben, sodass ihr Prachtarsch unbedeckt vor ihm lag.

Dann verpasste er ihr mit der rechten einen kräftigen Klaps auf ihren Hintern, sodass sich seine Hand leicht rot abfärbte. Zufrieden brummte er, während er anschließend leicht über ihren Po strich. Er legte sich auf sie und rieb seinen noch härter gewordenen Schwanz an ihrer Pospalte und biss ihr leicht in den Nacken.

"Ich hab dich gewarnt, Honey. Mehr als einmal", raunte er in ihr Ohr und rieb sich noch ein wenig fester an ihr. Maya stöhnte unterdrückt auf und presste ihren Po an ihn.

"Gott, ich muss so dringend in dir sein", knurrte er und schob eine Hand unter ihren Bauch, um sie ein wenig zu stimulieren.

Das Klingeln der Türglocke erinnerte ihn daran, dass Ryan auf ihn wartete.

"Shane!", rief dieser scharf von der Tür aus.

"Merk dir, wo wir stehen geblieben sind. Ich nicke alles schnell ab und dann machen wir genau hier weiter", raunte er ihr zu, ehe er sich ein letztes Mal fest an sie presste, was ihnen beiden ein Stöhnen entlockte.

Schnell rappelte er sich auf, ehe er sich doch noch in sie schob. Er streifte sich lediglich eine schwarze Boxershort über, damit Ryan auch bestimmt verstand, wie schnell er ihn wieder loswerden wollte.

Dieser hämmerte immer noch gegen die Tür und meckerte fortwährend. Als Shane an der Tür ankam, fackelte er nicht lange und riss sie vollständig auf.

"Oh!", quiekte Sky bei seinem Anblick und Ryan legte ihr sofort eine Hand vor die Augen.

"Gott, Shane! Wenn man die Tür öffnet, zieht man sich etwas an, dass einem die Latte verdeckt!", beschwerte sich Ryan.

"Ich wollte, dass du auch wirklich verstehst, wie unpassend dein Besuch gerade ist", antwortete Shane leichthin, obwohl es ihm vor Sky dann doch ein wenig unangenehm war. Immerhin war sie mit ihrer Verbindung zu Ryan quasi zu seiner kleinen Schwester aufgestiegen.

"Ja, wir haben es verstanden! Und jetzt zieh dir verdammt nochmal etwas an!", knurrte Ryan und hielt seiner Freundin immer noch die Augen zu.

Schnell schlüpfte Shane zurück ins Schlafzimmer.

"Tja, du musst leider auch aufstehen, Süße", sagte er

und wäre am liebsten zu Maya unter die Decke geschlüpft. Sie sah so wunderschön aus, wie sie sich in das weiße Bettzeug gekuschelt hatte. Ihre gebräunte Haut und ihre dunkelbraunen Locken hoben sich stark dagegen ab.

"Warum?", fragte sie und rieb ihre Wange wie ein Kätzchen am Kissen.

"Ryan hat Sky mitgebracht."

"Sag ihnen, ich bin nicht da."

"Tja, nachdem beide bereits meine Latte gesehen haben, wird das nicht mehr zu leugnen sein, Honey", gab Shane grinsend zurück und beugte sich dann über sie. Sanft drückte er seine Lippen auf ihre Stirn. Ihren Mund zu küssen traute er sich nicht, um nicht in Versuchung zu geraten, zurück zu ihr ins Bett zu schlüpfen.

Maya stöhnte genervt, schlug aber schließlich die Decke zurück.

15 Minuten später traten die beiden, ordentlich bekleidet, zu ihren Gästen.

MAYA

"Hey Süße, wie geht es dir?", fragte Sky und fiel ihr um den Hals.

"Gut, gut. Danke", antwortete sie ihrer besten Freundin und zog sie weg von den Männern in den Küchenbereich.

Sie sprachen eine Weile über Belanglosigkeiten, ehe Sky zum Kern ihres Besuchs kam.

"Und, alles in Ordnung zwischen euch beiden?"

"Ich weiß es nicht", antwortete Maya leise, weil sie nicht wollte, dass Shane ihre Zweifel mitbekam.

"Was ist los?", fragte Sky mit gerunzelter Stirn.

"Ich kann hier nicht mit dir reden, nicht, wenn die beiden nur ein paar Meter entfernt sitzen", flüstere Maya ihr zu.

Abrupt drehte Sky sich um.

"Ryan, wir gehen Kaffee trinken!", verkündete sie und

zog Maya hinter sich her zur Tür.

Beide Männer runzelten die Stirn, doch anstatt irgendetwas einzuwenden, sagte Ryan nur: "Fahrt mit Brain!"

Dieser Ton ließ keinerlei Verhandlungsspielraum offen.

Sky drückte ihr noch einen Mantel in die Hand und wartete ungeduldig, bis sie in ihre Stiefel geschlüpft war.

"Dieser Mann macht mich wahnsinnig, hab ich das schon mal erwähnt?", fragte Sky auf dem Weg zu den Aufzügen.

"Guter Zwilling", war alles, was Maya dazu beitrug. Sky lächelte entschuldigend und schwieg, während sie die Empfangshalle von JB-Industrials durchquerten.

"Meine Damen", grüßte Brain sie fröhlich, während er den Schlag zum Fond des Wagens aufhielt.

Sky schnaufte nur genervt.

"Das sind doch schon Fortschritte", sagte Brain lächelnd und schloss die Tür hinter den beiden Frauen.

"Zu Netti's Diner, bitte", sagte Sky.

"Süß hier", sagte Maya, als sie zusammen mit Sky das Diner betrat. Das kleine Lokal war im 50er Jahre Stil hergerichtet. Es gab eine Musikbox, karierte Tischdecken und alles, was dazu gehörte. Die füllige und ein bisschen mütterlich wirkende Bedienung passte perfekt ins Ambiente.

"Ich liebe dieses Diner. Hallo, wir nehmen zweimal das Frühstücksmenü Original", sagte Sky, als die Bedienung an ihren Tisch trat. Die ältere Dame nickte und schlappte zurück zur Theke.

Das Frühstücksmenü Original bestand aus Kaffee, O-Saft, Toast, Eier und Speck. Es schmeckte einmalig und Maya konnte verstehen, warum Sky so angetan war von dem kleinen Diner.

"Jetzt erzähl mal. Was ist passiert, was ist los?", drängte Sky, nachdem sie die ersten Bissen ihres späten Frühstücks verdrückt hatten.

"Also, ich weiß nicht, wie viel du schon weißt. Er hat mich von Brandons Farm abgeholt. Er war so süß und seine Worte haben mir so unglaublich gut getan, dass ich einfach mit ihm gehen musste."

"Mhm", brummte Sky und ihr Gesichtsausruck war weich.

"Wir waren auf St. Lucia. Mein Gott, Sky, da musst du hin, es ist traumhaft!"

"Vielleicht können wir mal zu viert fahren", sagte Sky und Maya sah, wie sehr ihrer Freundin diese Idee gefiel.

"Ja, vielleicht", antwortete Maya leise.

"Womit wir wohl schon zum großen Aber kämen", drängte Sky weiter in sie.

"Er ist so süß und so bemüht und die Zeit auf St. Lucia war wirklich traumhaft ..."

"Aber?"

"Ich weiß einfach nicht, ob es klappen kann. Ob es in seinem Alltag klappen kann. Hier, wo all die Frauen um ihn herumstolzieren und mit ihm flirten", gab Maya leise zurück.

"Ich weiß, dass es schwer ist, es zu akzeptieren, aber wenn er dich liebt, dann wird er sie alle nicht mehr ansehen", sagte Sky sanft.

"Ich habe Angst. Angst davor, was er in mir, mit einem Herzen anrichten kann. Ich weiß nicht, ob ich es ein weiteres Mal ertragen kann, wenn er mich so verletzt."

Sky nickte verstehend.

"Ich brauche einfach nur etwas, woran ich mich festhalten kann. Einen Grund, um ihm zu glauben. Ich brauche irgendetwas, das mich daran glauben lässt, dass ich an dieser ganzen Sache nicht kaputt gegangen bin, sondern lediglich ein wenig Zeit brauche, um wieder zu vertrauen."

"Ich weiß, dass es nicht leicht ist, über seinen eigenen Schatten zu springen und die Vergangenheit ruhen zu lassen. Aber glaub mir, wenn er der Richtige ist, dann lohnt es sich, ihm einen kleinen Vertrauensbonus zu geben."

Maya lächelte traurig. Ja, Sky wusste, wovon sie sprach. Sie hatte sich mehr als schwer getan, sich auf Ryan einzulassen, nachdem sie gerade erst den Fängen ihres gewalttätigen Exfreundes entkommen war.

"Vielleicht solltest du auch ein bisschen auf deine eigenen Worte hören und den armen Mann endlich heiraten?", neckte Maya ihre beste Freundin.

Sky stöhnte. "Du machst dir keinen Begriff, was er für einen Terror schiebt, seit Ty seine Hochzeit angekündigt hat!"

Maya lachte. Eigentlich sollte Sky sich wirklich nicht beschweren, bei so einem Traummann. Vielleicht hatte sie aber auch Recht und sie sollte Shane einfach ein wenig mehr Vertrauen schenken.

SHANE

Ryan und er hatten den ganzen Tag über die Einzelheiten des Vertrags diskutiert. In allen Punkten konnten sie sich leider nicht einigen, sodass sie gegen Abend noch zu Mat fahren mussten.

Mat war ebenfalls Mitglied von Fire&Ice und hatte eine eigene Anwaltskanzlei in Boston. Er war spezialisiert auf das Vertragswesen und hatte Joint Ventures und Firmenübernahmen zu seinem Spezialgebiet gemacht.

Ryan hatte jahrelang versucht, Mat dazu zu überreden, zu JB-Industrials zu wechseln. Vergebens. Schließlich hatte man sich auf eine Kooperation der beiden Firmen geeinigt. Und in Fällen wie ihrem aktuellen wurde Mat besonders gern zu Rate gezogen.

Die Ergebnisse, die Mat, Ryan und er zusammen erzielten, waren immer einwandfrei, aber zeitintensiv!

So kam es, dass Shane erst um zehn Uhr abends zurück in Mayas Wohnung kam. Ziemlich genervt darüber, dass sein letzter freier Tag doch nicht so frei war wie geplant, lief er zu ihr.

Sie lag bereits im Bett. Hatte sich auf der Seite zusammen gerollt und die Decke bis an die Ohren gezogen. Ihre langen Wimpern warfen im fahlen Licht Schatten auf ihr schönes Gesicht.

Sie war so unglaublich schön, dass Shane nicht mehr verstehen konnte, wie er jemals hatte denken können, dass diese eine Frau ihm nicht reichen könnte.

Leise, um sie nicht zu wecken, zog er sich aus und kuschelte sich an sie. Um nichts in der Welt würde er diese Frau wieder gehen lassen.

15 WO SOLL DAS HINFÜHREN?

SHANE

Bereits um sechs Uhr früh klingelte Shanes Wecker. Das Meeting war zwar erst für neun Uhr angesetzt, aber er musste zuvor noch in seine Wohnung.

Duschen, einen Anzug holen, Schuhe und ein paar weitere kleine Dinge, die er nicht bei Maya deponiert hatte. Zudem würden Mat, Ryan und er sich noch einmal zu einem finalen Gespräch treffen.

So schnell es ging, drückte er den Wecker seines Handys aus, doch Maya erwachte trotzdem.

"Was ist los?", murmelte sie noch im Halbschlaf und blinzelte ihn über ihre Schulter an.

Shane lag immer noch an ihren Rücken geschmiegt da und gab ihr einen Kuss auf die nackte Schulter.

"Ich muss zur Arbeit", murmelte er.

"Oh, ach ja", sagte sie und legte ihren Kopf zurück auf das Kissen. Shane schwang seine Füße aus dem Bett und zog sich an.

"Du warst lange weg, gestern", sagte sie leise.

"Ja, wir konnten uns nicht allzu gut einigen. Wenn Ryan und ich mit Mat zusammen arbeiten, artet es leicht einmal aus", gab er unbekümmert zurück, während er seinen Gürtel schloss.

"Mhm", murmelte sie.

Was ist das denn jetzt?

"Alles okay, Honey?", fragte er vorsichtig, verwirrt.

"Mhm", machte sie wieder.

Ganz gefiel ihm die Antwort nicht, daher ging er um das Bett herum und setzte sich auf die Bettkante.

"Maya", sagte er drängend.

"Ich bin müde, Shane. Wir haben noch mitten in der Nacht. Lass mich noch ein wenig schlafen", sagte sie und drehte sich von ihm weg. Er beugte sich über sie und gab ihr einen Kuss auf die Stirn.

"Ich melde mich, sobald wir fertig sind, okay?"

"Mhm", machte sie nochmal, was Shane gar nicht passte. Aber wie sollte er es schon ändern? Er würde heute Nachmittag mit ihr sprechen.

MAYA

Wahrscheinlich war sie einfach nur paranoid. Aber sie hatte am gestrigen Abend verdammt lange gebraucht, um einzuschlafen, nachdem er um halb zehn immer noch nicht dagewesen war.

Sie hatte ihn kommen hören, hatte aber keine Kraft für Fragen oder Antworten gehabt und ohne diese hätte sie den Sex, den sie bestimmt gehabt hätten, nicht wirklich genießen können. Also hatte sie sich schlafend gestellt. Feige, aber für Maya gab es in diesem Moment einfach keine andere Option.

Nachdem sie aufgewacht war, drängten sich die Bilder, die ihr Kopf am Abend zuvor gesponnen hatte, mit aller Kraft zurück. Bevor sie aber etwas Unüberlegtes tat, wollte sie sich bei Sky rückversichern, damit sie sich sicher sein konnte, nicht aus einer Mücke einen Elefanten zu machen.

Eine Stunde lang versuchte Maya wieder einzuschlafen. Unmöglich. Also entschied sie sich, an dem Konzept für

JB-Industrials Kinderbetreuung zu arbeiten.

Um 10 Uhr vormittags entschied sie, dass Sky lang genug geschlafen hatte, und rief sie an.

"Guten Morgen, Süße."

"Morgen, Maya. Alles klar?"

"Mhm."

"Also nein. Frühstück bei Netti's Diner? Hab die ganze Woche noch frei!"

"Okay. In zehn Minuten am Auto?"

Sky bestätigte und Brain fuhr sie zum Diner.

"Also jetzt spuck's schon aus!", sagt Sky, während sie sich eine große Gabel Rührei genehmigte.

"Shane kam gestern spät", murmelte Maya und traute sich nicht, ihre Freundin anzusehen. Irgendwie war es ihr peinlich, ihre Zweifel mit Sky zu teilen.

Diese schien ihre Unsicherheit aber gar nicht zu bemerken und sagte: "Mhm, tun sie immer, wenn sie mit Mat zusammen arbeiten. Einmal hatten sie so eine Besprechung bei uns im Wohnzimmer. Ich hätte sie beinahe alle drei vor die Tür gesetzt, so lang und so laut haben sie sich gestritten. Nach ein paar Stunden waren sie alle aber komischerweise super zufrieden mit dem Ergebnis und hatten sich wohlwollend die Schultern geklopft. Verrückter Haufen!"

Maya fiel ein riesiger Felsbrocken vom Herzen und ein Lächeln breitete sich auf ihrem Gesicht aus.

"Das war es? Warum hast du ihn nicht einfach gefragt?", fragte Sky ungläubig.

"Er hätte mir ja sonstwas erzählen können", gab Maya kleinlaut zurück.

"Oje, Süße! Du musst das immer gleich klären und ein bisschen an ihn glauben, sonst wird das nichts", gab Sky mitfühlend zurück.

Sie hatte Recht. Das war Maya natürlich klar. Aber etwas zu wissen und es auch tatsächlich zu tun, waren immer noch zwei Paar Stiefel!

"Ich bin wieder zu Hause!", rief Shane, als er am Nachmittag zurück kam. Woher zum Teufel er eigentlich einen Schlüssel für ihre Wohnung hatte, war ihr absolut unklar. Aber eigentlich konnte sie es sich ja denken. Immerhin war er Geschäftsführer der Firma, der ihre Wohnung gehörte. Da konnte es ja nicht sonderlich schwer sein, einen Zweitschlüssel zu bekommen.

"Bin auf dem Balkon", rief sie zurück. Sie hatte es sich mit einem Kaffee, einer Wolldecke und einem guten Buch in der kräftigen Frühlingssonne bequem gemacht.

Shane trat durch den Türrahmen. Einen Arm stützte er auf dem Unterarm am Rahmen ab und grinste ihr dann ein wenig müde zu.

Er sah atemberaubend aus. Das strahlend weiße Hemd stand am Kragen einige Knöpfe weit offen und der maßgeschneiderte Anzug sah an ihm einfach nur sexy aus.

"Es fühlt sich gut an, nach Hause zu kommen und jemand ist da", sagte er immer noch lächelnd.

"Kommst du dann auch zu mir und gibst mir einen Kuss, Mr. Sexy, oder darf ich dich nur aus der Ferne bewundern?", gab Maya ebenfalls lächelnd zurück.

Er kam zu ihr und küsste sie zärtlich auf ihre Lippen. Dann hob er sie samt Decke und Buch hoch und ließ sich selbst auf die Sonnenliege fallen. Er platzierte sie und die Decke der Länge nach über sich und lehnte sich dann mit einem wohligen Seufzen zurück.

"Was wird das?", fragte Maya kichernd.

"Ich bin kaputt. Lass uns einfach ein paar Minuten zusammen relaxen. Irgendwie war die Rückkehr ins Geschäftsleben gestern zu ruckartig", sagte er gequält und zog ihren Rücken fest an seine Brust. Seine Finger verschränkte er auf ihrem Bauch ineinander und schloss dann seine Augen.

Grinsend legte Maya ihren Kopf auf seine Schulter und genoss seine Nähe. Er konnte unglaublich süß sein. Er war süß, sexy, intelligent, schön, verspielt, verrucht, humorvoll ... eigentlich zu gut, um wahr zu sein. Aber vorerst würde sie versuchen, auf Skys Rat zu hören und ihm ein bisschen Vertrauen zu schenken.

Die Sonne stand schon tief, als Shane seine Hände unter die Decke und unter Mayas Pullover auf ihren nackten Bauch schob.

"Ahhhh! Bist du verrückt geworden? Hände weg! Die sind scheiß kalt!", quiekte Maya und versuchte, von seinem Schoß zu springen. Sie schaffte es aber nicht, weil Shane sie lachend festhielt.

"Rache ist süß! Aber ja, so schön es hier draußen auch ist, langsam wird es zu kalt. Lass uns rein gehen", sagte er und hob sie auf seine Arme.

Ohne Umwege trug er sie in die Küche und setzte sie auf der Arbeitsplatte ab.

"Was ...?", setzte sie an, fand dann aber Shanes Dackelblick.

"Du hast Hunger?", fragte sie ihn, amüsiert über das Gesicht, das er zog.

"Ja!", sagte er nachdrücklich.

"Und ich soll dir was kochen?", fragte Maya gespielt ernst. Sein Blick wurde noch ein wenig flehender.

Lachend schob Maya ihn von sich, sprang von der Arbeitsplatte und schaltete den hoch eingebauten Backofen an, in dem sie bereits eine Lasagne vorbereitet hatte.

Shane trat hinter sie und schlang ihr die Arme um die Mitte. Er küsste sie auf den Nacken und brummte dann in ihr Ohr: "Du bist meine absolute Traumfrau!"

Maya schmiegte sich noch tiefer in seine Arme und genoss seine Worte und seine Gegenwart.

Nach einigen Minuten sagte sie: "Du kannst noch kurz duschen, wenn du willst."

"Kommst du mit?", raunte er ihr zu.

"20 Minuten?", fragte sie keck.

Er überlegte kurz und sagte schließlich: "Du hast Recht. Schnell alleine duschen, dann essen und den Rest des Abends mit dir im Bett verbringen."

"Das schmeckt göttlich, Maya!", lobt Shane und schöpfte sich bereits die dritte Portion. Wo er das hin steckte, war Maya ein Rätsel, wo er doch nur aus Knochen, Muskeln und Haut zu bestehen schien.

Er schien rundum zufrieden zu sein, doch plötzlich verfinsterte sich eine Miene. Er stocherte einige Minuten in seinem Essen, ehe er aufblickte.

"Was war los heute früh, Maya?", fragte er ruhig.

Maya wandte den Blick ab und sagte: "Nichts."

"Lüg mich nicht an, Kleines", bat er nachdrücklich und lehnte sich auf seinem Stuhl zurück.

Maya stand auf und begann, den Tisch abzuräumen. Sie hatte bei Gott keine Lust auf dieses Gespräch. Sie würde sich nur lächerlich machen.

Als sie gerade Wasser in die Spüle laufen ließ, kesselte Shane sie zwischen seinem Körper, seinen Armen und der Arbeitsplatte ein.

"Sprich mit mir, Honey", sagte er leise.

"Ich hab mir vielleicht ein bisschen was eingebildet ... weil du so lang aus warst ..." Mayas Stimme versagte.

"Du hast im Ernst geglaubt, ich würde dich betrügen? Glaubst du wirklich, ich hätte das alles getan, wenn ich es nicht wirklich ernst mit uns meinen würde?", fragte er eindringlich und drehte sie an ihren Schultern zu sich um.

"Ich liebe dich, Maya! Wann geht das endlich in dein hübsches Köpfchen rein?", fragte er sanft, legte seine Hände an ihre Wangen und strich mit seinen Lippen über ihre.

Maya fehlten die Worte und Tränen traten in ihre Augen. Auch sie liebte ihn so sehr und wusste einfach nicht, wie sie ihm wieder vertrauen sollte.

Wie konnte etwas, das sie so glücklich machte, ihr gleichzeitig so unerträglich weh tun?

"Ich liebe dich", flüsterte sie an seinen Lippen.

Shane seufzte schwer.

"Du kannst dir nicht vorstellen, wie sehr ich es bereue, dir so weh getan zu haben. Wie sehr ich es bereue, dass ich so dumm war, so blind, und nicht gesehen habe, dass ich um jede Sekunde, die ich mit dir zusammen sein darf, dankbar sein muss. Ich werde es dir beweisen, Maya, wenn du mich nur lässt", sagte er leise, aber mit Nachdruck in seiner Stimme.

Maya nickte ein kleines bisschen und Shane hob sie hoch und trug sie ins Schlafzimmer.

Vorsichtig legte er sie auf dem Bett ab, zog erst sich selbst und dann sie aus. Küssend, streichelnd bewegte er sich über ihren Körper. Er war so unerträglich sanft mit ihr. Liebevoll und zart. Maya wünschte sich nichts sehnlicher, als endlich loslassen zu können, endlich vergessen zu können und in seiner Liebe für sie zu schwelgen.

Er küsste sich einen Weg von ihren Brüsten über ihr Schlüsselbein zurück zu ihrem Hals, bis er schließlich ihre Lippen fand. Seine Hüften drängten zwischen ihre Beine, aber Maya stemmte sich gegen ihn.

"Mhm ... Kondom", murmelte er, bevor sie etwas sagen konnte, und angelte in der Nachttischschublade nach einem. Als er es schließlich übergestreift hatte, schob er sich quälend langsam in sie. Nach der Hälfte zog er sich ein Stückchen zurück, nur um sich gleich darauf wieder seinen Weg zu bahnen.

Vollständig in ihr vergraben, hielt er inne. Sein Gesicht war ganz nah an ihrem und Schweiß glitzerte auf seiner Stirn, sodass ein paar Strähnchen daran kleben geblieben waren. Für Maya sah er aus wie der personifizierte Sex.

Seine Lippen standen ein kleines Stückchen offen und sein Atem ging schnell und flach. Maya hob ihre Beine und Arme und klammerte sich an ihn. Presste ihn noch tiefer in sich. Sie stöhnten unisono auf.

Dann begann er, sich in ihr zu bewegen. Kleine,

wippende Bewegungen, von denen jede einzelne auf ihre Klit traf. Seine Lippen waren ganz nah an ihren und immer wieder kam er ihr ein Stückchen entgegen und sie küssten sich innig.

Maya war schon ganz knapp vor ihrem Orgasmus, als Shane einen Arm unter ihren Nacken schob und sich dort auf dem Unterarm abstützte, den zweiten Arm schob er unter ihren Po und hob sie ihm noch ein kleines Stück entgegen, sodass er bis auf den letzten Millimeter in ihr war.

Seine Stöße wurden hastiger und kräftiger und Shane vergrub sein Gesicht an ihrem Hals.

"Maya", stöhnte er und biss sie leicht in ihre Halsbeuge. Dann war es endgültig um sie geschehen. Laut stöhnte sie ihren Orgasmus heraus und presste ihn mit aller Gewalt an und in sich. Auch Shane kam. Sie spürte ihn an ihrem Hals stöhnen und seinen Schwanz in sich zucken.

Schwer atmend blieben sie eine Weile so liegen, dann löste sich Shane von ihr und entsorgte das Kondom. Wieder im Bett angekommen, zog er sie mit dem Rücken an seine Brust und hauchte ihr viele kleine Küsse auf den Nacken.

"Wir müssen einen Termin beim Frauenarzt für dich ausmachen", murmelte er schläfrig.

Was???

"Was?", fragt sie dann auch laut.

"Na, Pille oder so was. Ich will dich ganz spüren", sagte er völlig selbstverständlich. Maya versteifte sich.

"Nein", antwortete sie schlicht.

"Was nein?", fragte er und klang auf einmal wachsam.

Maya versuchte, sich von ihm zu lösen, doch er hielt sie unbeirrt fest.

"Nein, ich werde meinen Körper nicht mit Hormonen belasten, wo ich doch bald ein Baby haben will!", antwortete sie scharf.

"Du kannst doch jetzt kein Baby wollen!", sagte er völlig schockiert.

"Lass mich los!", fauchte Maya.

"Ich denk ja gar nicht dran! Dann läufst du nur vor mir weg!", gab Shane schroff zurück und presste sie noch fester an sich.

"Da du ja anscheinend nicht gedenkst, so lange mit mir zusammen zu bleiben, um an eine gemeinsame Familienplanung zu denken, denke ich, dass ich sehr wohl aufstehen kann!", sagte Maya scharf und wand sich noch mehr in seinen Armen.

SHANE

"Das hat doch damit nichts zu tun. Irgendwann einmal ja, aber jetzt doch noch nicht!", sagte Shane wirklich schockiert über ihre Schlussfolgerung.

"Ich bin 26! Und du bist bereits 30, Shane! Wenn nicht jetzt, wann dann?", antwortete Maya und ihre Stimme hatte kaum etwas von diesem Kampftigerton verloren.

"Ich weiß nicht, so in 10 Jahren oder so", gab Shane kleinlaut zurück, da er schon wusste, dass das nicht die Antwort war, die Maya hören wollte. Prompt zappelte sie wieder mehr in seinem Griff.

"Dann bin ich 36, Shane! Ich will mindestens sechs Kinder, wie soll das mit 36 gehen?", fauchte sie.

SECHS! Heilige Scheiße! Wie zum Teufel komm ich aus dieser Nummer raus?

Shane versuchte, seine eigene Panik herunter zu schlucken. Obwohl er im Moment nichts lieber tun würde, als schreiend zu Ryan zu rennen und eine Krisensitzung anzuberaumen.

Heieieieiei. Er wollte ihr ja gern alles geben, was sie sich wünschte, aber seine Maya mit sechs kleinen Schreihälsen zu teilen? Nein, Danke!

"Okay, okay. Nur mit der Ruhe, Maya. Vielleicht denke ich ja in ein paar Monaten schon anders darüber, aber ich will dich jetzt einfach noch nicht teilen, verstehst du?", fragte er so sanft wie möglich.

Sie entspannte sich ein klein wenig oder hörte zumindest auf, gegen ihn zu kämpfen.

"Du willst also auch eine Familie?", fragte sie leise, unsicher.

Sag jetzt nur nichts Falsches, Shane!

"Ja", sagte er daher vorsichtig.

"Du hast es mir versprochen, Shane! Du hast mir versprochen, in deinen Antworten keinen Platz für Interpretationsspielräume zu lassen!", sagte sie scharf.

Shane seufzte schwer. Sie hatte Recht. Er hatte es versprochen und es doch bewusst schon wieder getan.

"Ja, Maya, ich kann mir durchaus vorstellen, eine Familie mit dir zu gründen. Aber sieh mal, wir sind jetzt seit zwei Wochen wieder zusammen. Meinst du nicht, es geht ein wenig schnell?", fragte er sie vorsichtig.

Zögerlich nickte sie. "Doch. Aber ich werde meinen Körper keinen Hormonen aussetzen."

"Ist okay. Alles gut. Wir bekommen das hin und nehmen dieses Thema in ein paar Monaten wieder auf, okay?", fragte er sanft und nahm sich fest vor, gleich morgen mit Ryan an einer Verteidigungstaktik zu arbeiten. Obwohl, ob dieser momentan der richtige Ansprechpartner für so etwas war?

"Okay", sagte sie leise, aber Shane bemerkte, dass nicht alles okay war. Also streichelte er sie sanft und versuchte mit seinen Gesten und Berührungen auszudrücken, womit seine Worte nicht zu ihr durchdrangen.

Als sie endlich in seinen Armen einschlief und er die Gewissheit hatte, dass sie ihm nicht entwischte, konnte auch er sich entspannen und fiel irgendwann in einen ruhelosen Schlaf.

Wie ein Dieb schlich er sich in der Früh aus ihrer Wohnung. Er wollte auf jeden Fall erst eine zweite Meinung, ehe er sich einer erneuten Konfrontation stellen würde.

So kam es, dass er bereits in Ryans Büro wartete, als

dieser um acht Uhr morgens herein schlenderte.

"Oh, hey, guten Morgen, Shane. Was verschafft mir die frühe Ehre?"

Völlig verzweifelt vom stundenlangen Grübeln wischte er sich den Schweiß von der Stirn und sagte: "Sie will ein Baby. Falsch. Sie will sechs davon und das pronto!"

Ein kleines bisschen hysterisch, wie er sich selbst eingestehen musste, klang er und auch das hektische auf und ab laufen entlang der Fensterfront machte es nicht besser.

"Maya?", fragte Ryan und sah ihn ungläubig an.

"Ja, genau diese! Das ist ja das Problem!", antwortete Shane und hatte die Stimme schon fast zu einem Schreien erhoben.

"Du liebst sie doch, oder?", fragte Ryan, als wäre Shane nicht mehr ganz knusper und müsste die einfachsten Dinge buchstabiert bekommen.

"Ja, natürlich!", gab Shane zurück, ohne seine Wanderung zu unterbrechen.

"Dann heirate sie und mach ihr ein paar Babys. Dann wird sie für immer dein sein und sie lebten glücklich bis an ihr Lebensende!"

Shane kam Ryan gegenüber am Schreibtisch zum Stehen. Er beugte sich nach vorn und umklammerte die Tischkante.

"Bist du jetzt vollkommen wahnsinnig geworden?", schrie er seinen besten Freund an. Er hatte gewusst, dass Ryan im Moment nicht der richtige Ansprechpartner war. Er hätte sich an Ty halten sollen! Der hätte ihm die richtigen Antworten gegeben ... oder zumindest seine Klappe gehalten.

Auch dieses grenzdebile Grinsen, das sich gerade auf Ryans Gesicht schlich, war in Tys Auswahl nicht vorhanden. Da war Shane sich sicher!

Frustriert warf er die Hände in die Luft und verließ Ryans Büro, um selbst ein wenig zu arbeiten.

MAYA

Sie hatte es sich wieder auf dem Balkon gemütlich gemacht. Der Streit, mit dem sie und Shane gestern Abend eingeschlafen waren, nagte noch immer schwer an ihr.

Als es kurz vor Mittag war, dachte Maya, Shane wäre zurückgekommen, doch es war Bran, der an ihrer Tür stand.

"Hey Maya", sagte er lächelnd.

"Hey Brandon, wie geht's?", fragte sie ebenfalls lächelnd und hielt ihm die Tür auf, damit er eintreten konnte.

"Ganz okay. Ich hab dir deine Sachen mitgebracht", sagte er leise auf dem Weg in die Küche.

"Oh, Bran! Ich hab mich noch gar nicht entschuldigt! Es tut mir leid, dass ich ohne ein Wort des Dankes abgereist bin. Shane hat mich überrascht und überrumpelt und ehe ich mich versah, saß ich bereits im Flieger. Es tut mir leid."

"Beruhige dich erstmal. Bekomme ich einen Kaffee?"

"Natürlich!", antwortete Maya und machte sich sogleich daran.

"Gut, und dann erzähl mir alles mal von vorn!", forderte er und Maya tat es.

Er hatte es sich verdient! Er hatte sich als wirklich guter Freund erwiesen. Natürlich war der Bericht an manchen Stellen etwas gekürzt, aber das Wesentliche wollte sie ihm schon mitteilen.

"Weißt du, ich habe mir eigentlich geschworen, dass ich deine Entscheidung, wie sie auch ausfallen würde, einfach hinnehmen würde, aber ein paar Dinge muss ich einfach noch loswerden", sagte Bran, nachdem Maya geendet hatte.

"Brandon ...", setzte Maya an, doch dieser ließ sie nicht weiter zu Wort kommen.

"Nein, lass mich, bitte. Weißt du, Shane ist mein

Freund und ich möchte ihn nicht vor dir schlecht machen, aber das, was er dir angetan hat, ist für mich unverzeihlich. Ich verstehe einfach nicht, wie du damit leben kannst. Wie du mit ihm zusammen sein kannst, ohne zu wissen, ob er dich wieder betrügen wird, ob er dir wieder ein Messer in den Rücken rammt."

Maya senkte den Blick und malte kleine Muster auf die Tischplatte. "Ich weiß es selbst nicht, Bran. Aber ich versuche, darüber hinweg zu kommen."

"Ich kann einfach nicht verstehen, wieso du mit so einem Mann zusammen sein möchtest. Wie kannst du ihn immer noch lieben, nach allem, was er dir angetan hat? Wie kannst du all den Schmerz vergessen, für die wenigen schönen Momente, die er dir bieten kann?"

"Bran, bitte hör auf. Es ist schon schwer genug, ohne dass du meine Zweifel noch schürst!"

"Wenn das wahr ist, warum tust du dir das dann an?", fragte er eindringlich.

"Das ist meine Chance auf meine große Liebe, Bran. Wenn ich am Ende ein Happy End bekomme, war es das Wert. Wenn nicht, habe ich es zumindest versucht!"

"Es tut mir weh, dich so zu sehen, Maya. Zu sehen, dass du schon wieder beinahe weinst wegen diesem Idioten. Du verdienst einfach so viel mehr, so verdammt viel mehr, als er jemals sein wird. Und ich will, dass du weißt, dass du jederzeit zu mir kommen kannst, Kleines. Nur als Freunde. Ohne Bedingungen, ohne Erwartungen, okay?"

"Danke Bran!", sagte Maya und ließ sich fest von ihm in den Arm nehmen. Es war mittlerweile fast fünf und sie verabredeten sich für sieben Uhr im *Meets* zur Donnerstagabendrunde.

Bran wollte gerade gehen, als die Tür geöffnet wurde.

SHANE

"Hey Honey, bin zurück ... Was zum Teufel machst du hier?" Shanes Stimme war von einem lockeren, fröhlichen zu einem dunklen, bedrohlichem Tonfall gewechselt, als er Bran bemerkte.

"Ich glaube zwar nicht, dass dich das etwas angeht, aber ich habe Maya besucht", antwortete Bran betont ruhig.

"Ich will dich nicht hier haben", knurrte Shane.

"Bran ist mein Freund, Shane, und er darf mich sehr wohl in meiner Wohnung besuchen", ging Maya dazwischen, ehe die Diskussion zwischen den beiden eskalieren konnte. Mit schmalen Augen beobachtete er, wie die beiden sich von einander verabschiedeten.

Es passte ihm überhaupt nicht! Schon gleich zehnmal nicht nach dem Streit gestern Abend. Er hatte immer noch keine Lösung für das ganze Dilemma gefunden, aber immerhin fiel ihm gerade eine Lösung für das Problem Bran-in-Mayas-Wohnung ein.

Ein Lächeln breitete sich auf seinem Gesicht aus.

Haha, sehr guter Plan! Es wären sogar zwei Fliegen mit einer Klappe!

"Maya, ich möchte, dass du zu mir ziehst!", verkündete Shane und war sehr stolz auf seinen genialen Einfall. Er könnte Brans Anwesenheit verbieten und Maya würde sich in ihrer Beziehung bestärkt sehen.

Dummerweise verdrehte sie nur genervt die Augen, ehe sie in Richtung Schlafzimmer lief.

"Hey! Solltest du dich nicht freuen?", rief er ihr hinterher, ehe er ihr nachlief.

"Ich werde nicht zu dir ziehen, nur damit Bran mich nicht mehr besuchen kann, Shane", sagte sie völlig teilnahmslos, während sie in einer Kommode wühlte.

Ertappt ... Ausrede, Shane, los mach schon!

"Und egal, was du jetzt sagst, ich werde es dir eh nicht glauben", schob sie noch hinterher, sodass Shane sofort wieder seinen Mund schloss.

Die Hexe kann Gedanken lesen!

"Das war nur einer der Gründe!", entschied er sich dann doch für die Wahrheit.

"Und der zweite?", fragte sie und klang ein wenig genervt, während sie ins Bad lief. Wieder trottete Shane ihr hinterher. Langsam kam er sich vor wie ein Hündchen.

"Ich dachte, dass es dich glücklich macht ... du weißt schon ... um dir zu zeigen, dass ich an uns glaube, dass das klappen kann", gab Shane leise zurück.

In der Tür zum Badezimmer drehte sie sich zu ihm um. Ihr Lächeln war weich und sie sagte: "Das ist sehr lieb von dir, Shane. Ich freue mich wirklich sehr und ich werde in dem Moment meine Sachen packen, in dem du mir sagst, dass ich auch in deiner Wohnung jeden Besuch empfangen darf, den ich da haben möchte. Inklusive Brandon!"

Wo er am Anfang des Satzes noch gelächelt hatte, fiel sein Lächeln immer mehr in sich zusammen. Pah! Brandon. Der Hund wollte doch nichts anderes, als Maya für sich haben. Er wollte sie einfach nicht teilen. Weder mit Brandon noch mit sechs Kindern noch mit irgendjemandem sonst!

Insgeheim fand er es schon schlimm genug, dass so viele Männer ihr hinterher sahen. Noch fiel es ihr vielleicht nicht auf, aber es war so und der Gedanke, dass sie irgendwann einen von ihnen besser finden könnte, machte ihn wahnsinnig!

Vor sich hin brummend ging Shane ins Wohnzimmer und wartete darauf, dass Maya im Bad fertig wurde. Sein Sakko hatte er über die Lehne des Sofas geschmissen und die Ärmel seines weißen Hemdes nach oben gekrempelt.

Er zappte gerade durch die Programme, als Maya zurück ins Wohnzimmer kam. Sie trug lediglich einen knielangen weißen Bademantel und ein weißes Handtuch, das wie ein Turban um ihren Kopf geschlungen war. Mit nackten Füßen lief sie über das Kirschholzparkett zur Küche.

"Willst du im *Meets* Essen, soll ich noch schnell was machen oder willst du woanders anhalten?", fragte sie, den Kopf im Kühlschrank versteckt.

"Komm her, Maya", sagte Shane rau, woraufhin Maya ihn nur mit einer erhobenen Augenbraue über die Schulter hinweg ansah.

"Wenn ich jetzt zu dir komme, werden wir nicht mehr zu der Donnerstagsrunde kommen", antwortete sie und wollte zurück ins Schlafzimmer. Shane fing sie ab und zog sie in seine Arme. Seine Nase an ihrem Hals sog er tief ihren Geruch ein. Süß, nach Maya und ein wenig nach diesem komischen Kokosnuss-Shampoo.

Er schob seine Hände unter ihrem Bademantel auf ihren nackten Po.

"Du kannst nicht in diesem Aufzug hier rumwackeln und etwas anderes von mir erwarten, Honey", brummte er, küsste ihren Hals und presste sie an seine beginnende Erektion.

"Doch, komm. Wir müssen los. Brandon kennt die anderen ja noch nicht und ich will nicht, dass er alleine warten muss."

Shane löste sich ein Stück von ihr. "Brandon?"

"Ja, ich habe ihn für heute Abend eingeladen. Quasi als Wiedergutmachung dafür, dass ich ihn einfach ohne ein Wort habe sitzen lassen", erklärte sie.

Unwillig löste Shane sich von ihr und sagte gehässig: "Ja, dann mach dich mal schnell hübsch, wir wollen Brandon doch nicht warten lassen."

"Shane", sagte Maya, aber Shane winkte nur ab, ohne sie dabei anzusehen. Nach einem Augenblick hörte er sie schnauben und ihre kleinen Füße zum Schlafzimmer tapsen.

"Brandon, hi, hier sind wir!", rief Maya quer durchs *Meets* und winkte ihn zu sich.

Als die beiden sich zur Begrüßung in den Arm nahmen, wäre Shane am liebsten aufgesprungen und hätte sie von ihm gerissen. Lediglich Skys Hand auf seinem Unterarm hinderte ihn an dieser unüberlegten Handlung.

Maya stellte ihm jeden vor und alle begrüßten ihn freundlich, außer Shane, der ignorierte die ihm dargebotene Hand ebenso wie das verärgerte Schnauben, das folgte.

Seine Laune verschlechterte sich von Minute zu Minute, in der Maya sich angeregt mit den verschiedenen Männern unterhielt.

Er saß zurückgelehnt da, die Augen zu Schlitzen verengt und die Arme vor der Brust verschränkt. Seine Selbstbeherrschung neigte sich langsam dem Ende, vor allem, da Brandon sie immer wieder berührte. Es waren kleine, unschuldige Berührungen, das schon, aber er hatte überhaupt keinen Grund, sie überhaupt zu betatschen!

Irgendwann gingen Sky und Maya schließlich auf die Toilette und ließen die Männer unter sich.

"Wenn du sie noch ein einziges Mal berührst, stampfe ich dich in Grund und Boden, Arschloch!", presste er durch seine zusammengebissenen Zähne hervor. Ansehen konnte er den Penner nicht, sonst wäre er sofort über ihn hergefallen.

"Shane", mahnte Ryan, der ihm bestimmt ansah, dass er bereits am Limit war.

"Wenn du zu dumm bist, um zu sehen, was für einen Schatz du da vor dir hast, kann ich dir nicht helfen, aber mir sehr wohl!", gab Bran nicht minder schlecht gelaunt zurück.

"Du sollst sie überhaupt nicht ansehen, kapierst du das nicht!", fauchte Shane, während er aufsprang und sein Stuhl scheppernd nach hinten flog.

"Nein, du verstehst mich nicht! Würde ich endlich so eine Frau finden, würde ich nicht lange fackeln! Ich würde ihr jeden verdammten Wunsch von den Augen ablesen! Ich würde sie auf Händen tragen und ihr jeden verdammten Tag Blumen schenken!", fauchte Bran zurück und baute sich vor Shane auf.

"Mach das nicht! Nicht alle Frauen mögen Blumen! Sky hätte mir deswegen fast den Kopf abgerissen!", riet Ryan trocken, ohne auch nur aufzustehen, um die Kampfhähne aufzuhalten. Der Rest der Gruppe schien ein klein wenig eingeschüchtert ob der Aggression, die die beiden versprühten.

"Aufgrund der Hierarchiestufen muss ich darauf hinweisen, dass ich im Falle einer Auseinandersetzung zu Shane halten muss", gab Brain hilfreich dazu, ehe er erneut in seinen Burger biss.

"Was ist denn hier los?", fragte Maya, als sie zurück kam.

"Wenn ich diesem Arsch nicht gleich sein großes Maul stopfen soll, dann sollten wir jetzt besser fahren, Maya", knurrte Shane, ohne Bran auch nur eine Sekunde aus den Augen zu lassen.

"Shane, was soll das?", fragte sie und kam noch einen Schritt näher.

Schwer atmend und mit Augen, die zu Schlitzen zusammen gepresst waren, wandte er sich von Bran ab und fixierte Maya.

"Ich gehe. Ich würde es sehr begrüßen, wenn du mitkommen würdest", presste er mühsam zwischen seinen zusammengebissenen Zähnen hervor.

Ohne ein weiteres Wort zu einem der anderen ging Shane aus dem Lokal. Maya folgte ihm nicht.

Kurz vor dem Verzweifeln, stieg er in seinen Sportwagen und fuhr mit quietschenden Reifen los.

"Ty anrufen!", blaffte er in seine Freisprechanlage.

Es klingelte vier Mal, ehe sein Freund abnahm.

"Shane, was gibt's?", fragte dieser gewohnt knapp, was Shane nur recht war, da er jetzt keine Kraft für Small-Talk hatte.

"Zeit für einen Sparring?", fragte er daher ebenso knapp zurück.

"Es ist schon elf."

"Hast du Zeit oder muss ich mir jemanden auf der

Straße suchen?"

"Nein, komm."

Fünfzehn Minuten später stand er vor Tys Haustür und klingelte ungeduldig.

"Komm rein", sagte Ty, als er die Tür geöffnet hatte, und wandte sich direkt zum Trainingsraum um. Er warf Shane eine kurze Hose zu und die Bandagen, damit die Knöchel unter den Schlägen nicht aufplatzten. Er selbst hatte sich bereits umgezogen und dehnte sich gerade.

"Was ist passiert?", fragte Ty.

"Maya", antwortete Shane schlicht und sprang auf der Stelle, um sich warm zu machen.

"Eigentlich bringt dieser Name dich eher zum Lächeln", sagte Ty und begab sich auf die Matten.

Shanes Laune wurde noch ein Stück schlechter. Dann sagte er: "Bran."

"Ah ja, eifersüchtig?", fragte Ty mit einem kleinen Lächeln.

"Total!", antwortete Shan scharf, während sie sich gegenüber auf die Matten stellten und das Sparring begannen. Sie tänzelten ein wenig umeinander, ehe Shane seinen ersten Aufwärtshaken setzte.

"Warum? Sie ist doch total verrückt nach dir?", erkundigte sich Ty, während er einem Schlag auswich und Shane dann leicht am Kinn streifte.

"Weil Bran sich so an sie ran schmeißt und Maya ihn auch noch mag!", fauchte Shane und traf Ty in die Nieren. Dieser zuckte leicht zusammen und antwortete dann: "Maya mag viele Leute. Das heißt noch lange nicht, dass sie wirklich Interesse an ihm hat."

"Aber sie wollen beide heiraten und dieses Familiending durchziehen!", knurrte Shane und bekam noch einen Treffer aufs Kinn. Dieses Mal deutlich fester.

"Wenn es das ist, was sie will, dann heirate sie doch!", sagte Ty dann, als wäre es das Normalste der Welt.

Verliebter Idiot!, dachte Shane.

"Mein Gott, du bist genauso verrückt geworden wie

Ryan!", fluchte Shane.

Ty schüttelte den Kopf, seufzte und holte dann ziemlich weit aus.

Shane sah den Schlag kommen, konnte aber nicht mehr ausweichen. Dann war da nur noch Schwärze.

"Ah! Der Loverboy kehrt zurück!", hörte Shane eine weit entfernte Stimme. Seine Schläfe pochte ganz gewaltig und er fühlte sich, als wäre er von einem Bus überfahren worden. Naja, so ähnlich war es wohl auch, denn das Letzte, an das er sich erinnerte, war Tys Haken.

"Das war ein Sparring. Du Arsch kannst doch nicht voll durchziehen", stöhnte Shane.

"Ruhe! Ich hab schon Ärger von Nina bekommen. Die hat dich übrigens auch schon mit Steristrips versorgt. Deine Augenbraue ist aufgeplatzt. Das war keine Absicht. Ich wollte nur, dass du endlich deine Klappe hältst und mir zuhörst."

"Normale Menschen sagen dafür sowas wie: Halt die Klappe, Shane und hör mir zu!", sagte er, während er die Platzwunde betastete. *Mann Gottes! Dies ist fast zwei Zentimeter lang!*

"Wie konntest du nur mein schönes Gesicht so entstellen! Mein Gesicht ist mein Kapital!"

"Nein, weil du ja schon eine Frau hast, die dich liebt, schon wieder vergessen?"

"Ja, wenn sie mich nicht wegen Bran verlässt!"

"Heirate sie!"

"Du bist verrückt!"

"Willst du sie für immer behalten?"

"Natürlich! Sie ist perfekt!"

"Wo liegt dann verdammt nochmal dein Problem?", schrie Ty ihn an und seine Stimme dröhnte in Shanes Kopf.

Hm ... ja, wo genau war das Problem?, grübelte er.

"Hör mir mal genau zu, Kumpel. Ich würde alles tun, um Nina glücklich zu machen. Ich würde sie am liebsten den ganzen Tag wie ein Kleidungsstück an mir tragen. Wenn es möglich wäre, würde ich sie unter meine Haut stecken, dann könnte sie niemand mehr sehen oder hören oder im schlimmsten Fall sogar anfassen. Bin ich verrückt? Vielleicht. Aber ich werde alles tun, um sie zu behalten. Und jetzt überleg dir verdammt nochmal, wie viel Maya dir wert ist und lass mich in Ruhe! Ich will zu meiner Nina in mein Bett!", sagte Ty und drückte mit einem seiner riesigen Finger auf Shanes Platzwunde.

"Aua!", fluchte er, immer noch völlig benommen von der längsten Ansprache, die er je von dem wortkargen Latino gehört hatte.

Shane blieb noch eine Weile liegen, ehe er sich aufraffte. Er zog sich wieder um und fuhr in den nächsten Pub. Er musste seine Gedanken sortieren, ehe er ein Gespräch mit Maya suchte.

Er bestellte sich einen Glenlivet nach dem anderen. Shane stand auf guten Whisky, um seine Gedanken zu sortieren. Und dieser hatte im vergangen Jahr sogar eine Auszeichnung bekommen. Er war in Shanes Augen also sogar fürs Problemlösen ausgezeichnet worden.

Wenn er sich also unter so optimalen Bedingungen nur lange genug mit dem Problem beschäftigte, würde er auch eine Lösung finden!

MAYA

"Was zum Teufel war das gerade?", fragte Maya in die Runde, starrte dabei aber immer noch auf die Tür, durch die Shane gerade gestürmt war.

"Ein Volltrottel!", schnaubte Bran, während Sky gleichzeitig sagte: "Willst du nicht lieber hinterher?"

"Bran, lass das!", sagte Maya scharf und schaute dann mit zusammengekniffenen Augen in die Runde.

"Was war hier gerade los?", sagte sie leise, bedrohlich.

Als keiner antwortete, seufzte Ryan und sagte: "Shane ist eifersüchtig und Bran hat ihn ein wenig provoziert."

"Das stimmt nicht!", warf Bran sofort ein, schwieg aber auf Mayas bösen Blick hin.

Dann wandte sie sich an den Rest der Gruppe und sagte: "Tja, dann muss ich jetzt wohl leider gehen. Tut mir leid, Jungs. Wir sehen uns morgen, Sky, okay?"

Dann lief sie schnell zu Shane ... oder dachte es zumindest, denn dieser war tatsächlich ohne sie gefahren. Mit hängendem Kopf ging sie zurück in die Bar.

"Kann einer von euch mich fahren? Du hattest Recht, Sky, ich hätte mich beeilen sollen. Shane ist schon weg", sagte Maya leise, da es nicht nur an ihrem Ego kratzte, dass er sie einfach so stehen ließ, sondern sie auch ein wenig verletzte.

Brain und Bran standen sofort auf und Ryan angelte etwas besorgt dreinschauend nach seinem Telefon.

Bran fuhr sie schließlich und Maya wechselte die ganze Fahrt über keinen Ton mit ihm.

"Jetzt komm schon, Maya. Er führt sich auf wie ein Idiot und du bist sauer auf mich?", sagte Bran genervt, als sie vor dem JB-Industrials Gebäude angekommen waren.

"Ja, Bran. Ich habe dir gesagt, wie schwer es ist. Ich habe dir gesagt, dass ich ihn liebe, so doof er auch manchmal sein kann. Warum musst du ihn provozieren und es mir noch schwerer machen?", fauchte sie, ehe sie ohne sich zu verabschieden ausstieg und die Tür kräftiger als nötig ins Schloss schmiss.

Energischen Schrittes stapfte sie in ihre Wohnung. Sie würde das schon wieder geradebiegen!

Doch ihre Wohnung war leer.

Unsicher fuhr sie mit dem Aufzug zu seiner eigenen Wohnung. Doch auf ihr Klopfen und Klingeln hin öffnete niemand. Ein sehr schlechtes Gefühl setzte sich in ihrer Magengegend fest. Er würde doch nicht ... er würde sie doch nicht wirklich wegen so etwas verlassen?

Mayas Kopf drehte sich. Eine Horrorvision nach der anderen schoss durch ihren Kopf.

Shane in Chris Club, umgeben von den Geiern.

Shane mit einem der Geier auf der VIP-Toilette.
Shane mit einer oder zweien in einem Hotelbett.
Shane bei einem Dreier, wie mit Zoey und Jonas ...

Bis Maya in ihrer Wohnung angekommen war, war sie schon völlig verzweifelt. Sie griff nach ihrem Handy und versuchte, ihn zu erreichen. Vergeblich. Sie wurde direkt auf die Mailbox umgeleitet.

Nach einigen weiteren grausamen Bilderserien in ihrem Kopf wählte sie Skys Nummer. Leider wussten weder Sky noch Ryan, wo er sich im Moment befand.

Weinend und voller Zweifel rollte sie sich unter der Wolldecke auf dem Sofa zusammen.

Maya erwachte von kleinen Klick-Geräuschen. Immer wieder erklangen sie und wurden das ein oder andere Mal von einem Rrrrrr gefolgt. Verwirrt blinzelte Maya in das warme Licht des Sonnenaufgangs.

Shane lief gerade ins Schlafzimmer. Er sah ziemlich derangiert aus, was Mayas Befürchtungen nur noch bestärkte.

"Nein, nein, nein! Verdammte Scheiße! Ich werde diesen Wichser umbringen!", fluchte er, ehe er wieder im Türrahmen erschien. Dann erst erspähte er sie.

"Maya!", rief er und sah irgendwie erleichtert aus.

Als er auf sie zu kam, fingen die Klick-Geräusche wieder an. Verwirrt suchte Maya nach dem Ursprung. Am Boden lagen lauter kleine Plastikkugeln, doch ehe sie genauer ergründen konnte, was das war, war Shane vor ihr auf die Knie gefallen und hatte sie fest in seine Arme gerissen.

"Gott sei Dank! Ich dachte schon, du hast mich verlassen und bist zu Bran", murmelte er und presste sie fest an sich.

Er stank nach Alkohol, Zigaretten und Schweiß.

"Wo warst du?", flüsterte Maya.

Er löste sich ein kleines Stückchen von ihr und legte ihr

beide Hände an die Wangen.

"Einen klaren Kopf bekommen und mir sicher werden, was ich will. Da war ich", antwortete er und Maya erspähte die Platzwunde an seiner Augenbraue.

"Was ... ?", begann sie, doch Shane unterbrach sie sofort.

"Schschsch!", machte er und küsste sie dann zärtlich auf die Lippen.

Dann wühlte er in der Tasche seines Sakkos und noch mehr der Kugeln flogen heraus. Nachdem er gefunden zu haben schien, wonach er gesucht hatte, sah er ihr fest in die Augen.

"Mariella Santana, meine große Liebe, würdest du mir die Ehre erweisen und meine Frau werden?", fragte er und hielt ihr einen kleinen Plastikring hin.

Maya war sprachlos. So vieles hatte sie erwartet, aber das? Gebannt sah sie auf den kleinen Ring. Er würde wahrscheinlich nicht mal auf ihren Finger passen. Er war lila und hatte einen türkisen Stein. Er war das Hässlichste und Süßeste, was Maya je in ihrem Leben gesehen hatte.

"Bitte, Baby. Hör mir zu, ja? Ich hab mir das wirklich gut überlegt! Ich schenke dir mein Herz, meine Liebe. Ich scheiß auf den Rest der Welt, solange ich nur dich haben kann, Maya! Du bist mein Mädchen, meine Traumfrau! Du hast mich in einen Mann verwandelt, von dem ich selber niemals geglaubt hätte, so jemand sein zu können."

Mit seinen wundervollen Worten machte er Mayas Sprachlosigkeit nicht besser.

Mein Gott, sie liebte diesen Mann! Egal, wie viele Fehler er gemacht hatte, egal wie groß die Gefahr war, dass er ihr erneut das Herz brach, sie liebte ihn einfach.

"Verstehst du mich denn nicht, Honey! Ich kann selber kaum glauben, dass ich dich so sehr liebe. Ich hab eine scheiß Angst vor der Zukunft, aber ich möchte sie auf jeden Fall mit dir gemeinsam verbringen. Ich bin bereit. Bitte, heirate mich, Baby!"

Immer noch nicht in der Lage, auch nur einen einzigen

Ton herauszubringen, sah Maya sich im Raum um. Es lagen mindestens 50 der kleinen Plastikkugeln auf dem Parkettboden.

"Willst du mich wirklich in den Wahnsinn treiben? Bitte, ich will nicht mehr ohne dich leben. Sag einfach ja, Honey!", sagte Shane mit fast schon verzweifelter Stimme.

Dieser Ton riss sie aus ihrer Schockstarre.

"Ja, ich will", antwortete sie leise.

"Yeah!", schrie er, riss sie dann an sich und küsste sie leidenschaftlich.

"Du wirst es nicht bereuen, Honey. Versprochen!", murmelte er an ihren Lippen, nachdem er den minutenlangen Kuss unterbrochen hatte. Sie atmeten beide schwer und Shanes Augen funkelten.

"Natürlich bekommst du noch einen richtigen Ring, aber heute Nacht hatte kein Laden mehr auf!", sagte er aufgeregt.

Was Maya wieder an die furchtbaren, vergangenen Stunden denken ließ.

"Wo warst du?", fragte sie leise.

"Ich war erst bei Ty, der hat mir ein bisschen den Kopf gerade gerückt, dann war ich was Trinken, um meine Gedanken zu sortieren und schlussendlich saß ich zwei verfluchte Stunden vor diesem scheiß Kaugummiautomaten, um einen Ring für dich zu bekommen. Ich hätte lieber den mit dem roten Stein gehabt, aber nach zwei Stunden war meine Geduld am Ende", antwortete er grinsend.

Mit Tränen in den Augen streichelte Maya seine Wange. Er war so süß, so wundervoll, so vollkommen.

"Ich weiß nie, wann ich etwas richtig und wann ich etwas falsch mache, Maya. Meine Liebe zu dir lässt mich manchmal ein bisschen verrückte Dinge tun, aber glaub mir, ich werde dich nie betrügen! Ich weiß, dass es verdammt schwer für dich ist, mir zu vertrauen und dass du noch lange an den alten Shane denken wirst, aber du hast mich verändert, Honey", sagte er ernst und jeder

Anflug eines Lächelns war aus seinem schönen Gesicht verschwunden.

"Ich weiß, ich versuche es und es gelingt mir immer besser", gab Maya leise zurück.

"Du denkst, ich weiß nicht, was los ist, aber das stimmt nicht, Süße. Du musst nur mit mir reden, dann können wir alles klären, okay?"

Maya nickte zustimmend und er küsste sie nochmal innig.

"Ins Bett?", fragte er und grinste schelmisch.

"Du musst erst duschen", erklärte Maya resolut.

Shane sah sie fragend an und schnüffelte schließlich an sich. "Hm ... du hast Recht. Kommst du mit?"

Lächelnd ließ Maya sich in die Dusche ziehen.

16 ÜBERHOLSPUR

MAYA

Als sie am nächsten Morgen erwachte, hatte Maya sich immer noch nicht ganz erholt von den Ereignissen, die sich am Vortag so überschlagen hatten.

Sie spürte Shane, wie er eng an sie gepresst da lag. Es war einfach verrückt. Nie hätte sie mit einem Heiratsantrag gerechnet. Dass er sie verlassen hätte, ihr eine Szene gemacht hätte, okay, aber das? Maya war einfach überfordert.

Dieser Mann hatte ihr Herz gestohlen! Es überraschte sie immer wieder aufs Neue, wie mühelos er an ihren Stimmungen drehen konnte. Er kannte jeden Winkel von ihr, die guten und die schlechten Seiten und so ging es ihr auch mit ihm. Es würde noch eine Weile dauern, aber Maya war sich sicher, dass sie all ihre Probleme hinter sich lassen konnten. Die Narben würden verblassen und ihre Liebe würde wachsen, bis es keinen Millimeter Platz mehr für irgendwelche Zweifel gab.

Ihr Handy klingelte. Schnell ging Maya ran, bevor Shane aufwachen konnte.

"Ja?"

"Maya, hier ist Sky, ich bin in zwei Minuten bei dir! Krisensitzung!", sprach Sky hastig in ihr Telefon und legte auf, noch bevor Maya antworten konnte.

"Was ist los?", murmelte Shane schläfrig und machte keine Anstalten, sie los zu lassen.

"Sky kommt kurz vorbei."

"Du hast keine Zeit. Wir müssen einen Ring kaufen", murmelte Shane und sie spürte sein Lächeln an ihrer Schulter.

Maya sah ebenfalls lächelnd auf ihren kleinen Plastikring hinab.

"Mhm, machen wir. Ich wimmel sie kurz ab und dann komm ich wieder ins Bett, okay?", fragte Maya, während sie sich aufrichtete.

"Okay", flüsterte er und streckte sich ihr für einen Kuss entgegen.

Bevor der Kuss zu innig werden konnte, klingelte es schon an der Tür. Stöhnend vergrub Shane seinen Kater geplagten Kopf in den Kissen.

Schnell schlüpfte Maya in einen Jogginganzug und eilte zur Tür, an der Sky schon zum zweiten Mal klingelte.

"Er ist verschwunden!", rief sie und stürmte an Maya vorbei.

"Wer?", fragte Maya zeitgleich zu Skys: "Was ist denn hier passiert?"

Dann sagten sie wie aus einem Munde: "Shane!"

"Shane? Ist er hier?", fragte Sky.

"Ja, er kam im Morgengrauen."

"Hättest du nicht Bescheid sagen können? Wir sind alle ganz krank vor Sorge!"

Verwirrt zog Maya die Augenbrauen zusammen.

"Und was ist hier überhaupt passiert?", fragte Sky dann und deutete auf die Kugeln, die immer noch im Wohnzimmer verstreut lagen.

"Nun ... ähm ... also wir ... sind dann wohl ... verlobt", stotterte Maya leise.

"WAS?", rief Sky aus und sah sie mit riesigen Augen an.

"Ja, deshalb war er auch so lang unterwegs. Er hat einen Ring aus einem Kaugummiautomaten gezogen", sagte Maya grinsend und deutete auf die restliche Ausbeute am Boden.

Plötzlich packte Sky sie an den Schulter und schüttelte sie kräftig. "BIST DU VERDAMMT NOCHMAL VERRÜCKT GEWORDEN!", schrie sie, ohne aufzuhören, an ihren Schultern zu rütteln.

"Gott, das wird mein Leben zur Hölle machen. Er wird mich keine zwei Minuten mehr in Ruhe lassen", sagte Sky, ließ sich aufs Sofa fallen und klang wirklich verzweifelt. Sie verbarg ihr Gesicht in ihren Händen.

"Erst wird er stinksauer sein und dann wird Ryan mir täglich vorhalten, dass ihr alle erst viel kürzer zusammen seid und trotzdem schon Ja gesagt habt und, und ... mein Leben ist quasi vorbei, du dumme Kuh! Sag ihm, dass du ihn nicht heiraten wirst!", sagte Sky mit finsterem Gesichtsausdruck.

"Nein, das wird sie nicht tun", sagte Shane, der soeben in ziemlich tief sitzenden Jogginghosen ins Wohnzimmer kam. Sein Oberkörper war nackt und Maya konnte nichts anderes tun, als auf den Six-Pack und das V der Muskulatur zu starren, das in der Hose verschwand.

"Morgen, Sky", sagte er und drückte Maya auf dem Weg in die Küche einen Kuss auf die Stirn.

Maya sah ihm nach und bewunderte seine Rückansicht und die kleinen Grübchen am Ende seines Rückens.

"Wann ziehst du hier aus? Ich brauche die Wohnung!", unterbrach Sky ihre Gedankengänge.

"Wie bitte?"

"Ryan wird mich terrorisieren! Ich muss mich irgendwo verstecken!", antwortete Sky und sah dabei so verzweifelt aus, dass Maya grinsen musste. Wie sich eine Frau nur so mit aller Gewalt gegen ein perfektes Leben mit einem perfekten Mann wehren konnte, war ihr ein Rätsel.

"Ja, mir geht's gut ... einen Trinken ... verkatert ... hör

mal, du musst Sky abholen, sie ist kurz vor einem Nervenzusammenbruch ... verlobt ... danke ... bis gleich!"

"Shane!", schrie Sky nun schon beinahe verzweifelt.

"Jetzt beruhig dich doch erst mal, Sky. Es ist doch alles in Ordnung", sagte Maya, hatte aber doch ein wenig Mitleid mit ihrer besten Freundin. Immerhin hatte sie ja doch reichlich Zunder in diesen Brennpunkt zwischen Ryan und Sky geschmissen.

"Morgen, Shane. Glückwunsch nochmal", hörte Maya Ryan an der Tür sagen.

"Hast du diesen Ton gehört?", flüsterte Sky.

"Das ist der, mit dem er heute Nachmittag verkünden wird, dass ich zufälligerweise die Treppe hinuntergestürzt bin", fuhr sie mit einem Verschwörungstheoretikerton fort.

"Ich glaube wirklich, du drehst langsam durch, Süße", gab Maya leise zurück.

"Skyler", forderte Ryan sie auf und das Lächeln auf seinem Gesicht war wirklich ein wenig beängstigend.

Sky drückte Maya fest an sich und flüsterte: "Ich hab dich immer sehr lieb gehabt. Du bekommst meine My Little Pony Sammelalben." Dann löste sie sich von Maya und ging mit hängenden Schultern zur Tür.

Shane trat hinter sie und legte ihr die Arme um die Mitte.

"Sie sind verrückt geworden", sagte er leise.

"Eindeutig!", bekräftigte Maya.

"Lass uns gleich losfahren und einen richtigen Ring für dich kaufen, Prinzessin", sagte Shane und küsste sie auf den Hals. Mayas Herz schlug gleich ein paar Takte schneller.

"Musst du nicht arbeiten?", fragte Maya, weil sie sich daran erinnerte, dass es Freitagmorgen war.

"Nein, ich habe bereits mit Tara telefoniert. Sie hat alles entsprechend umgelegt, sodass ich bis auf zwei Unterschriften, die ich nachher noch schnell machen muss, frei habe."

Tara ... natürlich hatte er eine Sekretärin. Bestimmt war sie wunderschön und wackelte immer mit viel zu kurzen Röcken vor Shanes Nase herum. Ein kleiner Knoten bildete sich in Mayas Bauch und plötzlich ziepte es recht kräftig an ihrem Hinterkopf.

Als sie den Kopf in den Nacken legte, um dem Zug an ihren Haaren zu entgehen, sah sie, dass Shane sie beobachtete.

"Was denkst du schon wieder, Süße?", fragte er sanft, während er weiter ihren Bauch streichelte.

"Nichts", antwortete sie, weil sie keine Lust hatte, diesen schönen Morgen zu ruinieren.

"Lüg nicht, Maya", sagte er ernst und zog seine Augenbrauen zusammen.

"Ähm ... Tara", sagte sie schließlich leise und versuchte, seinem Blick auszuweichen.

Sie spürte sein Lachen, bevor sie es hörte.

"Komm, Honey! Wir ziehen uns an und bevor wir den Ring kaufen fahren, mache ich meine Unterschriften und ich stelle sie dir vor", sagte er mit einem Lächeln im Gesicht, das Maya nicht einschätzen konnte.

Shane hatte den Arm um ihre Schultern gelegt, während sie mit dem Aufzug nach oben fuhren. Der ein oder andere Fahrzeuggast sah sie etwas irritiert an, aber Shane schien es nicht zu stören. Er tippte irgendetwas auf seinem Blackberry.

Immer mal wieder wurde er von dem ein oder anderen Mitarbeiter gegrüßt, und jedes Mal hob er mit dem gleichen charmanten Lächeln den Kopf, grüßte zurück und widmete sich wieder seinem Handy.

Als der Aufzug schließlich im 25. Stock ankam, führte Shane sie, immer noch ohne aufzusehen, aus dem Aufzug in ein Großraumbüro. Wo hier und dort gerade noch Gespräche stattgefunden hatten, war jetzt alles verstummt.

Vorsichtig sah Maya sich um und ihre Befürchtung

bestätigte sich. Alle Mitarbeiter sahen sie an. Maya versuchte, freundlich zu lächeln, aber die Situation an sich war einfach zu grotesk.

"Shane", flüsterte sie und versuchte, ihn mit dem Ellenbogen zu stupsten.

"Ich hab's gleich, Honey. Einen Moment", sagte er und tippte einfach weiter.

"Shane!", versuchte Maya es nochmal etwas eindringlicher und brachte ihren Ellenbogen etwas kräftiger zum Einsatz.

"Ja, doch! Ich muss diese Mail noch schnell fertig schreiben, dann hab ich alles erledigt!"

Maya wünschte sich nur zu gern ein riesiges Loch, das sich jetzt sofort auftun würde, damit nicht 40 Menschen dieses Drama mitbekamen.

Etwas kräftiger als nötig trat Maya ihm auf den Fuß.

"Au!", jaulte er und riss seinen Blick von dem Blackberry los.

"Was soll der Scheiß, Maya! Das hat weh getan und ...", langsam verstummte er und sah, dass die komplette Abteilung ihn anstarrte.

Maya hätte sich am liebsten in Luft aufgelöst, doch Shane schien sich von seinem Schock schnell wieder erholt zu haben.

Als wäre überhaupt nichts gewesen, lächelte er strahlend und sagte: "Hey Leute, das ist Maya Santana. Maya, mein engster Mitarbeiterstab."

Dann zog er sie einfach weiter. Winkte oder nickte noch auf ein paar Antworten. Am anderen Ende des riesigen Büros ging Shane ohne zu klopfen in ein kleineres Büro.

Ein großer Berg Frau lief gerade quer durch das Zimmer und funkelte die beiden Eindringlinge böse an.

"Ahh, Mr. Carter. Schön, Sie zu sehen", sagte sie und kam mit großen Schritten auf Shane zu.

Sie war beinahe genauso groß wie er und ein Stückchen breiter dazu. Maya hatte ein wenig Angst vor ihr, wenn sie ehrlich mit sich selbst war.

"Hallo Tara! Ich hoffe, es geht Ihnen gut. Das ist Maya", stellte er sie vor.

Tara musterte sie von oben bis unten und sagte schließlich: "Sind sie neu hier? Naja, egal, ich brauche nur noch zwei Unterschriften, Mr. Carter."

Sie lief zurück zu ihrem Schreibtisch und kam mit einer Mappe in der Hand zurück.

"Diese beiden Verträge hier."

"'Ah ja, ok ... und das ist ... ach ja", murmelte Shane.

Maya sah sich unterdessen ein wenig in Shanes Vorzimmer um. Sie verstand jetzt auch, warum er bei dem Gedanken daran, dass Maya eifersüchtig sein könnte, so gegrinst hatte.

"Hier, danke, Tara, und ändern sie bitte Mayas Chip auf das vollständige Zugangsprofil ab. Danke und ein schönes Wochenende, Tara."

"Danke Mr. Carter! Ihnen auch."

Damit schob Shane sie schon wieder hinaus. Wieder verstummten alle Gespräche und die Blicke folgten ihnen, aber Shane fiel es entweder gar nicht auf oder es interessierte ihn schlichtweg nicht.

"Da wären wir", sagte Shane, nachdem er den Wagen vor dem Juwelier geparkte hatte. Voll und ganz begriffen hatte Maya immer noch nicht, was hier vor sich ging.

Er öffnete die Tür auf ihrer Seite.

"Kommst du? Ich hoffe doch, du hast es dir nicht anders überlegt, Honey!", sagte er mit seinem süßen, spitzbübischen Lächeln.

Maya lächelte zurück und ließ sich aus dem Wagen helfen.

Das hier war alles so verdammt unwirklich. In der einen Minute hatte sie sich noch so unendlich viele Sorgen über die Zukunft gemacht und nun stand sie hier und Shane wollte ihr einen Verlobungsring kaufen.

"Herzlich Willkommen bei Clormen&Wildfield. Mein

Name ist Jeremy Forster. Wie kann ich Ihnen helfen?", sagte der Mann Anfang 40, als die beiden den Laden betraten.

Die Verkaufsfläche war groß und sehr hell beleuchtet. An der gesamten Außenwand entlang befanden sich Vitrinen, in denen jedes Fach mit eigenen Halogenstrahlern ausgeleuchtet war. Das Licht spiegelte sich in den unzähligen Ringen, Ohrringen, Ketten und was es sonst noch so alles zu bestaunen gab.

Maya war völlig überfordert und froh darüber, dass Shane die Führung übernahm.

"Wir brauchen einen Verlobungsring und Eheringe", sagte er geradeheraus, nachdem die beiden sich die Hand geschüttelt hatten.

Vielleicht bemerkten sie Mayas Trance, denn sie bezogen sie nicht in das Gespräch mit ein. Das hier war alles so verdammt unwirklich! Das konnte einfach nicht passieren!

Irgendwann bemerkte Maya, wie Shane ihr einen wunderschönen Diamantring auf den Finger schob.

"Das ist die falsche Seite, Shane. Da kommt der Ehering hin", war alles, was sie herausbrachte. Der Ring war atemberaubend. Schlicht und nicht zu klobig. Silber mit einem klassischen Diamanten.

"Platinfassung und einen 2 Karat Diamanten. Lupenrein, beste Qualität", faselte der Verkäufer, obwohl Maya all diese Details überhaupt nicht interessierten. Für sie war nur wichtig, ob dieser wunderschöne Ring ihr auch auf dem richtigen Finger passen würde.

"Was machst du denn da?", fragte Shane, als sie den Ring auf links wechselte.

"Er gehört auf die linke Seite", sagte Maya ruhig und ärgerte sich, dass er hier ein wenig zu locker saß.

"Nein, auf die Rechte! Die Eheringe gehören nach Links!"

"Das stimmt nicht! Frag doch den Herrn, der wird sich wohl auskennen!", sagte Maya schließlich und starrte den

Ring finster an, als könnte sie ihn so dazu überreden, kleiner zu werden.

"Ich muss Mr. Carter Recht geben, Miss", sagte der Mann dreisterweise. Mittlerweile ziemlich genervt zog Maya ihr Handy hervor und suchte ein Bild ihrer Eltern, auf dem man ihre beringten Hände sehen konnte.

"Willst du mir jetzt etwa sagen, meine Eltern hätten Zeit ihres Lebens ihre Ringe falsch getragen?", fragte sie und hielt ihm das Handy so nah vor die Nase, dass er gar nichts erkennen konnte.

Erst versuchte er, ihr auszuweichen, als es ihm schließlich zu blöd wurde, packte er kurzerhand ihr Handgelenk und zog es auf die richtige Position.

"Hmmm ...", machte er nur, während er das Bild immer noch so kritisch beäugte, als handle es sich um eine Fotomontage, eigens angefertigt für diesen Fall.

Klar! Hab ich nebenbei in der Handtasche gemacht! War ganz einfach!

"Wenn ich etwas einwerfen dürfte: In Europa werden die Ringe anders getragen als hier zulande", sagte der Verkäufer mit seiner nervigen, leicht näselnden Stimme.

Bei diesen Worten hielten die beiden bei ihrem Ringkampf um das Photoshop Bild inne.

"Scheiße!", murmelte Shane und sah Maya fragend an.

"Nein, wir müssen es so wie daheim machen!", sagte Maya völlig überzeugt.

"Das macht keinen Sinn, Maya! Wir werden sie tragen, wie man es hier zulande tut. Schließlich werden wir ja auch hier leben!"

Hmm ... Ober sticht Unter. Ob es ihr nun passte oder nicht, seine Argumentation war eindeutig besser aufgebaut! Also nickte sie leicht und Shane kaufte sowohl den Verlobungsring als auch die beiden schlichten Goldringe.

"Sei nicht unglücklich, Honey. Bald wird dir gar nicht mehr auffallen, dass es die andere Seite ist", sagte Shane sanft während der Heimfahrt.

Seine rechte Hand ruhte auf ihrem Knie und streichelte sie sanft. Er hatte Recht und eigentlich wusste Maya auch nicht, warum ihr das so wichtig war. Sie waren zusammen, nur das zählte.

"Wohin fährst du?", fragte sie, weil er nicht den richtigen Weg zum JB-Industrials Gebäude einschlug.

"Wir müssen noch kurz bei Carry halten und dein Kleid für Tys Hochzeit holen", antwortete er, während er an der nächsten Kreuzung abbog.

Puh ... Carry. Nicht gerade die Sorte nachmittäglichen Besuchs, die Maya gern erledigte. Aber nun gut, sie sollte wohl lernen, sich mit ihr zu arrangieren. Immerhin gehörte sie ja bald zur Familie.

"Du bist ziemlich still, Honey. Das ist ein bisschen unheimlich", sagte Shane lächelnd, aber Maya sah die Unsicherheit in seinen Augen.

"Alles okay. Ist grad nur ein bisschen viel auf einmal", antwortete Maya und versuchte, so echt wie möglich zu lächeln.

"Mach dir keinen Kopf, Süße. Wir haben ja noch viel Zeit. Wir müssen nichts überstürzen."

Ah ja ... da war ja noch so ein Thema ...

"Wir haben uns über das Kinderthema noch nicht geeinigt, Shane", sagte Maya ruhig.

"Doch. Wir waren uns einig, dass wir die genauen Details ein andermal klären", antwortete er, mied aber ihren Blick, obwohl sie bereits geparkt hatten. Er kramte furchtbar beschäftigt in dem Fach in der Fahrertür.

"Und wie lang gedenkst du zu warten, bis wir uns diesem Thema widmen?", fragte Maya, nun schon ein wenig schärfer. Shane stieg aus und kam ums Auto herum.

"Komm jetzt, Carry wartete auf uns."

"Carry würde nicht mal auf mich warten, wenn ich der letzte Mensch auf Gottes großer Erde wäre, Shane!"

"Maya, bitte! Versuch, ihr doch auch einfach ein bisschen entgegen zu kommen. Ich weiß, dass sie nicht leicht ist, aber ich würde mich wirklich freuen, wenn ihr beide euch vertragen würdet", sagte Shane, während Maya ausstieg, schielte aber knapp an ihrem Kopf vorbei.

Ohhh dieser Mistkerl!

"Oh nein, Shane Carter, so leicht wirst du nicht das Thema wechseln. Hör endlich auf, mich mit deinen Wortspielchen zu manipulieren!", fauchte Maya und funkelte ihn wütend an.

Er schnaufte tief aus, fuhr sich dann mit einer Hand in den Nacken und grinste sie entschuldigend an.

"Ich hab einfach noch keine konkrete Lösung für dieses Problem, Honey. Gib mir noch ein bisschen. Ich will dich noch nicht teilen", sagte er entwaffnend ehrlich und mit seinem süßesten Lächeln.

Mayas Anspannung wich schlagartig aus ihren Gliedern und sie lächelte unwillkürlich zurück.

"Rom wurde auch nicht an einem Tag erbaut, stimmt's?"

"Du sagst es, Baby", antwortete er und zog sie in seine Arme. Es fühlte sich immer so unglaublich gut an, in seinen starken Armen zu liegen. Wenn er ihr so nahe war, hatte sie immer das Gefühl, dass nichts und niemand ihnen etwas anhaben könnte.

"Lass uns in die Höhle des Löwen gehen und es hinter uns bringen, was meinst du?", murmelte er, die Lippen an ihren Haaren. Widerstrebend nickte sie und Shane führte sie, den Arm um ihre Schultern gelegt, am Sicherheitsdienst vorbei.

"Carry?", rief Shane, ließ sich auf eines der Sofas fallen und zog Maya mit sich.

"Shane? Kommst du auch mal wieder. Hör mal ...", Carry verstummte und musterte Maya kritisch.

"Oh, sie ist auch wieder da. Na wunderbar. Das erklärt dann wohl auch deine Anwesenheit, Shane. Warte, ich hol schnell das Kleid."

Damit war sie auch schon wieder verschwunden.

"Welch herzlicher Empfang", sagte Maya sarkastisch.

"Bitte, Maya. Sie ist meine Schwester", antwortete Shane und gab ihr einen leichten Kuss auf die Schläfe, welcher sie ein wenig friedlicher stimmte, bis Shane sagte: "Immerhin hat sie dich schon als 'sie' bezeichnet und nicht mehr als 'es'."

SHANE

Maya schnaubte entrüstet und richtete sich auf.

"Das ist ja wohl ..."

"Hier ist es. Schuhe und Accessoires sind mit drin", unterbrach Carry sie, sah aber nur Shane an.

"Danke Carry. Hör mal, hättest du Lust, ein Brautkleid für Maya zu entwerfen?"

"Bist du verrückt geworden!", schrieen beide Frauen gleichzeitig auf.

Heieiei. Wohl doch kein so guter Plan!

Dabei hatte es sich so perfekt angehört. Die beiden würden Zeit miteinander verbringen und sich kennenlernen und irgendwann würden sie sich auch gar nicht mehr allzu sehr verabscheuen ... tja, war wohl doch ein Wunschtraum.

"Sie wird mich zur Strafe als Frosch verkleiden!", rief Maya aufgeregt.

"Du wirst es doch wohl nicht ernsthaft heiraten wollen!", kreischte Carry.

Ohoh ... jetzt doch wieder 'es'.

"Sag mal, spinnst du eigentlich! Wie redest du mit mir?", ging Maya jetzt direkt auf Carry los.

"Ich rede überhaupt nicht mit dir, wenn es sich vermeiden lässt. Shane, du kannst doch nicht ernsthaft heiraten wollen, bist du verrück geworden? Ja, es ist das Beste, was du bislang angeschleppt hast. Aber heiraten? Willst du mich verdammt nochmal ruinieren?"

Denk nach, Shane, denk nach! Wie zur Hölle komm ich hier nur wieder raus? Warum gibt es hier keinen Feueralarmknopf wie in den Filmen immer?

Shane setzte sein charmantestes Grinsen auf und sagte, als wäre hier nicht gerade die Hölle los: "Kein Problem, Carry. Ich verstehe, du bist eine gefragte Designerin, da hast du nun mal viel zu tun. Wenn ich das richtig verstehe, möchte Maya ihr Kleid sowieso lieber woanders kaufen, also sind wir uns ja alle einig."

Er sah genau, dass Carry schon wieder loswettern wollte, also sagte er schnell: "Kommst du, Maya, Liebes?", und steuerte schon zur Tür.

"Oh, nein, Shane! So kommst du mir nicht davon! Du kannst nicht das Ende meines Lebens planen und einfach mit diesem scheiß Fakegrinsen aus meinem Laden spazieren!", schrie Carry ihm hinterher.

Im Vorbeigehen rempelte Maya ihn grob mit ihrer Schulter an.

"Das war eine der dämlichsten Ideen, die du jemals gehabt hast, Shane!", wetterte sie auch schon los, kaum dass er sich auf den Fahrersitz seines Wagens hatte gleiten lassen.

Fieberhaft überlegte Shane, mit was er sie ablenken oder milde stimmen könnte. Es durfte nicht zu offensichtlich sein und ...

"Shane Carter! Ehrliche Antwort! Sofort!"

Gedankenlesende Hexe! Er hatte doch einmal so ein gutes Pokerface gehabt. Was ist nur daraus geworden?

"Ich dachte, wenn ihr ein wenig Zeit miteinander verbringt, würdet ihr euch vielleicht verstehen. Sie ist meine Schwester, Maya!", jammerte er schließlich in der Hoffnung auf ein wenig Mitleid. Und er bekam es.

"Verstehe ich, Shane. Und ich bin auch wirklich gewillt, mich mit ihr zu befassen, aber nicht, solange sie mich nicht als vollwertigen Menschen wahrnimmt."

"Tja, da meine Schwester genau zweieinhalb Menschen zu mögen scheint ... werde ich euch zwei wohl immer nur getrennt haben können."

"Zweieinhalb?", fragte Maya sichtlich verwirrt.

"Nun ja, mich, wirklich seltsamerweise Nina. So sehr, dass sie sogar zu ihrer Hochzeit kommt, wo ich mir noch nicht einmal sicher wäre, ob sie auf meine kommen würde. Und unsere Mum, zumindest ein klein wenig, dafür, dass sie uns aufgezogen hat. Aber die beiden gehen sich immer an die Gurgel, wenn sie aufeinander treffen."

"Wow, ist aber ganz schön traurig ohne irgendwelche Menschen um einen herum, oder?"

"Ich könnte es mir auch nicht vorstellen, aber Carry scheint zufrieden mit ihrem Leben."

"Finde ich nicht. An diesem ganzen Sarkasmus und der Bissigkeit erkennt man doch schon, wie unzufrieden sie wirklich ist."

"Nein, glaub mir Maya, sie war schon als Kind so."

"Träum weiter, Shane. Niemand wird so verbittert geboren. Das ist, was ein scheiß Leben aus einem macht."

"Wie du meinst; Honey. Bist du mir noch sehr böse?"

"Nein. Aber sprich dich doch einfach nur kurz mit mir ab, anstatt immer solche Kamikaze-Aktionen zu bringen. Sie hätte auch eine Waffe ziehen können, um mich zu erschießen. So wäre ihr Problem auch gelöst gewesen."

"Du spinnst, so schlimm ist Carry nicht."

Maya zog lediglich eine Augenbraue nach oben. Just in diesem Moment fiel ihm die perfekte Ablenkung ein.

"Hey, was hältst du davon, wenn wir deinen Kram umziehen?", fragte Shane enthusiastisch, weil die Idee in seinen Augen einfach genial war.

Das Lächeln, dass sich auf Mayas Gesicht ausbreitete, bestätigte es nur.

Bei JB-Industrials angekommen, zogen die beiden sich kurz um und trafen sich dann bei Maya, um ihr weniges Hab und Gut zu verpacken und nach oben zu transportieren.

"Mann oh Mann, Honey, wenn du immer so sexy aussiehst, wenn du umziehst, werden wir wöchentlich die Wohnung wechseln", sagte Shane, als er zurück in ihr

Wohnzimmer kam.

Sie trug eine schwarze Leggins, die nur knapp über ihre Knie ging, und einen von diesen Pullover, die über die Schulter nach unten hingen. Er war weiß und ließ ihren schlanken Hals frei.

Shane ging zu ihr und küsste sie energisch auf ihre weichen Lippen. Vielleicht konnten sie zuerst nochmal kurz ins Bett gehen, ehe sie ...

Schon löste sich seine herzlose Traumfrau von ihm und sagte lächelnd: "Erst die Arbeit, dann das Vergnügen!"

Stöhnend wandte er sich ab und korrigierte die Lage seines besten Stücks, das bereits begonnen hatte, hart zu werden.

Während Maya die wenigen Kartons und Taschen packte, trug Shane sie nach oben. Als er das zweite Mal zurück in Mayas Schafzimmer kam, musste er den nächsten Karton erst noch vollständig schließen, damit er nicht die Hälfte auf dem Weg nach oben verlor. Neben ihm stand Maya gerade vorn übergebeugt da und versuchte, irgendetwas noch mit in die Tasche zu stopfen.

Der Anblick ihres Prachtarsches in diesen Leggins, in dieser Haltung, in direkter Augenhöhe ... Shane konnte sich nicht mehr beherrschen. Seine Hände wanderten wie von selbst auf ihre prallen Backen.

Maya richtete sich ein kleines Stückchen auf und sagte: "Hey! Wir sind noch nicht fertig, Shany!"

Mit voller Kraft biss er ihr in den Arsch. Quietschend sprang sie weg und rieb sich über ihren Po.

"Au, au, au! Bist du verrückt geworden?", jammerte sie.

Shane grinste frech. "Da es wohl nicht genügt, deinen Arsch zu versohlen, müssen wir zu härteren Methoden greifen!"

"Das tut richtig weh, Shane!", beklagte sie sich.

"Gut so, dann denkst du jedes Mal daran, wem dieser Prachtarsch gehört, wenn du dich darauf setzt", antwortete er, schulterte den Karton und lief zur Tür hinaus.

Nach drei weiteren Runden hatten die beiden alles in Shanes Wohnung gebracht.

"Okay, wir müssen deine Sachen in deinem Schrank ein bisschen ... uuuuaaahhh", endete Mayas Satz in einem Kreischen, da Shane sie sich kurzerhand kopfüber über die Schulter geworfen hatte.

"Nichts müssen wir. Arbeit erledigt! Jetzt kommt das Vergnügen!"

"Wir sind verschwitzt!", jammerte Maya

Shane äffte ihren Jammerton nach: "Wir gehen in die Badewanne." Und um die Endgültigkeit seiner Entscheidung zu unterstreichen, schlug er einmal auf die sowieso schon geschundene Arschbacke.

Grinsend wertete er Mayas Quieken als Zustimmung und lief gut gelaunt ins angrenzende Bad. Er schloss vorsichtshalber die Tür ab, bevor er Maya wieder auf dem Boden absetzte. Nicht, dass sie ihm in ihrem Aufräumwahn noch entwischte.

"Wir waren noch nicht fertig, Shane", sagte sie, aber das Lächeln auf ihrem Gesicht strafte ihre Worte Lügen.

"Doch, waren wir. Das ist meine Wohnung, mein Reich und mein Wort ist hier Gesetz!", sagte er grinsend, während er das Wasser einlaufen ließ.

"Ach, wirklich?", sagte sie und ihre Stimme hatte eine Tonart angenommen, bei der sich sein Schwanz sofort zu Wort meldete.

Um sich nichts anmerken zu lassen, setzte er sich gespielt ruhig auf den Wannenrand und sagte mit fester Stimme: "Ja, wirklich. Und jetzt zieh dich aus, ich will sehen, was mir gehört!"

Maya stellte sich zwischen seine gespreizten Beine und sah ihn unter halb gesenkten Lidern an. Ganz langsam griffen ihre Hände nach dem Saum ihres Shirts und zogen es Stück für Stück nach oben.

Knapp unter ihrer Brust angekommen, drehte sie sich mit dem Rücken zu ihm und streifte es dann endgültig über den Kopf.

Sie hatte keine BH unter dem Shirt getragen und die Strähnen ihres braunen Pferdeschwanzes tanzten über ihren Rücken.

"Weiter!", brummte er, zu mehr wäre er auch nicht fähig gewesen.

Ihre kleinen Finger tanzten am Saum der Leggins entlang, bis sie auf Höhe ihrer Pospalte beide Daumen hinein schob und von dort weg nach außen fuhr. Mit durchgestreckten Beinen zog sie die Hose über ihren Prachtarsch, die Beine entlang bis zu ihren nackten Füßen.

Ihre Hände nahmen den gleichen Weg zurück, bis sie wieder aufrecht vor ihm stand.

Shane musste sich schwer zusammenreißen, um nicht bettelnd vor ihr auf die Knie zu gehen. Schwach sah er noch den Abdruck seiner Zähne.

Er beugte sich nach vorn, legte seine Hände auf ihre Hüften und küsste die Stelle federleicht. Dann stand auch er auf und zog sich in Windeseile aus.

Die Wassertemperatur stimmte, also half er seiner Traumfrau in die Wanne und setzte sich dann hinter sie. Ihren Rücken an seine Brust gelehnt, saßen sie da und genossen das warme Wasser.

Shane streichelte ihren perfekten weichen Körper und sah dabei zu, wie sich ihre Brustwarzen immer mehr zusammen zogen. Das Wasser umspielte ihre prallen Brüste und ihre Pussy tauchte immer nur dann aus dem leichten Schaum auf, wenn ihre Hüfte seiner Hand besonders stark entgegen bockte.

Maya atmete heftig, ihren Kopf an seine Schulter gelehnt und die Augen geschlossen. Sie gab sich ihm und seinen Berührungen so hemmungslos hin, dass Shane trotz seiner eigenen sehr starken Erregung nichts anderes tun konnte, als ihr fasziniert zuzusehen.

Sie wand sich in seinen Armen und warf ihren Kopf immer wieder von rechts nach links. Seinen Namen stöhnend, presste sie sich den Berührungen seiner Hand entgegen.

"Bitte ...", stöhnte sie.

"Bitte was, Baby?", fragte Shane rau und selber bereits schwer atmend. Immer wieder rieb sich ihr perfektes Hinterteil an seinem steinharten Schwanz.

"Bitte fick mich endlich!"

Mit einer schnellen Bewegung zog er sie ein Stück nach oben und griff mit seiner anderen Hand nach unten, um seinen Schwanz an ihrer Öffnung zu platzieren.

Maya hatte ihre Beine angewinkelt und ließ sich langsam auf ihn schieben.

"Ahh, Baby, das ist der Hammer", stöhnte Shane in ihr Ohr und presste sie mit beiden Händen an ihren Hüften tiefer auf ihn.

Als sie ihn vollkommen aufgenommen hatte, hielten beide einen Moment schwer atmend inne. Dann lehnte Maya sich ein Stück nach vorn und stützte sich mit beiden Händen am Wannenrand ab.

Sie sah atemberaubend aus. Die langen Locken, die an ihrem Rücken klebten, das Wasser, das auf ihrer braunen Haut glitzerte, und ihre schmale Taille, die sich in diesem Moment aus dem Wasser hob.

"Du bist so unglaublich schön, Honey", sagte er rau.

Maya drehte ihren Kopf zu ihm, um ihn über ihre Schulter hinweg anzusehen. Ihre Lider waren schwer und ihr strahlend weißes Lächeln träge und unglaublich sexy.

Ihre Zunge fuhr einmal ihre volle Unterlippe entlang, ehe sie sich wieder ganz auf ihn gleiten ließ. Sie stöhnten beide auf und verharrten einige Sekunden, ehe Maya sich erneut erhob.

Shane streichelte ihre Hüften, ihren Rücken und ihren Po, bis ihr Rhythmus immer schneller wurde und er sie an den Hüften führte. Immer fester krallte er sich in ihre weiche Haut und kam ihr in mächtigen Stößen entgegen.

Als er sie schließlich um sich zucken spürte, konnte auch er endlich loslassen. Laut stöhnte er ihren Namen und pumpte in sie.

Ihr Oberkörper fiel zurück und sie lehnte genauso

schwer atmend wie er an ihm.

Sanft streichelte er ihren Bauch und genoss die gemeinsame Trägheit nach dem Sex. Es fühlte sich so unbeschreiblich schön an, jemandem so nahe zu sein, diese Zeit danach genießen zu können, ohne sich überlegen zu müssen, wie man sein Bett wieder leer bekam oder möglichst unauffällig verschwand.

Und bei Gott, nichts fühlte sich besser an, als ohne Gummi in Maya zu sein. Sie pur um sich zu spüren, ohne ihn rausziehen zu müssen.

Halt, Stopp! Ohhhh Scheiße! Ich hab es getan. Scheiße! Jetzt nur keine Panik. Wenn ich jetzt ausflippe, reißt Maya mir die Eier ab! Ruhig atmen, ganz locker! Das heißt noch gar nichts. Wie hoch ist schon die Wahrscheinlichkeit, dass sie von einmal schwanger wird?

Shane nahm zwei weitere tiefe Atemzüge und sprach dann betont unbekümmert: "Ähm ... ja ... also, dann haben wir wohl was vergessen."

"Hm?", fragte Maya und rieb ihren Rücken wohlig an ihm.

"Tja, also, ich hab ihn ... irgendwie vielleicht ... nicht rechtzeitig raus gezogen", stotterte er.

Oder gar nicht, du Idiot!

"Oh", sagte Maya, und war dabei ein wenig steifer geworden.

Okay, okay. Nur die Ruhe, Kumpel. Sie darf nur nicht merken, wie groß deine Panik gerade ist. Schön beiläufig und du kommst fein raus aus der Sache!

"Also, das wird jetzt aber nicht gleich ... ähm ... also ... du kriegst jetzt nicht gleich ein Kind davon, oder?"

Shane war recht zufrieden mit sich selbst. Das hatte doch recht diplomatisch und ruhig geklungen, zumindest, wenn man bedenkt, dass er gerade am liebsten nackt wie Gott ihn schuf und kreischend wie ein kleines Mädchen zu Ryan gerannt wäre, um ihn um Hilfe anzuflehen.

Maya versteifte sich noch ein Stück, ehe sie ganz langsam aufstand und aus der Wanne steig.

"Doch, Shane. Um diese Jahreszeit werden es immer

Sechslinge, wusstest du das nicht?", fragte sie in einem Ton, der Wasser zum Gefrieren bringen könnte.

"Maya", sagte er flehend, doch diese zog sich einfach an und ignorierte ihn.

"Komm schon, Kleines. Es war doch nur eine Frage!", sagte Shane betont ruhig, während er sich selbst abtrocknete.

"Nein, Shane, das war es nicht!", sagte sie scharf und wollte zur Tür hinaus.

Gott sei Dank hatte er sie vorhin abgeschlossen, sonst hätte er ihr jetzt halbnackt hinterher hetzen müssen.

"Wir hatten darüber gesprochen, Süße", sagte Shane ruhig und stellte sich dicht hinter sie.

"Ja, und wir sind noch zu keiner Lösung gekommen", sagte Maya, ihren Blick noch immer auf die Tür gerichtet.

"Doch, dass Rom nicht an einem Tag erbaut wurde, erinnerst du dich?", fragte er dicht an ihrem Ohr. Seine Hände hatte er links und rechts von ihrem Kopf an der Tür abgestützt.

"Das war dein Traum, Maya, niemals meiner. Ich will versuchen, ihn mit dir zu gehen, weil ich alles tun will, um dich bei mir zu halten. Aber wie kannst du erwarten, dass ich mich innerhalb weniger Tage um 180 Grad drehe? Ich liebe dich, Honey. So sehr, dass ich dich nicht teilen will. Bitte gib mir noch ein bisschen!", flehte er und küsste die Wassertropfen von ihrem Hals.

Ihr Nicken war minimal und ihr: "Okay", kaum mehr als gehaucht. Langsam drehte Shane sie an ihren Schultern zu sich um. Er nahm ihr Kinn zwischen Daumen und Zeigefinger, sodass sie seinen Blick erwidern musste.

"Ich bin bereit, mich für dich zu ändern. Für dich werde ich 30 Jahre Lebenseinstellung über Bord werfen und einen neuen Shane errichten. Aber das geht einfach nicht von heute auf morgen, Honey. Verstehst du das?"

"Ich will keinen neuen Shane. Ich will nur ein Update für den alten", sagte sie leise lächelnd und Shane entspannte sich ein stückweit.

"Two and a half men, Staffel 8 als DVD Marathon?", fragte Shane, um sie auf andere Gedanken zu bringen.

Ihr offenes Lächeln war Antwort genug.

17 ER/SIE LIEBT MICH ER/SIE LIEBT MICH NICHT

MAYA

So sehr er sich auch bemühte, auf heile Welt zu machen, der schale Nachgeschmack des Vorabends haftete immer noch an ihrer Beziehung.

Natürlich hatte er Recht und natürlich wusste Maya, dass es total irrsinnig war, nach so kurzer Zeit mit der Familienplanung anzufangen. Aber sie war einfach schon viel zu oft in eine Beziehungssackgasse gefahren, um sich jetzt, wo zumindest ihrer Meinung nach die Zeit knapp wurde, mit dummen und anstrengenden Wortklauberreien sowie Interpretationsspielräumen aufzuhalten.

Zumal auf diesem Gebiet Shane niemand das Wasser reichen konnte!

"Bist du fertig, Honey?", rief Shane ihr zu, ehe er das Bad betrat.

Wie konnte ein Mann nur andauernd so atemberaubend gut aussehen?

Shane trug ein dunkelblaues Longsleeve zu seinen Denim und Sneakers. Jeder Muskel seines Oberkörpers war sichtbar und seine Hose saß wieder einmal so tief, dass man seinen Bauch sehen konnte, wenn er sich ein wenig streckte.

"Hör auf, mich so anzusehen oder das Ausgehen ist gestrichen und ich nehme dich gleich hier am Waschbecken", raunte er ihr zu und richtete zur Verdeutlichung seine Hose neu an.

"Du siehst heiß aus, Baby", fügte er dann hinzu und ließ seinen Blick lüstern über sie gleiten.

Da Maya sich mittlerweile in Chris Club auskannte, hatte sie sich selbst etwas zum Anziehen ausgesucht. Zum einen war sie der Meinung, dass man nicht jedes Mal etwas Neues brauchte, zum anderen wollte sie heute mal ein wenig mehr tragen als die Miniaturkleider, die Carry ihr immer mitgab.

Gut, viel mehr war es auch heute nicht geworden, aber immerhin ging Mayas einfarbig schwarzes Kleid bis zur Hälfte ihrer Oberschenkel, ohne tiefere Einblicke in ihr Dekolleté zu erlauben.

Seinen Arm um ihre Taille gelegt, gingen sie in den Club. Wie jeden Samstag war es auch an diesem Tag brechend voll. Auch Fire&Ice war heute wieder gut vertreten, aber Maya vermisste Sky.

"Wo sind Ryan und Sky heute?", fragte sie.

"Ryan probiert eine neue Taktik. Er versucht, sie mürbe zu machen, indem er sie so lange abschottet, bis sie ja sagt", antwortete Shane grinsend.

"Ohh ... das geht schief!", prophezeite Maya und Shane stimmte lachend zu.

Hätte er bei uns nur den gleichen Riecher wie bei allen anderen Beziehungen!

Er dirigierte sie auf eines der Sofas und legte gleich seinen Arm um sie. Es fühlte sich gut an, dass er so für jeden offensichtlich ihre Zusammengehörigkeit demonstrierte.

Sie tranken Champagner und unterhielten sich eine

Weile über die nahe Zukunft, ehe Jason sich zu ihnen gesellte. Er setzte sich ihnen gegenüber auf das Sofa und legte beide Arme über die Rückenlehne. Beinahe augenblicklich saßen rechts und links von ihm zwei Frauen, die sich aufreizend an ihn schmiegten.

"Kann ich hier sitzen oder ist das auch über die Entfernung von einem Meter ansteckend?", fragte er und deutete mit dem Kinn auf Maya.

"Ich glaube, es wird nur durch direkten Kontakt übertragen, sonst hätten es doch bestimmt nicht genau die drei bekommen", antwortete Luce und umarmte eine der Frauen in Jasons Arm, in dem er sich von hinten über die Rückenlehne des Sofas beugte.

Jason schob ihn weg und sagte: "Hey! Mach keine Sabberflecken drauf! Die zwei hier brauch ich heut noch!"

Dafür kassierte er einen leichten Schlag auf seinen Hinterkopf, ehe Luce antwortete: "Mach kein Stress, hier sind mehr als genug Weiber, zumindest so lange, bis Shane mal wieder eine Runde Kummer sät."

Alle drei Männer lachten ... Maya fand es nicht ganz so lustig.

"Ich geh mal an die Bar, soll ich dir was mitbringen, Honey?"

Maya schüttelte ihren Kopf und wühlte dann in ihrer Handtasche, um sich seinem prüfenden Blick zu entziehen.

Shane war noch nicht ganz verschwunden, da ließ sich Bran bereits neben sie fallen.

"Hey Kleines!", grüße er sie und küsste sie auf ihre Wange.

"Hey Bran, alles klar?", fragte Maya.

Er nickte und deutete dann mit seinem Kinn auf ihre rechte Hand. "Was ist das?"

"Wir haben uns verlobt", sagte Maya leise und mit einem kleinen Lächeln.

Bran starrte sie an, als wäre sie von allen guten Geistern verlassen.

"Du hast doch nicht etwa ja gesagt?", rief er dann aus.

"Ja, wozu gesagt?", fragte Luce dazwischen, der nur die Hälfte des Gesprächs mitbekommen hatte.

"Doch, warum auch nicht. Du kennst die Fakten, Bran", antwortete Maya und ignorierte Luce.

"Das kann doch niemals gutgehen, Maya!", rief Bran aus und war von seinem Sessel aufgesprungen.

Es war Maya unangenehm. Die Szene, die Bran hier veranstaltete, weckte das Interesse der klatschsüchtigen Fire&Ice Mitglieder. Mittlerweile war auch Mat hinter das Sofa getreten und Dave hatte sich auf einer der Armlehnen niedergelassen.

Maya stand auf und ging ein wenig näher auf Bran zu, um ihren Zuschauern nicht noch mehr Kino zu bieten. Leiser sagte sie dann: "Er hat gesagt, dass er mich liebt und mich heiraten wird. Was zum Teufel soll daran schlecht sein, Bran?"

"Das!", zischte er, packte sie an den Schultern und wirbelte sie herum.

Lächelnd stand Shane an die Bar gelehnt da. Ein Arm auf den Tresen gestützt, in der anderen Hand hatte er einen Drink. Braun, Whisky wahrscheinlich.

Ziemlich dicht vor ihm stand eine ebenfalls lächelnde Tia und strich ihm gerade mit ihren langen roten Fingernägeln über die Brust. Ihrer beider Augen funkelten, während sie miteinander flirteten.

Mayas Magen zog sich zusammen und sie taumelte einen Schritt zurück, bis sie an Brans Brust prallte.

"Das sind unfaire Mittel, Brandon! Die beiden betreiben dieses Spiel schon seit Ewigkeiten, Maya. Mach dir keine Gedanken. Tia ist sowieso bald wieder weg", sagte Mat, meinte es zwar bestimmt gut, aber seine Worte fühlten sich an wie Säure in Mayas Herz.

Brans Hände rieben ihre Oberarme hoch und runter, als versuchte er, das Zittern zu vertreiben, das Maya erfasst hatte.

Shane sprach immer noch mit Tia, bis diese mit ihrem Kinn in Mayas Richtung wies. Lächelnd drehte er sich um, doch sein Lächeln brach, als er sah, dass sie ihn beobachtete. Abrupt stand er auf und stapfte zu ihnen.

"Nimm deine scheiß Griffel von meiner Frau!", knurrte Shane und riss Maya grob aus Brans Griff.

Die Härte seines Griffs ließ sie in den hohen Schuhen taumeln, sodass sie gegen seine Brust prallte. Shane nahm sie nicht in den Arm, sondern hielt nur weiter schmerzhaft fest ihr linkes Handgelenkt umklammert.

"Noch ist es nicht soweit und du warst ja hinreichend mit Tia beschäftigt!", blaffte Bran zurück.

"Sie trägt meinen Ring am Finger, das sollte wohl reichen!"

Einige der Fire&Ice Mitglieder, die den Streit wie ein Tennismatch beobachteten, sogen zischend die Luft ein. Luce drückte Mat sogar Geld in die Hand, als hätten sie auf den Stand von Shanes Beziehung gewettet.

Tias mitleidiger Blick war es, der das Fass zum Überlaufen brachte.

Maya holte aus und verpasste Shane eine schallende Ohrfeige. Dieser war so schockiert, dass er sie losließ, woraufhin Maya flüchtete.

Schnell rannte sie auf die VIP Toiletten und verschloss die Tür hinter sich. Sie wollte allein sein und keinen dieser Idioten sehen.

Ihr Atem ging schnell, hektisch und flach. Maya legte den Kopf in den Nacken, um zu verhindern, dass die Tränen aus ihren Augen flossen.

"Maya? Komm schon, mach auf Süße!", rief Shane und rüttelte an der Türklinke.

"Hau ab!", rief sie zurück und die ersten Schluchzer erschütterten sie.

"Komm schon, Baby! Zwischen mir und Tia läuft nichts. Wir sind alte Freunde, mehr nicht!"

"Interpretationsspielraum, Arschloch!", rief Maya wütend zurück, weil er es schon wieder tat. Würde sie die Wahrheit nicht kennen, hätte sie ihm das mit dem 'alte Freunde' wahrscheinlich sogar abgekauft. Dass er den

Zusatz: "Mit Zusatzleistungen", unter den Tisch fallen ließ, machte sie mächtig wütend!

"Maya", stammelte er und fuhr dann fort: "Ja, wir hatten öfters mal was miteinander, aber das ist vorbei, hörst du? Ich hab jetzt dich!"

Ja, aber wird es dir jemals reichen?

"Lass mich in Ruhe, Shane. Ich brauch ein paar Minuten!"

Maya hörte das Gemurmel vor der Tür, ignorierte es aber. Sie wollte erst einmal ihre Gedanken sortieren. Vielleicht hatte Bran doch Recht. Konnte es wirklich funktionieren? Konnte sie jemals genug für Shane sein? Nicht nur, dass er sich auf einen Partner festlegen müsste. Auch seine Vorliebe für Dreier konnte Maya nicht teilen. Weder mit einer zusätzlichen Frau noch mit einem weiteren Mann.

Verzweifelt und gefangen in ihrem Gedankenkarussell, ließ Maya sich kaltes Wasser über die Handgelenke laufen.

Sie sah erst auf, als sie das Schloss der Tür klicken hörte.

"Was willst du hier?", fragte Maya mit kalter Stimme.

"Dir die Wahrheit sagen", antwortete Tia leise und setzte sich dann auf den Waschtisch.

"Ja, wir hatten etwas miteinander. Immer mal wieder. Weil es Spaß gemacht hat und weil es für uns beide der einfachste Weg war. Dieses Mal hat er mich abblitzen lassen. Er lässt mich seit zwei Monaten abblitzen, wenn man es genau nimmt, seit du hier bist."

"Du brauchst mir diese Lügen nicht zu erzählen, Tia, ich weiß, dass er mit anderen geschlafen hat."

"Mit einer. Singular. Und er hat es mehr als bereut, glaub mir, Maya. Und heute, weiß der Teufel, was du da hineininterpretiert hast, auf jeden Fall hat er mir erzählt, wie glücklich er ist und dass er dich heiraten wird. Dass er dich liebt. Und das hat er noch von keiner Frau behauptet", sagte Tia und hatte dabei ein sehr weiches Lächeln auf ihrem Gesicht.

"Es tut mir leid, Tia, aber ich glaube nicht, dass du beurteilen kannst, was zwischen Shane und mir läuft", sagte Maya extra ein wenig zickig, weil sie nicht mit Tia über ihre Beziehung sprechen wollte.

Sie nickte und sagte im Rausgehen: "Gib ihm einfach nur eine Chance!"

SHANE

Der Abend war perfekt gewesen. Er hatte seine Maya gehabt, seine Freunde um sich herum und Tia hatte ihm noch ein bisschen das Ego gekrault, indem sie ihm versicherte, wie perfekt er und seine Maya zusammen passten und dass er sich ganz hervorragend als Ehemann machen würde, weil er tief in seinem Inneren ein Familienmensch wäre. Was die innige Beziehung zu Carry, Ty und Ryan nur bestätigen würde.

Shane fand, dass sie absolut Recht hatte und sah seiner Zukunft als liebender Ehemann ein wenig entspannter entgegen.

"Ist das nicht deine glückliche Braut?", hatte Tia ihn gefragt und als er sich zu seiner Traumfrau umdrehte, lag sie in Brans Armen, wieder einmal.

Blind vor Wut hatte er sie aus dessen Armen gerissen und den Kernpunkt der Szene erst erkannt, als Maya ihm eine geklebt hatte und davon gestürmt war.

Fieberhaft überlegte er nun, was er tun könnte, um diese verkappte Situation zu retten. Er hatte die Schnauze voll von all den Missverständnissen, die niemals aufhören würden.

Er wollte Maya und Maya wollte ihn. Was gab es da noch mehr zu diskutieren? Alles andere würde sich fügen und all diese Eifersüchteleien würden wohl ein Ende nehmen, wenn die Besitzansprüche ein für alle Mal und für jeden klar ersichtlich geklärt waren.

Also eilte er in Chris Büro, um alle Vorkehrungen zu

treffen für den Zeitpunkt, da sie endlich die Toilette verlassen würde.

Unruhig lief er im VIP Bereich auf und ab.

Als die Tür zur Toilette endlich aufging, hechtete er zum DJ Pult und schnappte sich das Mikrofon.

Okay, Bühnengrinsen an und los geht's!

"Hey, hey, einen wunderschönen Abend, Leute!", rief er in die Menge. Und bekam ein vielstimmiges 'Hey Shane!' zurück. Er hätte sich am liebsten geduckt, weil der Großteil der Stimmen weiblich war, und das seinem Plan nicht gerade förderlich war, aber er hatte jetzt keine Zeit. Seine Traumfrau bewegte sich gerade zum anderen Ende des VIP Bereichs, also musste er sich beeilen.

"Könnte ich bitte kurz das Spotlight auf meine Maya haben. Ja genau, die Traumfrau in schwarz, die mich gerade verlassen will."

Jubel und Pfiffe, allen voran seine Freunde.

Maya erstarrte in ihrer Bewegung und drehte sich langsam mit ungläubiger Miene zu ihm um.

Jetzt oder nie!

"Du bist meine große Liebe, Maya. Ich habe dich gefragt, ob du mich heiraten willst, Honey, und du hast ja gesagt. Bitte vergiss das jetzt nicht, sonst mach ich mich hier gleich zum Trottel!", sagte er mit einem breiten Grinsen im Gesicht.

Er zog die beiden Bogen Papier aus seiner Hosentasche, faltete sie auseinander und sagte: "Das hier sind zwei Flugtickets nach Vegas, Baby. Also frag ich dich nochmal, Honey. Mariella Santana, willst du heute Nacht meine Frau werden?"

Für einige schier endlos lange Sekunden herrschte Totenstille in der riesigen Halle. Maya hatte ihre Hände vor ihren wunderschönen Mund gelegt und starrte ihn mit großen Augen an.

Dann endlich kam das erlösende: "Ja!"

Shane ließ das Mikrofon fallen und sprang über die Absperrung des DJ Bereichs hinunter in den VIP Bereich. Den Jubel und Applaus bekam er nur am Rande mit, während er zu seinem Mädchen rannte.

Er riss sie in seine Arme und wirbelte sie herum. Zurück auf ihren Füßen legte er seine Hände an ihre Wangen und küsste sie leidenschaftlich. Mehrere Minuten lang ließ er nicht mehr von ihr ab und versuchte, ihr all seine Gefühle mit diesem Kuss klar zu machen.

Schließlich löste er sich einige Zentimeter von ihr und sagte: "Ich liebe dich so unbeschreiblich fest, Maya. Du darfst mich nicht verlassen."

"Ich liebe dich auch", flüsterte sie mit Tränen in ihren wunderschönen Augen.

"Unser Flieger geht bereits in zwei Stunden, wir sollten uns beeilen, wenn wir noch schnell ein paar Klamotten von Zuhause mitnehmen wollen."

Das Lächeln, das sich auf ihrem Gesicht ausbreitete, war wunderschön. Dann nickte sie.

19 LAS VEGAS!

MAYA

Oh mein Gott, oh mein Gott, oh mein Gott! Ich werde es tatsächlich tun. Ich werde in Vegas heiraten. Ich werde Shane Carter in Vegas heiraten. OH.MEIN.GOTT!

Maya war mit ihren Nerven am Ende. Zitternd vor Aufregung saß sie im Flugzeug, das sie zu ihrer Blitzhochzeit bringen würde.

Shane nahm ihr Kinn zwischen Daumen und Zeigefinger und hob es sich entgegen. Federleicht küsste er sie auf ihre Lippen und sagte dann: "Beruhige dich, Honey. Was soll schon schief gehen?"

Was schon schief gehen soll?? Ist das sein Ernst?

"Shane", sagte sie eindringlich. "Dir ist aber schon klar, was wir hier gerade tun, oder?"

"Wir fliegen nach Vegas und heiraten. Und dann weiß die ganze Welt, dass du mir gehörst", sagte er lächelnd und sah unglaublich süß dabei aus.

"Ja, aber dann wird es keine anderen Frauen mehr geben, Shane. Nur du und ich."

"Ich brauche keine andere Frau, Honey. Du bist meine Traumfrau. Mehr brauche und will ich nicht!" Sein Blick war auf ihre Lippen gerichtet, während sein Daumen unablässig darüber fuhr.

"Es wird auch keinen anderen Mann mehr geben", sagte Maya, weil dieses Thema ihr schon so lange quer im Magen lag.

Shane zog seine Augenbrauen zusammen. Okay, jetzt hatte sie also den Fehler im Bild gefunden ... irgendwie musste sich dieses Problem doch auch lösen lassen ...

"Na, das will ich doch hoffen!", sagte er lächelnd.

Hatte er sie absichtlich falsch verstanden?

"Für dich", präzisierte sie deshalb.

"Warum sollte ich einen Mann wollen?", fragte Shane dann.

"Na ja ... in Talin ... Jonas ..."

Shane lacht auf. "Das war doch alles nur Spaß, Maya! Ein wenig experimentieren, was ausprobieren. Mehr nicht."

"Aber ich will das nicht", sagte Maya leise und versuchte, sich seinem Griff zu entziehen.

"Gut. Und ich brauch es nicht mehr. Ich brauche dich, Maya. All das hatte ich bereits. Manches hat mir Spaß gemacht, anderes ... bräuchte ich eh nicht wieder", sagte er und verzog dabei ein wenig sein Gesicht.

"Aber Fakt ist, nichts hat mich jemals so gefesselt wie du. Du bist perfekt! Du bist atemberaubend schön. Du bist klug. Du bist taff und sexy. In der einen Minute stehst du für mich in der Küche und machst die beste Pasta meines Lebens und in der nächsten bist du die Sexbombe, die mir das Hirn aus dem Leib vögelt. Was zum Teufel sollte ich mehr wollen?"

"Bis dass der Tod uns scheidet?", fragte Maya.

Shanes Lächeln verrutschte nur ganz kurz, aber Maya hatte es gesehen.

Er nickte.

"Was ist los?", fragte sie.

"Nichts, nichts. Ich liebe dich, Honey. Sind jetzt alle offenen Punkte geklärt?", fragte er sie sanft

Nun war es an Maya zu nicken.

Sie landeten am McCarran International Airport. Nachdem sie ihr Gepäck geholt hatten, fuhren sie ungefähr 20 Minuten bis zu ihrem Hotel und checkten dort kurz ein, um sich frisch zu machen und umzuziehen.

"Ist wirklich alles in Ordnung?", fragte Maya, während sie sich anzogen.

Er war immer stiller geworden, je länger ihre Reise angedauert hatte. Immer wieder hatte Maya ihn darauf angesprochen, doch er hatte nur jedes Mal gelächelt und gesagt, dass alles in Ordnung sei.

Das Kleid, das Maya tragen wollte, packte sie zu Shanes Anzug in den Kleidersack. Schmuck und Schminkzeug landeten in der übergroßen Handtasche, die sie extra auf diese Reise mitgenommen hatte.

"Alles bestens. Können wir?", fragte er ziemlich knapp und steuerte ohne auf sie zu warten auf die Tür zu.

"Shane, du musst das nicht machen, nur um mir irgendetwas zu beweisen", versuchte es Maya noch ein letztes Mal, weil ihr seine Stimmung überhaupt nicht behagte.

Alles in allem wirkte er von Minute zu Minute mehr so, als würde er zur Schlachtbank geführt werden.

"Natürlich nicht!", lächelte er, aber das Lächeln erreichte seine Augen nicht.

Die Fahrt zur Drive-in-Kapelle dauerte nicht sehr lang. Der Taxifahrer würde ihren Trauzeugen spielen. Das hatte Shane bereits vor der Abfahrt so vereinbart.

Ein anderes Paar würde noch vor ihnen heiraten, während Maya und Shane sich umzogen.

Maya zitterte am ganzen Körper. In ihrem ganzen Leben hatte sie noch nichts derart Verrücktes getan. Wie jedes kleine Mädchen hatte sie immer von der perfekten Prinzessinnen-Hochzeit geträumt und nun stand sie hier zwischen billigen Plastikblumen und würde mit einem Ring am falschen Finger heiraten.

Gefielen ihr die Umstände? NEIN! Aber wenn sie dafür den Mann ihrer Träume bekommen sollte, könnte sie über den Rest getrost hinwegsehen.

Eine Hochzeit war schließlich nur ein einziger Tag in ihrem Leben. Den Mann hingegen würde sie für den Rest ihres Lebens haben.

Als Maya zurück in den Vorraum trat, war Shane gerade in ein ziemlich hitziges Gespräch mit dem Standesbeamten verwickelt.

"Nein, Sie verstehen mich nicht! Ich brauche ein bisschen Informationsmaterial!"

"Aber Sir, Sie wollen doch jetzt gleich erst heiraten!"

"Na und! Man kann sich nicht früh genug informieren. Wenn es dann soweit ist, steh ich blöd da!"

"Wenn was soweit ist?", fragte Maya.

"Ich lasse Sie noch für einen Moment allein, dann können Sie noch einmal kurz Rücksprache halten", sagte der Standesbeamte und eilte davon.

"Wenn was soweit ist?", wiederholte Maya ihre Frage.

Shane begann, äußerst hektisch auf und ab zu gehen. Immer wieder wischte er sich den Schweiß von der Stirn.

"Shane!", drängelte Maya und sein hektisch umherfliegender Blick zuckte zu ihr.

"Wir brauchen ein bisschen Informationen. Wie das so läuft mit Annullierungen und Scheidungen und so!", rief er aus und klang dabei so panisch, dass der Sinn seiner Worte Maya kaum schmerzte. Natürlich war es mehr als furchtbar, dass er so kurz vor ihrer Hochzeit schon wieder über ihre Trennung nachdachte, aber Shane schien gerade kurz vor dem Durchdrehen zu sein.

Maya kannte ihn so nicht. Er war immer gut gelaunt, Mr. Optimistisch und für jeden Quatsch zu haben. Shane dachte nie über die Konsequenzen seiner Handlungen nach. Er würde wahrscheinlich sogar ohne Weiteres eine Niere spenden und ihm würde erst auffallen, dass es sich mit einer Niere gar nicht soooo prickelnd leben lässt, wenn es dann soweit wäre.

Irgendetwas musste ihn wirklich in Panik versetzt haben.

Mit fahrigen Bewegungen strich er sich die Haare zurück und murmelte dabei unablässig Unverständliches vor sich hin.

Maya legte ihre Tasche beiseite und ging zu ihm. Sie schnitt ihm kurzerhand den Weg ab und nahm sein Gesicht zwischen beide Hände.

Er war eiskalt und nassgeschwitzt. Seine Pupillen waren riesig und zuckten unruhig umher.

"Shane, Shane, schsch, alles okay. Was ist denn nur los?"

"Was ist ... was ist, wenn was schief läuft, Maya?"

"Warum sollte es?"

"Das tut es immer!", sagte er und seine Stimme klang endgültig.

"Nein, tut es nicht. Es gibt so viele Paare da draußen, bei denen es wunderbar funktioniert", antwortete Maya ruhig, auch wenn sie seinen wirren Gedankengängen nicht ganz folgen konnte.

"Sie tun alle nur so, Maya. Sie sind nicht glücklich, sie machen nur einen auf heile Welt!", sagte er so ernst, dass sie wusste, dass er es wirklich so meinte.

"Shane, woher kommt das jetzt alles auf einmal? Das hier war deine Idee, du wolltest das alles so schnell. Warum, wenn es dir so viel Angst macht?", fragte Maya ruhig und einfühlsam. Unablässig streichelte sie mit ihren Daumen seine Wangen und hielt seinen Kopf zwischen ihren Händen gefangen.

Es schien auch ein wenig zu wirken, denn sein Körper hatte sich ein klein wenig entspannt und sein Blick wirkte ein bisschen fokussierter.

"Ich musste mich beeilen, damit dich mir keiner wegschnappt", sagte er leise und wirkte dabei so unglaublich erschöpft.

"Quatschkopf, wer sollte dir schon das Wasser reichen können?", fragte Maya zärtlich und fand diese Seite an ihm, die er sonst immer so gut verborgen hielt, unglaublich liebenswürdig.

"Brandon?", fragte er und wich ihrem Blick aus.

"Ich mag ihn. Er ist ein guter Freund, aber ich liebe DICH, Shane. Was ist nur los mit dir? Du hast doch sonst nicht so wenig Selbstvertrauen!"

Shane schüttelte den Kopf.

"Willst du mich, jetzt, wo du dir sicher sein kannst, dass mich dir so oder so niemand wegschnappt, immer noch heiraten?"

"Ja, ich will, dass du meine Frau bist. Ich will, dass es die ganze Welt weiß!"

"Wo liegt dann das Problem?"

"Was, wenn es nicht klappt?"

"Dann können wir uns immer noch etwas überlegen. Unsere Unterhaltung dreht sich im Kreis, Shane. Ich kann dir nicht helfen, wenn ich nicht weiß, was es wirklich ist, das dich so aus der Bahn wirft!"

"Mein Dad ... er war ziemlich unglücklich", sagte er zögernd.

"Haben sie sich getrennt?", fragte Maya mit sanfter Stimme, weil ihm dieses Thema wirklich nahe zu gehen schien.

Shane verzog schmerzhaft das Gesicht, ehe er antwortete: "Nein, er nahm das 'Bis dass der Tod uns scheidet' ziemlich ernst."

Mayas Herz setzte einen Schlag aus. Meinte er wirklich ...?

"Shane ...", setzt Maya vorsichtig an.

"Er hat sich aufgehängt, okay. Er wollte lieber nicht mehr leben, als mit uns."

Dann entzog er sich ihrem Griff und ging einige Schritte bis zum nächsten Fenster.

"Was ist, wenn ich irgendwann nicht mehr kann ... so wie er? Wenn ich dich allein lasse mit deinen sechs Kindern? Das Leben mit zweien war für meine Mama schon die Hölle, und du willst sechs? Sechs kleine Kinder, die mir zusehen können, wie ich mich im Keller aufhänge!"

"Mein Gott, Shane! So darfst du nicht denken.", rief Maya aus, trat von hinten an ihn und umarmte ihn fest.

"Das kann nicht alles sein. Das kann nicht die ganze Geschichte sein. Hast du mal mit deiner Mum darüber geredet?"

"Das ist kein Thema, über das in unserer Familie gesprochen wird", sagte Shane leise und Maya hörte den Schmerz in seiner Stimme.

"Wie alt warst du?", fragte Maya, ihre Wange an seinen Rücken gepresst.

"Zwölf", sagte er leise und legte seine Hände über ihre, die auf seinem Bauch ruhten.

"Und du hast ihn ..."

"Gefunden, ja", unterbrach Shane sie.

"Es tut mir so leid, Shane", murmelte Maya an seinen Rücken.

"Braucht es nicht. Es ist lange her", sagte er und seine Stimme klang ein wenig fester, gefasster.

"Nicht lange genug."

Er schüttelte nur langsam den Kopf. Atmete tief ein und richtete seinen Körper ein Stück auf.

"Lass uns zurück ins Hotel fahren und der Sache auf den Grund gehen, wenn es dich nach all den Jahren noch so belastet."

"Nein. Ich will nicht und wir sind hierher gefahren, um zu heiraten!", sagte er mit fester Stimme, während er sich zu ihr umdrehte.

"Aber so ist das doch ..."

Er atmete noch einmal tief durch, ehe er sagte: "Nein, wirklich, Maya. Das war nur ein kurzer Trip in die Vergangenheit. Es geht schon wieder, glaub mir! Ich will dich und ich will das hier! Der Rest ist Vergangenheit. Vorbei und nicht mehr zu ändern."

"Aber ..."

"Kein aber! Oder willst du mich jetzt nicht mehr?", fragte er und sah doch tatsächlich ein wenig zweifelnd aus.

"Ich will dich immer, Shane. Aber ich möchte nicht, dass du dich hierzu gedrängt fühlst. Ich möchte, dass du genauso viel Freude daran hast", sagte Maya.

"Hab ich wirklich. Ich will dich, Maya. Mit allem Drum und Dran. Und heute fangen wir damit an", sagte er und küsste sie dann ganz zart auf ihre Lippen.

"Wie sieht's aus, bereit Maya Carter zu werden?", fragte er und der Anflug eines echten Shane Lächelns lag in seinen Zügen.

"Nicht lieber Shane Santana?", neckte sie ihn, weil sie genau wusste, dass für solche Dinge bei seinem Ego kein Platz war.

"Willst du mich umbringen, Weib? Das wäre glatt Rufmord!", antwortete er gespielt entrüstet und seine Augen begannen wieder zu funkeln. Es war unglaublich schön zu sehen, wie er diesen Schwermut seiner Vergangenheit abschüttelte und zu seinem wirklichen Ich zurückkehrte.

"Okay, okay, schon verstanden!", lachte Maya und hob ihre Hände als Zeichen der Kapitulation.

"Gut, dann lass uns jetzt die Papiere ausfüllen, Mrs. Carter", sagte Shane mit einem warmen Lächeln und legte ihr einen Arm um die Schultern.

Über die gesamte, bunte und extrem kitschige Hochzeitszeremonie hinweg strahlte Shane sie an, als wäre sie der Himmel auf Erden und würde ihm die Erlösung bringen. Und auch, wenn noch nicht alle Zweifel beseitigt waren, so war dies doch einer der schönsten Momente in ihrem Leben.

Der Ort war falsch, die Deko war falsch, die Gäste waren falsch ... alles war falsch, nur der Mann, der war der richtige. Über nichts war Maya sich in diesem Moment sicherer.

"Willst du, Shane Walter Carter, die hier anwesende Mariella Santana zu deiner rechtmäßig angetrauten Ehefrau nehmen?", fragte der Standesbeamte und ging auf ihren Wunsch ein, den Teil mit dem Tod aus dem Treueschwur herauszuhalten.

"Ja, ich will", antwortete Shane und sah sehr zufrieden mit sich und der Welt aus.

"Willst du, Mariella Santana, den hier anwesenden Shane Walter Carter zu dem dir rechtmäßig angetrauten Ehemann nehmen?"

"Ja, ich will", sagte Maya ernst, obwohl sie lieber jubelnd durch den Raum gesprungen wäre.

"Dann erkläre ich euch kraft meines Amtes hiermit zu Mann und Frau. Sie dürfen die Braut küssen!"

Shane riss sie in seine Arme und küsste sie leidenschaftlich.

Als er sich schließlich wenige Zentimeter von ihr löste, stand Unglaube in seinen schönen Augen.

"Mrs. Maya Carter", murmelte er und ein kleines Lächeln schlich sich auf sein Gesicht.

Stück für Stück breitete es sich aus. Er löste sich ein wenig weiter von ihr und sagte lauter, enthusiastisch: "Mrs. Maya Carter, yeah!"

Dann umschlang er ihre Beine knappt unter ihrem Po mit seinen kräftigen Armen und hob sie so hoch, dass sein Gesicht an ihrem Bauch war. Er strahlte sie von unten herauf an und rief: "Yeah! Das hört sich so verdammt gut an!! Mrs. Maya Carter! Meine Fresse, das ist der Hammer!"

Dann drehte er sich lachend im Kreis und Maya lachte mit ihm.

Er ließ sie dicht an seinem Körper entlang zu Boden gleiten und flüsterte noch einmal, beinahe ehrfürchtig: "Meine Mrs. Maya Carter."

"Ja, und mein Shane Carter", flüsterte Maya zärtlich, ehe sie sich noch einmal küssten.

20 MR. & MRS.

MAYA

"Walter?", lachte Maya, als sie die Drive-In-Kapelle verließen.

"Ich warne dich! Sollte das jemals jemand erfahren, erzähle ich der ganzen Welt, dass du schnarchst!"

"Ich schnarche nicht!", sagte Maya entrüstet.

"Ist doch egal, aber mit diesem Grinsen kann ich es jedem glaubhaft machen!", sagte er und lächelte sein schönstes Shane-Lächeln.

Wie wahr ... wie wahr, dachte Maya, konnte aber nicht anders, als sein Lächeln zu erwidern.

Zurück am Hotel bezahlte Shane den Taxifahrer und zog Maya eiligen Schrittes an ihrer Hand hinter sich her.

"Schneller! Schneller!", drängelte er.

"Hast du noch irgendeinen Termin heute?", fragte Maya lachend.

Shane blieb so abrupt stehen, dass Maya gegen ihn knallte. Er packte sie im Genick und bog ihren Kopf mit seinem Daumen zur Seite und brachte seinen Mund ganz nah an ihr Ohr.

"Ich habe jetzt eine Frau und möchte schnellstmöglich

in meiner Mrs. Carter sein. Wenn du dich also nicht beeilst, Honey, nehme ich dich einfach hier und jetzt, vor all diesen Leuten", raunte er ihr zu und Maya bekam sofort eine Gänsehaut.

Er biss sie einmal in den Hals und brummte dann: "Lauf!"

Damit ließ er ihren Nacken frei und Maya setzte sich unverzüglich in Bewegung. Sie spürte seine Präsenz in ihrem Rücken und seine Blicke schienen sich in ihren Rücken zu brennen.

Der Aufzug war leer und Shane drängte sie sofort in eine der Ecken. Er presste sich der Länge nach an sie und küsste sie wild und unbeherrscht.

Maya ließ ihre Hand über seinen Bauch nach unten gleiten. Als ihre Handfläche über seinen bereits vollständig erigierten Schaft strich, stöhnte er in ihren Mund.

Viel Platz ließ er ihr nicht, aber sie schaffte es trotzdem, ihm Gürtel und Hose zu öffnen. Sie zwängte ihre Hand in seine Shorts und beide stöhnten, als sie auf seinen Penis traf.

Shane begann augenblicklich, seine Hüften nach vorn zu stoßen, als versuche er, ihre Hand zu ficken. Seine Hand griff grob in ihre Haare und zog ihren Kopf zurück.

Seine Augen waren wild, ungezähmt, als würde er jeden Moment über sie herfallen.

"Was machst du nur mit mir?", fragte er mit tiefer, rauer Stimme.

Das *Pling*! des Aufzugs ersparte ihr eine Antwort.

Er zog sie, ohne sich um seine Hose zu kümmern, hinter sich her. Zerrte sie beinahe in ihr Zimmer.

Die Tür war noch nicht ganz ins Schloss gefallen, da hatte er den Verschluss ihres Kleides bereits geöffnet. Fließend glitt es an ihrem Körper hinab zum Boden.

"Mein Gott!", stöhnte Shane und als Maya über ihre Schulter zu ihm zurück sah, bemerkte sie, dass er sich auf die Knie hatte fallen lassen.

SHANE

Es raubte ihm den Atem, wie sie vor ihm stand, zu ihren Füßen lag ihr schwarzes Kleid wie eine Pfütze aus Seide. Sie trug nur noch einen schwarzen BH aus Spitze, den passenden Tanga und schwarze halterlose Strümpfe.

Ihre Füße steckten in sündhaft hohen Highheels und betonten ihren Prachtarsch herrlich.

Stöhnend ging er auf die Knie, unfähig, einen klaren Satz zu bilden. Sie sah über ihre Schulter zu ihm zurück, wodurch ihr Rücken zu einem Hohlkreuz wurde und ihr Arsch noch ein Stück weiter heraus kam.

Diese absolute Traumfrau war seine Frau. Shane konnte es immer noch kaum glauben. Und am verblüffendsten für ihn selbst war, dass es sich sogar verdammt gut anfühlte, dass er seine Mrs. Maya Carter ganz für sich allein hatte.

"Was ist los, Baby?", fragte sie während sie sich umdrehte.

"Du bist so unbeschreiblich sexy", sagte er rau und bewunderte ihre langen Beine, als sie auf ihn zu kam.

Dicht vor ihm blieb sie stehen, sodass er den Kopf in den Nacken legen musste, um ihr in die Augen sehen zu können.

Sie griff nach seiner Krawatte und zog leicht daran. Shane folgte dem Zug und richtete sich auf seinen Knien auf. Er küsste sich von einem Hüftknochen zum nächsten und knabberte dann leicht daran.

Seine Hände krallten sich in ihre Arschbacken und er presste sein Gesicht in ihren Schoß. Tief sog er ihren Duft in sich auf und genoss ihr unterdrücktes Stöhnen.

"Wie lang willst du mich noch warten lassen, Shane?", stöhnte sie und wand sich in seinem Griff.

Keine Sekunde!

Er erhob sich und hob sie dabei mit an. Augenblicklich schlang sie Arme und Beine um ihn. Etwas zu schwungvoll nagelte er sie an die Wand. Schnell griff er unter sie und befreite seinen knallharten Schwanz aus seinen Shorts.

Er schob ihren Tanga zur Seite und platzierte seinen Schwanz an ihrem Eingang. Mit einem einzigen harten Stoß presste er sich in sie.

"Du bist so verdammt heiß, Honey!", stöhnte er, legte seine Hände unter ihren Po und lehnte sich ein Stück zurück, um sich an diesem herrlichen Anblick zu erfreuen.

Ihre straffen Schenkel, die um seine Mittel lagen in diesen Wahnsinns Strümpfen. Die durchscheinende Spitze ihres Slips, ihr flacher Bauch und diese göttlichen Brüste, deren Spitzen sich durch den Stoff des BH's drückten.

"Das alles gehört mir, Honey", brummte er und genoss es, zu wissen, dass sie ihm allein gehörte. Dass er Anspruch auf sie erheben konnte.

"Nur dir", stöhnte sie und warf ihren Kopf in den Nacken, was ihre herrlichen Brüste nur noch mehr hervorhob.

"Ja, meine Mrs. Carter", stöhnte er und war völlig überwältigt von den Gefühlen, die das in ihm auslöste.

Maya stöhnte erneut.

Shane krallte seine Hände noch fester in ihren Arsch und beschleunigte seine Stöße. Sein Mund wurde von ihren Nippeln geradezu angezogen und er konnte nicht mehr anders, als seine Lippen um einen von ihnen zu schließen. Fest saugte er daran und spürte beinahe augenblicklich die Kontraktionen ihrer Pussy.

Ein letztes Mal intensivierte er Härte und Geschwindigkeit seiner Stöße und biss sacht in ihre Brustwarze. Laut stöhnend bog sie sich ihm entgegen und riss ihn mit sich über die Klippe.

Beinahe hätten seine Knie nachgegeben und er konnte sich allein durch die Wand in ihrem Rücken überhaupt noch halten.

Mehrere Minuten standen sie schwer atmend aneinander gelehnt da, ehe Maya ihre Beine von seinen Hüften löste und langsam an ihm hinab glitt.

Zärtlich küsste er seine Traumfrau und lächelte dann

träge auf sie hinab.

"Sie sind der Hammer, Mrs. Carter", murmelte und streichelte ihren Po.

"Kann mich gerade auch nicht beschweren", antwortete Maya immer noch schwer atmend, aber mit einem kleinen Grinsen im Gesicht.

"Ich liebe dich", sagte er, weil er diesem Übermaß an Gefühlen in seinem Inneren ein Ventil geben musste.

"Ich dich auch", antwortete sie leise und lehnte ihren Kopf an seine Schulter.

"Ich bin zu schwach, um ins Bett zu gehen", murmelte Shane in ihre Haare und hätte sich am liebsten an Ort und Stelle niedergelegt.

"Es sind nur zwei Meter", kicherte Maya an seiner Schulter.

"Zwei verdammt weite Meter! Und du findest sie auch weit, weil ich dir jetzt sage, dass ich kein faules Fleisch bis da rüber transportiere!", antwortete Shane ebenfalls grinsend.

"Hey, ich bin deine Frau, du musst mich über die Schwelle tragen!", beschwerte Maya sich.

"Wir sind schon drüber!"

"Hmm ... für mich fängt ein Zuhause erst mit einem Bett an", sagte sie und ihr Ton hatte einen ziemlich vielversprechenden Klang angenommen.

"Mhm, hört sich verführerisch an", gab Shane zurück.

"Also, willst du mich nicht ins Bett bringen?", fragte Maya und ihre Stimme klang wie Sex pur.

Shane mobilisierte seine letzten Kraftreserven und ließ sich dann mit ihr zusammen aufs Bett fallen.

"Aua! Das war ganz schön unsanft!", beschwerte sie sich lachend.

Shane drehte sie auf den Bauch, schlug ihr einmal auf ihren Prachtarsch und bettete dann seinen Kopf darauf. "Ruhe jetzt, ich will mein neues Kissen ausprobieren", schnurrte er, küsste ihren Po und rieb dann seine Wange daran.

Nach einiger Zeit sagte Maya leise: "Ich will keine schlafenden Hunde wecken, aber du hast noch keine Panik bekommen, weil wir ohne Schutz miteinander geschlafen haben."

"Oh, ich habe Panik, Honey! Ich habe mich nur eingehend mit wirklich langweiligen Statistiken und Wahrscheinlichkeitsrechnungen beschäftigt. Ich bin wirklich am Ende mit meinen Kräften und habe den schönsten Arsch auf Gottes schöner Erde unter meiner Wange. Also heißt es für mich, Kosten-Nutzen abwiegen und da gewinnt Nach-Sex-Kuscheln mit meinem Lieblingsarsch eindeutig", antwortete Shane und versuchte, ihr nicht zu zeigen, wie durcheinander er wirklich war.

Sex mit Maya riss ihn immer so mit, dass er keinen Gedanken an Verhütung verschwendete. Er wusste nicht weshalb, da er sonst nie mit einer Frau ohne Kondom geschlafen hatte.

Das Warum hinterfragte er gar nicht, weil Maya Seiten in ihm zum Vorschein brachte, von denen er selbst nicht wusste, dass sie da waren.

"Okay", sagte sie leise. Da Shane aber immer noch keine Lösung für dieses Problem parat hatte, streichelte er sie einfach, bis er spürte, wie sie sich entspannte und einschlief.

21 NEUE FAMILIE

MAYA

"Mrs. Carter", hörte Maya Shanes Stimme.

"Mrs. Carter", schon wieder, mit wem er wohl sprach?

"Mrs. Maya Carter." Nein, nein. Sie hieß Santana.

"Aufwachen, meine Mrs. Maya Carter!", sagte er und knabberte an ihrer Hüfte.

Meine Mrs. Maya Carter? Streit, Vegas, Hochzeit, richtig!

"Yeah!", sagte sie träge lächelnd, ohne ihre Augen zu öffnen.

"Endlich! Ich dachte schon, du bist ins Koma gefallen!", antwortete Shane lachend.

"Pssst! Ich hab grad nen ziemlich tollen Traum", sagte sie, ohne die Augen zu öffnen.

"Erzähl mir davon", forderte Shane.

"Mein Traummann hat mich geheiratet", flüsterte Maya.

"So, so ... Traummann also. Wie heißt er denn?", fragte Shane und Maya hörte ihn lächeln.

"Brandon", hauchte sie.

Sie spürte, wie er erstarrte. Geschlagene 10 Sekunden konnte sie sich zusammenreißen, dann begann sie, hemmungslos zu lachen.

"Du ... du fiese Hexe!", rief er, drehte sie auf ihren Bauch und schlug mit beiden Händen auf ihren Po.

"Au, au", rief sie immer noch lachend und drehte sich in seinen Armen.

Schließlich lagen sie, ihre Gesichter nur wenige Zentimeter voneinander entfernt, in dem Hotelzimmerbett.

"Guten Morgen, Mr. Carter", sagte Maya mit einem weichem Lächeln im Gesicht.

"Guten Morgen, Mrs. Carter", antwortete Shane nicht weniger weich lächelnd.

"Ich liebe dich", flüsterte sie.

"Ich liebe dich", flüsterte er zurück, ehe er sie sanft küsste.

"Was hältst du davon, wenn wir auf dem Nachhauseweg über Seattle fliegen?", fragte Shane, nachdem er sich ein Stück von ihr gelöst hatte.

"Ist das nicht an der Westküste in Richtung Kanada?", fragte Maya irritiert, weil das überhaupt nicht auf ihrem Weg lag.

"Doch, aber ich möchte, dass du meine Mama kennenlernst", sagte er leise und wich ihrem Blick aus.

"Sehr gerne, Shane", antwortete Maya ernst, weil es ihr ebenfalls viel bedeutete.

Er lächelte weich und küsste sie noch einmal sanft.

"Also dann, los jetzt! Frühstück, Flug buchen, los geht's", sagte er und sprang aus dem Bett.

Maya war in ihrem gesamten Leben noch nicht so viel geflogen wie in der kurzen Zeit mit Shane. Es fühlte sich irgendwie gut an, so weltmännisch ...

Bei ihrer Ankunft am Seattle-Tacoma International Airport begannen Mayas Hände zu schwitzen. Sie würde bald ihrer Schwiegermutter gegenübertreten und dieser Gedanke machte sie wirklich unglaublich nervös.

Ununterbrochen tippte sie mit ihrer Fußspitze auf den

Boden, während sie auf das Gepäck warteten.

"Mein Gott, Baby, fahr mal runter! Was ist nur los mit dir?", fragte Shane und betrachtete missbilligend ihren wippenden Fuß.

"Ich werde gleich deine Mum treffen!", sagte Maya und war fest davon überzeugt, dass damit alles gesagt war.

"Na und?", fragte Shane.

"Shane, warst du jemals bei den Eltern von einer deiner Freundinnen?", fragte Maya zweifelnd.

"Ich habe keine Freundinnen!", sagte er, als sei damit alles erledigt.

"Folgendes Szenario, Shane. Du fliegst mit mir zu meiner Familie. Sie mögen dich nicht. Sie lehnen dich schlichtweg ab und beeinflussen mich selbst so sehr, dass wir beide immer mehr auseinander driften. Wie würdest du unserer Familienzusammenkunft entgegen blicken?"

"Oh Gott, das klingt ja grauenhaft!", stieß er aus und verzog schmerzhaft das Gesicht.

"Also! Dann beschwer dich nicht, wenn ich jetzt ein bisschen nervös mit meinem Fuß wackle!"

"Maya ...'", begann Shane.

"Hm?"

"Meine Mama wird dich lieben ... vielleicht ein bisschen zu sehr. Lass dich aber nicht einschüchtern oder irgendetwas aufzwingen oder einreden. Wir beide haben einen Plan, aber keinen Stress okay?"

"Du redest in Rätseln, Shane", sagte Maya und zog verwirrt die Brauen zusammen.

"Lass dich einfach überraschen."

Immer wieder wischte sie ihre Hände an ihrem Rock ab. Ja, Shane hatte gesagt, dass seine Mum sie mögen würde. Aber was, wenn nicht? Der Gedanken an einen richtigen Schwiegerdrachen verursachte bei Maya Übelkeit.

Shane hielt den großen Mietwagen vor einem kleinen Häuschen an, mit kleiner Veranda und ein wenig Vorgarten.

"Okay, das ist es", sagte Shane und wirkte jetzt doch

auch ein klein wenig nervös.

"Sie wollte hier so leben, okay. Ich hätte ihr auch irgendeine schicke Wohnung in Boston gekauft, aber sie wollte ... nun ja ... back to the basics. Sie ist hier aufgewachsen und wollte genau hier wieder hin."

"Hey, so sehr, wie du deine Mum liebst, gehe ich nicht davon aus, dass du ihr irgendeinen Wunsch nicht erfüllen würdest", antwortete Maya sanft.

"Gut, sie beobachtet uns bereits. Tu mir den Gefallen und bleib sitzen, bis ich dir die Tür aufmache. Sie mag sowas", sagte er mit einem schiefen Grinsen, ehe er ausstieg.

Er öffnete ihre Tür und reichte ihr seine Hand.

Durchatmen, lächeln, wird schon!

Hand in Hand liefen sie auf die Eingangstür des Häuschens zu.

Sie öffnete sich, noch bevor sie die letzte Stufe der Treppe erreicht hatten.

"Shane!", rief die kleine Frau aufgeregt, als sie durch die Tür trat, und stürmte sogleich auf ihn zu. Er drückte sie fest an sich und sagte leise: "Hallo Mama."

Shanes Mum war ziemlich klein, vielleicht 1,55 Meter. Ihre rabenschwarzen Haare waren von grauen Strähnen durchzogen und zu einen Dutt hochgesteckt. Sie trug einfache Jeans zu einem Rollkragenpullover.

"Und wen hast du mir mitgebracht?", fragte sie dann und lächelte Maya warm an.

Shane räusperte sich. "Ähm ja ... Mama, das ist Maya ... nun ja ... seit gestern Carter."

Seine Mum sah etwas planlos zwischen den beiden hin und her und nur ganz langsam schien sie zu verstehen, was ihr Sohn ihr gerade mitgeteilt hatte.

"Hallo Maya, ich bin Dorothee", sagte sie und streckte ihr die Hand entgegen. Dann wandte sie sich an ihren Sohn und sagte: "Rein. Wir haben einiges zu besprechen!"

Das Haus war vollgestellt mit Kleinigkeiten, Kitsch,

Figürchen und Unmengen an unterschiedlichsten Bilderrahmen. Lauter Familienfotos unsortiert aus jedem Alter.

Ein Bild von Shane als ungefähr 16-jähriger mit zerrissenen Jeans und Lederjacke neben einem, das entweder ihn oder Carry als Baby zeigte. Bilder von ihnen zu Dritt und unglaublich viele Bilder von einem Mann, der wohl Shanes Vater gewesen sein musste.

Er war mit Shane, Carry und Dorothee abgebildet. Manchmal zu viert, manchmal allein. Immer hatte er ein liebevolles Lächeln auf den Lippen. Die Bilder und die Atmosphäre in diesem Haus passten überhaupt nicht zu dem, was Shane ihr gesagt hatte.

"Hol uns Kaffee, mein Liebling. Und du lass dich mal ansehen", sagte Dorothee und packte Maya an den Händen. Sie zog sie in die Mitte des Raumes und breitete ihre Arme aus.

Maya kam sich ein wenig seltsam vor, so gemustert zu werden, da ihre eigene Familie aber wahrscheinlich nicht anders gehandelt hätte, ließ sie die Musterung über sich ergehen.

"Oh, so ein hübsches Mädchen. Ja, mein Junge hatte schon immer einen guten Geschmack. Setz dich. Was arbeitest du?"

"Ich bin gerade erst hierher gekommen. Ich bin gelernte Kindergärtnerin", antwortete Maya immer noch ein wenig perplex.

"Oh gut! Sehr gut! Dann magst du also Kinder?"

"Ja, sehr gern sogar", antwortete Maya mit einem weichen Lächeln.

"Und ihr wollt auch welche zusammen?", fragte sie eifrig, doch bevor Maya antworten konnte, kam Shane zurück in den Raum.

"Mama!", sagte er gequält und stellte das Tablett auf dem Wohnzimmertisch ab.

"Lass das, bitte!", schob er hinterher.

"Ja, ich möchte Kinder", antwortete Maya, weil sie

nicht wollte, dass Dorothee dachte, es läge an ihr.

"Gut, gut. Sehr gut! Ich hatte schon Angst, ich würde niemals Enkel bekommen. Nun ja ... ich hatte auch nicht von einer Schwiegertochter, geschweige denn von einem Schwiegersohn zu träumen gewagt, also jetzt mal eins nach dem anderen. Ihr beide habt also geheiratet. Gestern?"

"Ja, Mama."

"Und ich war nicht eingeladen? Mein einziger Sohn heiratet und lädt seine Mama nicht ein?", fragte sie und klang wirklich gekränkt.

"Wir waren in Vegas, Mama, nur Maya und ich", sagte Shane weich, einschmeichelnd.

"Ah, okay, erzähl mir alles ganz langsam und von ganz vorn. Wo habt ihr beiden euch denn kennengelernt?"

Shane erzählte ihr die ganze Geschichte, wenn auch deutlich zensiert. Ihn mit seiner Mum zu sehen war seltsam. Er war ein anderer Mensch. Weich, einschmeichelnd. Nichts von dem Raubtier verpackt in die charmanteste Hülle der Welt war mehr übrig.

Als er mit seinen Ausführungen bei der Hochzeit endete, hatte er einen wesentlichen Teil ausgelassen. Einen Punkt, den Maya nicht ruhen lassen wollte.

"Er hatte eine kleine Panikattacke, kurz vor der Trauung", warf Maya ein.

Mit nach oben gezogenen Augenbrauen sah Dorothee ihren Sohn an.

"Ach, war gar nicht so schlimm, Mama", antwortete er.

"Doch, war es. Es ging um seinen Vater, Dorothee", sagte Maya leise, aber bestimmt.

Dorothees Blick wurde ein klein wenig traurig und ihr Lächeln wehmütig.

"Carl war ein toller Mann und ein liebender Vater", sagte sie und griff nach ihrer Tasse, als wäre das Thema damit erledigt, aber Maya wusste, dass es für Shane nicht ausreichend war.

"Wissen sie, warum ...", begann sie, wurde aber scharf von Shane unterbrochen.

"Maya!" Seine Finger bohrten sich zur Warnung in ihren Oberschenkel.

"Nein, Shane, das ist wichtig. Du wirst nicht loslassen können, solange du dir die Schuld daran gibst!", sagte Maya und ignorierte den Schmerz in ihrem Bein.

"Du tust was?", fragte Dorothee mit weit aufgerissenen Augen.

"Tu ich nicht!", wehrte Shane ab.

"Er ist der Meinung, dass sein Vater so unglücklich mit seiner Familie war, dass er den Tod als einzigen Ausweg gesehen hatte", sagte Maya einfühlsam, aber präzise.

Shane stöhnte und vergrub sein Gesicht in seinen Händen, während Dorothee zusammenzuckte und ihr Blick zwischen Shane und Maya hin und her flitzte.

"Mein Gott, nein! Das ist nicht wahr, Shane! Wie kannst du sowas nur denken?", rief sie aus und Shane hob ungläubig den Blick.

"Er hat immer wieder gesagt, dass er nicht mehr kann, dass ihm alles über den Kopf wächst", sagte Shane leise.

"Du hättest mit mir sprechen sollen, Liebling! Du kanntest nur die eine Hälfte der Geschichte. Es ging nie um uns, oder besser gesagt, nur darum, dass er uns nicht verletzen wollte, dass er uns nicht damit belasten wollte und in diese ganze grauenvolle Welt hineinziehen wollte."

"Womit? Wo hinein?", fragte Shane und klammerte sich an Maya Hand, als wäre sie sein Rettungsanker.

"Er war spielsüchtig, Shane. Und am Ende hatte er wirklich große Wettschulden bei wirklich üblen Typen. Er kam da nicht mehr raus und hat einfach keinen Ausweg gesehen. Er hatte Angst um uns. Weil er uns geliebt hat, mein Junge, das musst du mir glauben!"

Dorothee erzählte ihnen noch einige Details und Shane schien, je länger das Gespräch dauerte, immer erschöpfter zu werden. Er ließ sich nach hinten fallen. Dann zog er Maya an sich, als bräuchte er sie als Stütze. Er bettete sein Kinn auf ihrem Scheitel und lauschte den Geschichten seiner Mum.

Sie ging dazu über, Geschichten aus seiner Kindheit zu erzählen. Wie glücklich sie alle miteinander waren. Wie sehr sein Vater ihn geliebt hatte und wie stolz er immer auf seine kleine Familie gewesen war.

Von dem Unfall seiner Großeltern und wie dieser Verlust ihn schließlich in die Spielsucht getrieben hatte. Wie aus ein paar Abenden vor einem Spielautomaten Wettschulden in Höhe von 180.000 $ werden konnten.

"Ich glaube, das ist genug für heute", sagte Dorothee nach einem Blick auf die Uhr. "Ihr bleibt doch über Nacht?", fuhr sie dann fort.

"Gern", antwortete Maya, weil sie nicht wollte, dass Shane noch fuhr.

Dorothee und Maya richteten zusammen das Bett im Gästezimmer her, während Shane unter der Dusche stand.

"Es ist so schön, dass er dich gefunden hat", sagte sie und drückte Maya kurz an sich.

Als Shane zu ihr ins Bett schlüpfte, begann er sofort, sie zu küssen. Er drehte sie auf den Rücken und wollte sich zwischen ihre Schenkel schieben.

Maya drehte ihren Kopf zur Seite. "Nein, hör auf, Shane!"

"Warum?", raunte er und knabberte an ihrem Hals.

"Wir sind im Haus deiner Mum!"

"Na und?", fragte Shane. Er hatte Gott sei Dank mit dem Geknabber aufgehört, da Maya nicht wusste, wie lang sie dem noch Stand gehalten hätte.

"Wir werden keinen Sex im Haus deiner Mum haben", präzisierte Maya ihr Anliegen.

"Warum?", fragte er.

"Es ist respektlos und man tut es einfach nicht."

"Für was habe ich eine Frau, wenn ich keinen Sex mit ihr haben darf?", grummelte er, rollte sich aber von ihr herunter.

Er tat ihr fast ein bisschen leid.

"Du kannst schmollen wie ein Baby, Shane", kicherte

Maya.

"Schlaf jetzt, du Hexe, bevor ich es mir anders überlege", sagte er und zog sie mit ihrem Rücken an seine Brust.

Maya erwachte davon, dass Shane seinen harten Schwanz an ihr rieb.

Er brummelte irgendetwas Unverständliches und als Maya sich über ihre Schulter hinweg umsah, bemerkte sie, dass er noch schlief.

"Shane", sagte sie, doch er verstärkte seine Bemühungen nur noch.

Maya tätschelte seine Wange. "Wach auf, Shane, bitte"

"Hm?", fragte er und knabberte an ihrem Hals.

"Wach auf. Wir sind immer noch bei deiner Mum", sagte Maya lächelnd.

Shane stöhnte frustriert und drehte sich von ihr weg.

"Guten Morgen, ihr zwei! Habt ihr gut geschlafen?"

"Ja, vielen Dank", antwortete Maya, weil Shane immer noch ein wenig vor sich hin bockte.

"Wollen wir noch zusammen frühstücken?", fragte Dorothee.

Shanes 'Nein', kam einen Bruchteil vor Mayas 'Gern'.

"Unser Flug geht bald, wir müssen los", sagte Shane und hatte wieder dieses bestimmte Lächeln im Gesicht.

"Wie auch immer. Kommt mich bald wieder besuchen und ich hoffe doch schwer, dass ihr mich nicht allzu lang auf Enkelkinder warten lasst!", antwortete Dorothee.

Maya sagte nichts. Diese Antwort sollte Shane seiner Mum geben, an ihr lag es schließlich nicht.

"Mama", jammerte er, doch Dorothee unterbrach ihn schon wieder.

"Ja, ja, beeilt euch nur! Ich werde gleich mal bei Carry anrufen. Jetzt, wo du endlich zur Vernunft gekommen bist, wird sie vielleicht auch den richtigen Weg einschlagen."

"Lass sie in Ruhe, Mama. Du kennst sie."

Dorothee winkte nur ab, während sie sie zum Auto geleitete.

"Ich bin so stolz auf dich, mein Junge", sagte sie und küsste ihn fest auf die Wange.

"Und du bist das Beste, was ihm passieren konnte, Maya. Lass dich von ihm nicht beirren. Mach einfach, was du denkst, manchmal muss man ihn zu seinem Glück zwingen", sagte Dorothee und zwinkerte ihr zu.

Sie waren ungefähr eine Viertelstunde gefahren, als Shane den Wagen am Straßenrand hielt.

"Was ist los?", fragte Maya und sah sich um, um den Grund zu erkennen, warum er gehalten hatte.

"Ich kann nicht mehr!", sagte er ernst.

"Soll ich weiter fahren?", fragte Maya stirnrunzelnd.

Shane packe sie mit einer Hand im Nacken und küsste sie dann hart. Seine zweite Hand fischte nach ihrer und presste sie dann in seinen Schritt.

Er war hart, sehr hart.

"Ich brauche dich", raunte er, während er sich an ihrem Kiefer entlang zu ihrem Ohr vor küsste.

"Wir können nicht ...", setzte Maya an, doch Shane verschloss ihr sofort wieder den Mund mit einem Kuss.

"Ich kann nicht mehr warten, Honey, Ich bin seit einem Tag auf Entzug. Gib mir, was ich brauche, Baby."

Nach kurzer Überlegung öffnete sie seine Hose und griff dann nach dem steinharten Schwanz. Stöhnend warf Shane seinen Kopf in den Nacken, ehe er nach ihr griff.

Maya ließ sich noch einmal von ihm küssen, wehrte seine Hände allerding ab.

"Was ist los, Baby", fragte er schwer atmend und mit verhangenem Blick.

"Ich werde mich nicht in einem Auto am Straßenrand von dir vöglen lassen als wären wir Teenager", stellte Maya klar.

Stöhnend legte er den Kopf in den Nacken, als müsse er sich sammeln. Maya sah sich noch einmal um, beugte sich über ihn und leckte dann einmal über die Spitze seines Penis.

"Fuck!", fluchte er und Maya sah, wie er sich mit der linken Hand am Türgriff festklammerte.

Sie leckte einmal der Länge nach über seinen Schaft, ehe sie ihn in den Mund nahm und zu saugen begann.

"Mein Gott, Maya", stöhnte er und Maya saugte noch etwas fester an ihm. Immer wieder umspielte sie seine Spitze mit ihrer Zunge, ehe sie ihn wieder ganz in sich gleiten ließ.

Shane Atmung war deutlich rauer geworden. Er legte seine Rechte in ihren Nacken und versuchte, sie, wenn sie ihn wieder tief in sich aufnahm, noch ein kleines Stück tiefer zu drücken.

Maya versuchte, sich so gut es ging zu entspannen, ihm die Führung zu überlassen, damit er sich nehmen konnte, was er brauchte.

Er belohnte sie mit einem kehligen Stöhnen. Sein Griff war fest und seine Hüften zuckten ihrem Mund immer wieder ein Stückchen entgegen.

Sie presste ihre Lippen noch ein wenig fester um seinen Schaft und saugte dabei so fest sie konnte.

"Scheiße!", fluchte er, presste sich so tief wie möglich in sie und kam mit einem langen, lauten Stöhnen.

Maya nahm, was er ihr gab und ließ erst von ihm ab, als sich die Hand in ihrem Nacken ein wenig entspannte.

"Das war ... wow ... das war der Hammer", stammelte er, immer noch nicht wieder zu Atem gekommen.

Sanft küsste sie ihn auf die Lippen. Er sah so unglaublich sexy aus, wie er dort so träge und befriedigt saß und sanft ihren geschundenen Nacken kraulte.

"Danke, Baby", flüsterte er.

Maya lächelte. "Du wirst dich schon noch einmal revanchieren. Ich konnte doch nicht zusehen, wie du so leidest."

22 MEINS!

SHANE

Es fühlte sich einfach nur verdammt gut an, zu wissen, dass diese atemberaubende Frau ihm allein gehörte. Sie trug an jedem ihrer Ringfinger seinen Ring und jeder konnte sehen, dass sie Mrs. Maya Carter war.

"Warum grinst du so?", fragte Maya, während sie auf ihr Gepäck warteten.

"Weil du Mrs. Carter bist", antwortete Shane und grinste dabei noch ein wenig breiter.

Lächelnd schüttelte sie ihren Kopf.

Sie gingen gemeinsam zum Ausgang und Shane bedeutete ihr zu warten, während er ein Taxi rief.

Als er sich wieder zu ihr umdrehte, stand ein fremder Mann bei ihr und sprach mit ihr. Sie lächelte sogar! Schnell stapfte er zurück, packte ihre Hände an den Handgelenken und wedelte mit ihren Händen knapp vor dem Gesicht des Mannes.

"Schon vergeben, meine Frau. Kapiert!", sagte er und wedelte noch weiter, damit der Typ auch ja sah, dass dort Ringe an ihren Fingern waren.

"Shane, SHANE!", rief Maya und entriss ihm ihre

Hände.

"Bist du verrückt geworden? Der Herr wollte lediglich wissen, in welche Richtung er gehen muss."

"Ach ja? Und was hast du ihm gesagt?", fragte Shane misstrauisch.

"Dass sie es mir nicht sagen kann, da sie selbst nicht von hier ist", antwortete der Typ mit britischem Akzent, ehe er sich lächelnd zu Maya wandte.

"Es tut mir leid. Ich wollte Ihnen keinen Ärger einbringen. Vielen Dank und mein Beileid."

"Nein, kein Problem, viel Spaß in Boston!", antwortete sie und lächelte liebenswürdig zurück.

"Bist du verrückt geworden?", fragte sie schließlich an Shane gewandt. "Dieses Eifersuchtsding kommt eigentlich vor der Hochzeit."

"Ich war nicht eifersüchtig, ich wollte es lediglich klarstellen!", sagte Shane, schnappte sich die Koffer und eilte zu ihrem Taxi, ehe ihr noch auffiel, wie eifersüchtig er wirklich gewesen war. Sie hatte Recht und Shanes wirre Gedanken waren eindeutig nicht normal.

"Heute Abend ist das Monatsessen, wollen wir hingehen?", fragte er auf dem Weg zu JB-Industrials.

"Willst du das jetzt todschweigen?", fragte Maya ihn ungläubig.

"Was meinst du?", fragte er, ohne von seinem Blackberry aufzusehen.

"Sieh mich an, Shane!", forderte sie, aber er wusste, dass sie die Wahrheit in seinen Augen sehen würde. Sie hatte irgendeine schräge Art Röntgenblick, der durch sein Pokerface hindurch ging.

"Einen Moment, Honey", sagte er und versuchte damit auf Zeit zu spielen, bis ihm etwas Geeignetes einfiel, um sie abzulenken.

"Shane!"

"Gleich!"

"Du wirst mich nicht ablenken können, Shane. Ich

hab's mir aufgeschrieben!"

Das ließ seinen Blick dann doch zu ihr zucken.

Sie zog eine Augenbraue nach oben und starrte ihn mit ihrem ERTAPPT!-Blick an.

Shane stöhnte auf. "Okay, vielleicht ein bisschen", murmelte er dann.

"Das ist verrückt, Shane!"

"Mhm, Themenwechsel. Gehen wir heute Abend? Mat wartet auf eine Antwort."

"Von mir aus, gern", antwortete sie und Shane spürte ihren Blick auf ihm ruhen. Sicherheitshalber tippte er einfach weiter.

Zum Monatsessen waren heute wirklich alle erschienen. Okay, alle außer Nina, aber das wunderte niemanden. Starbesetzung quasi, und Shane war auf den ersten Blick klar, warum alle hier waren.

Diese Waschweiber wollten alle den letzen Akt aus seinem Liebesleben live sehen. Maya und er waren heute also die Hauptakteure.

Damit war dann wohl auch geklärt, warum Mat unbedingt wissen wollte, ob er heute Abend kommen würde.

Alle waren in rege Unterhaltungen vertieft, nur Ryan und Sky saßen beide mit verschränkten Armen und finsteren Mienen am Tisch.

Als Maya und Shane sich ihnen gegenüber niederließen, lächelte Ryan, aber auf eine Art, die einem das Blut in den Adern gefrieren lassen konnte.

"So, ihr wart also weg?", fragte er und alle anderen Unterhaltungen am Tisch erstarben.

"Ja, waren wir", sagte Shane bewusst vage, um die Klatschsüchtigen noch ein wenig zu quälen.

"Das ist ziemlich mies von dir, Shane, wo du doch sonst immer an vorderster Front stehst, wenn es um Klatsch und Tratsch geht!", sagte Cat und klang tatsächlich ein wenig beleidigt.

Also räusperte er sich, stand auf und stellte sich hinter Mayas Stuhl. Er legte ihr seine Hände auf die Schultern und sagte: "Darf ich vorstellen: Mrs. Maya Carter!"

Es dauerte ein paar Sekunden, doch dann brachen all seine Freunde in Jubel und Begeisterungsrufe aus. Alle, außer sein bester Freund, der mit einer Miene, die einem wütendem Pitbull glich, seine Freundin anstarrte.

Diese beteiligte sich aber nicht etwa an dem Blickduell, nein, es war, als würde sie den Blick lediglich durch sich hindurch lenken ... direkt auf Maya.

"Wie konntest du mir das nur antun!", sagte Sky leise, aber in einem Ton, der klar machte, wie übel sie ihr diesen Zug nahm.

Schließlich schloss Sky die Augen und atmete tief durch.

"Nächstes Jahr Oktober. Dann wohnen wir immerhin zwei Jahre beieinander. Und nur, wenn ich bis dahin kein Wort mehr davon höre!", sagte Sky, leise, aber es genügte, weil alle Gespräche sofort wieder eingestellt wurden.

Ryans Miene änderte sich vom Pitbull über ungläubig zu freudestrahlend. "Yeah! Yeah! Jaaaaa Mann!!", dann packte er Skys Gesicht und küsste sie stürmisch.

"Sonderlich romantisch war das jetzt nicht gerade!", sagte Maya.

"Pst, sei froh, dass sie ja gesagt hat, bevor einem von uns beiden Leid angetan wurde", sagte Shane lächelnd, da er sich für seinen Freund freute.

Maya und er, sowie Ryan und Sky bekamen von allen Glückwünsche. Die meisten waren äußerst skeptisch und maßen Shane mit Blicken, als würden sie an seiner momentanen geistigen Verfassung zweifeln.

Die Mitglieder der Crew umarmten Maya und hießen sie in der Fire&Ice Familie offiziell willkommen. Shane beobachtete das Ganze argwöhnisch.

Es passte ihm ganz und gar nicht, dass sie von allen angefasst wurde. Sagen würde er nichts, immerhin wollte er sich nicht noch einmal so lächerlich machen wie heute am Flughafen. Und doch wurmte es ihn. Immerhin war sie jetzt seine Frau. Sie gehörte jetzt ihm ganz allein und all diese Idioten hatten sie nicht mehr anzusehen, geschweige denn anzufassen!

Bran nickte ihm nur zu und wollte dann seine Frau in den Arm nehmen.

Kommt überhaupt nicht in die Tüte!

Schnell legte Shane ihr einen Arm um die Taille und zog sie mit dem Rücken an seine Brust, sodass Bran entweder sie beide oder keinen von beiden umarmen konnte.

Am liebsten hätte er sie sich einfach über die Schulter geworfen und wäre mit ihr davon gelaufen. Weg von diesem lüsternen Haufen Testosteron. Langsam verstand er Ty und warum dieser Nina gern unter seiner Haut tragen würde.

Seine Frau begann unterdessen, in seinen Armen zu zappeln.

"Lass mich mal los, Shane, damit ich mit Bran sprechen kann", sagte sie und versuchte, seinen Arm von ihrem Bauch zu lösen.

NEIN! NIEMALS!

"Shane? Was wird das? Wieder so ein Flughafen-Ding?", fragte sie schließlich.

"Was? Nein, nein", sagte er schließlich und ließ sie widerstrebend frei.

Er hatte sie noch nicht ganz losgelassen, da wurde er bereits in eine heftige Umarmung gerissen.

"Danke, Mann! Damit hast du mir das Leben gerettet!", sagte Ryan und klang dabei sehr ernst.

Shane klopfte auf seinen Rücken und fragte: "Sie rauben einem den Verstand, oder?"

Ryan löste sich von ihm und griff nach seinen Schultern.

"Sie wird dich Jahre deines Lebens kosten, aber sie werden es wert sein", sagte Ryan ernst.

"Es macht mich ja jetzt schon fertig. Ich fühle mich

gehetzt, gejagt, als würde sie mir jeden Moment jemand wegnehmen können!"

Ryan lachte laut auf. "Und dabei trägt sie immerhin schon deinen Ring am Finger!"

"Das ist nicht genug! Ich schwöre es dir! Es ist nicht genug! Das ist viel zu klein und unauffällig! Ich hätte gern eine Reklametafel mit Neonlichtern auf der 'Besetzt' steht, dann könnte ich sie ihr umhängen!"

"Mach ihr ein Baby! Maya ist glücklich und du hast deine Leuchtreklame!"

"Bist du verrückt? Dann muss ich ihre Aufmerksamkeit mit dem Kind teilen!", rief Shane schockiert aus.

"Nein, aber es ist doch besser, als wahnsinnig zu werden!"

"Ja, langsam bin ich wirklich dem Wahnsinn nahe, Ryan. Ich hab ständig das Bedürfnis, sie nach Hause zu schleppen, meine Tür zu zumauern, damit sie mir nicht entwischt und auch keiner dieser Idioten sie jemals wieder zu Gesicht bekommt. Das ist doch nicht normal!!", rief Shane aus.

"Doch, ist es, denn Ty und ich empfinden genauso!", sagte Ryan lachend und klopfte ihm mitfühlend die Schulter.

Alle setzten sich langsam, um zusammen zu essen.

Brandon setzte sich neben Maya und Shane war wirklich kurz davor, ihren Stuhl nach rechts zu zerren, um seinen zwischen die beiden zu quetschen.

Da das aber leider nicht möglich war, legte er ihr lediglich eine Hand in den Nacken. Bran sollte sehen, wem diese Wahnsinnsfrau gehörte und Maya sollte sich auch an ihn erinnern

Immer, wenn ihre Gedanken zu lange von ihm abschweiften, drückte oder kraulte er ihren Nacken und sie wandte sich sofort wieder ihm zu.

Dass er so nicht allzu viel essen konnte, störte Shane nicht wirklich.

"Für wann soll ich unsere Tickets eigentlich bestellen?",

fragte Bran schließlich,

"Oh, achso, daran hab ich gar nicht mehr gedacht", sagte Maya kleinlaut ... zu kleinlaut.

"Was für Tickets?", fragte Shane daher.

"Ach, Flugtickets zu dem Geburtstag von Mayas Granny", antwortete Brandon und Shane sah, wie viel Vergnügen es ihm bereitete.

"Warum solltest du mit ihr dort hinfliegen?", fragte Shane und hatte seine Gabel beiseitegelegt.

"Weil sie mich gefragt hat", antwortete Bran selbstgefällig.

"Maya?", forderte Shane.

"Meine Granny hat an diesem Wochenende ihren 80. Geburtstag. Hast du Zeit?", fragte Maya und klang etwas ungeduldig.

"Ja natürlich", sagte er und grinste dabei genauso selbstgefällig, wie Bran es bis gerade eben noch getan hatte.

"Bran...", setzt Maya an und hoffte wohl, dass Brandon sie erlösen würde.

"Oh, das wird aber seltsam aussehen, wenn wir zu dritt im Gästebett deiner Granny schlafen, Maya", sagte dieser stattdessen.

"Du fährst nicht mit, Bran. Ende der Diskussion." Dann wandte Shane sich an Maya. "Du wolltest mit ihm in einem Bett schlafen? Um was zu tun? Ihn als deinen Freund ausgeben?"

"Eventuell ...", murmelte Maya.

"Pah! Ich lasse Tara morgen früh gleich alles in die Wege leiten."

MAYA

Sie kam sich wirklich so vor, als würde auf ihrem Rücken ein Schild mit der Aufschrift kleben: "Bitte einmal hier rein treten."

Sky, die ihr am Tisch gegenübersaß, erdolchte sie mit

ihren Blicken.

Bran provozierte Shane am laufenden Band und Maya war sich sicher, dass einiges von dem, was Bran im Laufe des Abends von sich gegeben hatte, sie noch lange verfolgen würde.

Beinahe die Hälfte der Fire&Ice Mitglieder sahen sie an, als hätte sie eine hoch ansteckende Krankheit und man müsse sie vorsichtshalber im Auge behalten.

Alles in allem war dieser Abend mehr als nur anstrengend und Maya sehnte das Ende herbei.

Zurück in ihrer Wohnung, begann Shane auch schon zu meckern.

"Das konnte ja wohl nicht dein Ernst sein!"

"Wovon genau redest du, Shane?"

"Du konntest doch wohl nicht ernsthaft geplant haben, diesen Clown als deinen Freund vorzustellen!"

"Doch! Es ist der 80. Geburtstag meiner Granny und sie wünscht sich nun mal nichts sehnlicher, als dass ich endlich einen Mann finde."

"Du hast mich!"

Maya stöhnte. "Ja, jetzt, aber zum damaligen Zeitpunkt sah es nun mal nicht so aus."

"Und wann hattest du bitte vor, Brandon wieder auszuladen?"

"Ich hatte es einfach vergessen, okay?"

"Nein, nicht okay, weil du es ja eigentlich immer noch nicht getan hast."

"Ich wollte es ihm einfach ein wenig höflicher beibringen, ohne eine Szene vor der versammelten Mannschaft zu machen."

"Das habe ich nicht getan!"

"Doch, Shane, hast du! Und ganz ehrlich, ich habe keine Ahnung, wie ich mit diesem Eifersuchtsding hier umgehen soll. Denk mal in Ruhe darüber nach, was du hier gerade abziehst." Genervt wandte Maya sich ab und schloss sich im Bad ein, um ihre Dusche in Ruhe genießen zu können.

Das warme Wasser auf ihrer Haut half ihr, ihre Gedanken und Gefühle ein bisschen zu sortieren. Es war einfach verdammt viel passiert in den letzten Tagen. Die Ereignisse hatten sich überschlagen und sicherlich nicht nur in ihrer Gefühlswelt für mächtig Durcheinander gesorgt.

Maya konnte sich durchaus vorstellen, dass die gesamte Situation auch Shane überforderte. Weil der Sunnyboy mit derartigen Problemen bislang einfach nichts zu tun hatte.

Sie ließ sich viel Zeit, damit ihrer beider Gemüter ein wenig zur Ruhe kommen konnten, ehe sie sich erneut mit dem Thema auseinandersetzten mussten.

Als sie über eine Stunde später das Badezimmer verließ, saß Shane mit dem Rücken an das Bett gelehnt am Boden. Seine Knie waren angewinkelt und leicht gespreizt. Auf ihnen lagen seine Unterarme und die Hände baumelten locker hinab.

Auch sein Kopf hing zwischen seinen Schultern, mit dem Blick auf den Boden gerichtet. Er hob ihn erst, als Maya die Badezimmertür hinter sich geschlossen hatte.

"Was hier gerade läuft, ist nicht so leicht für mich, Honey", sagte er und sah dabei irgendwie erschöpft aus.

"Ich habe das Bedürfnis, der ganzen Welt zu sagen, dass du mir gehörst. Ich habe ständig das Gefühl, dass sie dich mir wegnehmen wollen ... was vielleicht auch erklärt, warum zwischen uns beiden immer alles perfekt ist, wenn wir alleine sind", sagte er mit einem schwachen Lächeln.

"Ja, das ist es. Vegas war unglaublich schön", sagte Maya und lächelte weich.

"Mhm ... und St. Lucia", antwortete Shane.

"Mir gefiel auch die Woche in meiner Wohnung, in der wir so gut wie nie raus gegangen sind", flüsterte Maya und ließ sich vor ihm im Schneidersitz nieder.

"Ich bin es so schrecklich leid, im Nebenzimmer darauf zu warten, dass du zu mir zurück kommst. Die ganze Zeit hier zu sitzen und mich zu fragen, was zur Hölle jetzt schon wieder schief gelaufen ist", gab er erschöpft zurück.

"Ich verstehe einfach nicht, woher das auf einmal kommt, Shane. Es hat doch alles funktioniert. Wir beide sind perfekt für einander!"

"Wenn ich Bran in deiner Nähe sehe, brennen bei mir einfach die Sicherungen durch, weil ich genau weiß, dass er genau das Gleiche will wie du ... und das Ganze auch noch im richtigen Zeitrahmen", sagte Shane und hatte dabei seinen Blick wieder auf den Boden gerichtet.

Maya beugte sich nach vorn, nahm sein Gesicht in ihre Hände und sagte sanft: "Hey, das hatten wir doch schon! Ich will nur dich und Bran stand niemals zur Debatte. Das passiert nur hier oben drin", mit ihrem Zeigefinger deutete sie auf seine Stirn. "Du hast mich bereits, schon vergessen? Ich bin Mrs. Maya Carter."

Ein Lächeln legte sich auf seine Züge, ehe er den Kopf schräg legte und sagte: "Yeah. Meine Frau."

Maya rutschte zwischen seine gespreizten Beine und kuschelte sich an seine Brust. Shane legte sofort seine Arme um sie und drückte sie fest an sich. Er atmete einmal tief ein und aus und küsste sie dann auf den Scheitel.

"Bist du bereit, meine Familie kennenzulernen?", fragte Maya nach einiger Zeit.

"Hey, schlimmer als Carry können sie wohl nicht sein", antwortete Shane und Maya hörte das Lächeln in seiner Stimme.

"Hmhmm", antwortete Maya betont vage, weil sie genau wusste, dass ihre Familie toll war, aber vor allem ihre Brüder wirklich fies sein konnten.

23 NEUE FAMILIE 2

MAYA

"Haben wir auch alles?"

"Ja, Maya, und du stellst diese Frage mittlerweile zum zehnten Mal. Wir haben alles. Tickets, Papiere, Gepäck und der Ofen ist auch aus!", sagte Shane und grinste vor sich hin.

Maya war nicht allzu sehr zum Lachen zumute. Der Gedanke daran, ihrer Familie offenbaren zu müssen, dass sie ganz heimlich still und leise in Vegas geheiratet hatte, ließ ihre Hände zittern.

Oh Mann. Für ihre Eltern und ihre Granny wird die Drive-In-Kapelle wahrscheinlich nicht mal als Kirche zählen!

Auch während des gesamten Fluges kam Maya nicht zur Ruhe. Shane versuchte, sie zwar immer wieder aufzuheitern und abzulenken, richtig funktionieren wollte es aber nicht.

Maya war ziemlich erschöpft, als sie am Freitag spätabends am Flughafen Catania-Fontanarossa ankamen. Von dort aus mussten sie noch 20 km mit einem Mietwagen zu dem Haus ihrer Granny fahren.

Im Haus war schon alles dunkel, aber Maya hatte bereits vereinbart, dass sie sich einfach im zweiten Gästezimmer einquartieren würden.

Die Tür war wie immer nicht abgeschlossen und Maya bedeutete Shane, ihr leise zu folgen. Im Zimmer angekommen, zog sie leise die Tür hinter ihnen ins Schloss.

"Endlich!", stieß Shane aus und ließ sich rücklings aufs Bett fallen. "Komm zu mir, Honey!"

Maya kuschelte sich an seine Seite und genoss seine Umarmung.

"Das wird schon. Ich bin doch everyones Darling, schon vergessen?", sagte Shane grinsend und küsste sie dann leicht auf ihre Lippen. Einmal, zweimal, noch einmal. Drängender dann und auch seine Hand ging auf Wanderschaft.

"Shane", unterbrach Maya ihn.

"Hm?", schnurrte er und begann, ihren Hals zu küssen.

"Du erinnerst dich noch, was wir über Sex im Haus deiner Mum gesagt hatten oder?"

Maya spürte, wie er erstarrte. Dann richtete er sich ganz langsam auf und sah ihr von oben herab in die Augen.

"Das ist jetzt nicht dein Ernst, oder?", fragte er dann und sah dabei ein klein wenig verzweifelt aus.

"Das ist das Haus meiner Granny!", sagte Maya und hoffte inständig, dass er es verstehen würde.

"Maya ...", begann er und klang ein kleines bisschen bedrohlich. "Wir werden erst am Montag wieder zurückfliegen. Du willst mir aber jetzt nicht wirklich sagen, dass wir bis Montag keinen Sex mehr haben werden?!"

Oh je ...

"Hm ... nun ja ... eventuell ... doch?", antwortete Maya.

"Nein. Wir werden gleich morgen in ein Hotel umziehen!"

"Aber Shane, wie willst du das erklären?"

"Mit der Wahrheit? Du sagst doch immer, ich soll alles

klar und direkt formulieren, also!"

Stöhnend drehte Maya ihren Kopf in die Kissen. Dieser Mann konnte einem wirklich das Wort im Munde umdrehen!

SHANE

Er erwachte von einer Menge Lärm im Haus. Gerumpel, laute Stimmen und Geschrei. Ein Streit, es klang ein bisschen nach Mord und Todschlag.

"Maya?", fragte er unsicher, wie er sich verhalten sollte.

"Hm?"

"Ich glaube, da unten kracht's grad gewaltig!", flüsterte er, um die Personen, von denen der Krach ausging, nicht auf sich aufmerksam zu machen. Es klang nach einer ganzen Kavallerie oder einen Bombenräumkommando, das permanent "Raus, raus, raus!" schrie..

"Alles okay", murmelte sie und drehte sich in seinen Armen. Sie vergrub ihr hübsches Gesicht in seiner Achsel und wollte einfach weiter schlafen.

"Maya! Da wird jemand umgebracht!", flüsterte er eindringlich und rüttelte leicht an ihrer Schulter.

"Ja, du, wenn du mich jetzt nicht schlafen lässt!", brummte sie.

"Nein, wirklich, Maya! Hörst du sie denn nicht kreischen?"

"Camilla sagt, dass zu wenig Basilikum am Braten ist. Deshalb ist noch niemand ermordet worden, Shane!", brummte Maya, löste sich aber immerhin ein Stückchen von ihm, um ihm in die Augen zu sehen.

"Nein, ich mein das Gekreischte und Gepolter!"

"Ja, ich auch!", sagte sie und sah ihn böse an.

"Was ... ?"

"Das ist hier normal. Zum Teufel nochmal, jetzt bin ich wach!", grummelte sie und schien wirklich böse auf ihn zu sein. Woher hätte er denn wissen können, dass das hier die normale Tonlage war!

"Wo willst du hin?", fragte er sie, als sie ihre Füße aus dem Bett schwang.

"Na aufstehen, mich fertig machen und alle begrüßen!"

Schnell packte Shane sie um die Taille und zog sie zurück ins Bett.

"Nein, nein. Du musst noch ein bisschen mit mir hier bleiben", murmelte er und knabberte an ihrem Hals.

"Nein. Das geht nicht, Shane. Wenn wir beide wach sind und zusammen im Bett, werden wir in fünf Minuten Sex haben wollen und dann bist du den ganzen Tag unerträglich!", sagte Maya und versuchte, ihn von sich zu schieben.

"Stimmt. Also aufstehen, alle begrüßen, Hotel suchen!"

Fertig angezogen gingen sie Hand in Hand die Stufen zum Erdgeschoss hinunter. Jetzt im Hellen konnte Shane auch besser erkennen, wie das Haus aussah. Es war urig, klein, mit viel Holz gebaut und knarrte bei jeder Bewegung. Alles war in Erdtönen gehalten und erinnerte ihn stark an sein Ferienhaus in St. Lucia.

An jeder Wand hingen Familienbilder, genauso wie bei seiner Mama, nur dass sie zuhause immer maximal zu viert auf den Bildern waren. Hier gab es Fotos mit bis zu 30 Personen!

"Ciao!", rief Maya, als sie die kleine Küche betraten.

Kurz verstummten alle Gespräche und dann redeten alle auf einmal. Alles konnte Shane bei weitem nicht verstehen. Sie sprachen alle extrem schnell und laut. Und sie sprachen alle Italienisch oder Deutsch.

Auf Italienisch konnte er hochgepokert vielleicht zehn Worte und Deutsch sprach er zwar sehr gut, aber in dieser Geschwindigkeit und bei diesem Stimmdurcheinander hatte er keine Chance.

Also nutzte er die Zeit und sah sich die Personen im Raum genauer an.

Dort war ein Berg von einem Mann, mindestens so groß wie er selbst, aber bestimmt 30 Kilo, nicht

Muskelmasse, schwerer. Shane schätzte ihn auf ungefähr 55 Jahre und erkannte ihn wieder. Er war der Mann auf dem Foto, dass Maya ihm bei Juwelier gezeigt hatte, also demnach ihr Dad.

Mit ihm am Tisch saßen vier weitere Männer. Allesamt schlanke Abziehbilder von Mayas Vater. Sie alle waren zwischen 30 und 35 Jahre.

Mit ziemlich hoher Wahrscheinlichkeit ihre Brüder!

Eben noch vor der Spüle, mittlerweile direkt vor Maya, standen zwei Frauen. Auch die Verwandtschaft zu diesen beiden Frauen konnte Maya bei Gott nicht leugnen.

Mhm, Mama und die große Schwester.

Um keine Zeit zu verlieren und sich zumindest die Unterstützung des weiblichen Familienanteils zu sichern, schaltete er sofort sein Shane-Charme, Schwiegermütter-lieben-mich, Lächeln an.

Der Blick ihrer großen Schwester flog kurz zu ihm und dann zurück zu Maya. Gleich drauf wurde Mayas Hand aus seiner gerissen und ein beinahe unerträglich lautes Kreischen ertönte.

Dann schwoll Lautstärke und Geschwindigkeit der Unterhaltung wieder an. Die Männer standen vom Tisch auf und sprachen laut und schnell in seine Richtung. Shane verstand kein Wort!

Ein lauter Knall ertönte, gefolgt von einem "Ruhe!" und alle Stimmen erstarben sofort.

Eine kleine alte Frau stand im Türrahmen zur Veranda. Den Gehstock, den sie eben noch gegen die Wand geknallt hatte, zeigte nun auf Mayas Vater und ihre Brüder.

"Setzt euch!", herrschte sie und die fünf kamen ihrer Aufforderung sofort nach.

Dann kam sie ein Stück in den Raum und setzte sich dann auf einen der Stühle.

"Komm her und begrüß deine Granny, Bella, und dann stell uns deine Begleitung vor, Maya", sagte sie auf Deutsch mit starkem Akzent.

Maya ging zu ihr und umarmte sie fest. Shane war ihr

gefolgt, da er sich dem Geburtstagskind gleich ebenso vorstellen würde.

"Hallo Granny, das ist Shane ... mein ... ähm ... ja ... Mann, sozusagen", stotterte sie und Shane ärgerte sich darüber, dass sie nicht stolz darauf zu sein schien, wie er es war.

Der Tumult in der Küche brach sofort wieder los, doch ein Hieb von Grannys Gehstock auf den Tisch ließ sie alle verstummen.

Shane drehte sein Lächeln noch eine Stufe höher und sagte: "Shane Carter, sehr erfreut, Sie kennenzulernen, Ma'am."

Mayas Granny schnalzte einmal missbilligend mit der Zunge und sagte dann: "Mit dem Grinsen kannst du mich nicht täuschen, Jungchen! Das hatte mein Mann perfektioniert. Ich kenne es nur zu gut!"

Oh, oh ..., Shanes Grinsen verrutschte, aber nur ein kleines Stück, damit, auch wenn es bei Maya und ihrer Granny nicht wirkte, es doch zumindest ihre Mama und ihre Schwester bezirrzen würde.

"Und jetzt komm näher, damit ich dich mal ordentlich ansehen kann!", fügte sie dann noch hinzu.

Ein wenig unruhig ging Shane auf sie zu und dann vor ihr in die Hocke.

"Hm ... hm ... mhm", machte sie und nickte dann entschieden.

"Hübsch, hübsch und das gleiche Lächeln wie Papa Giuseppe es hatte. Und du hast also meine Maya geheiratet?", fragte sie dann und musterte ihn weiter eingehend.

"Ja, Ma'am, habe ich", antwortete Shane, da er nicht wusste, was die richtige Antwort hierauf war und Maya ihn gelehrt hatte, dass es besser war, bei Frauen aus Mayas Familie bei der strikten Wahrheit zu bleiben.

"Dann stell dich erst einmal ordentlich vor und dann setzt euch, damit ich alles erfahre", sagte sie und zeigte auf den Rest der Familie.

"Mrs. Santana, Shane Carter, sehr erfreut, Sie kennenzulernen", sagte er, grinste und schüttelte die Hand von Mayas Mama. Genau so verfuhr er beim Rest der Familie und war froh, dass zumindest Mayas Mum und ihre Schwester ihm voll und ganz erlegen waren.

Ihr Dad und ihre Brüder hätten ihn gern tot gesehen, da war Shane sich zu 100% sicher.

Sie saßen alle zusammen an dem großen Esstisch und Maya erzählte, wie sie sich kennenlernten. Shane hatte seinen Arm auf der Rückenlehne von Mayas Stuhl liegen und streichelte ihr sanft über den Nacken. Sie war immer noch furchtbar angespannt und Shane wusste nicht warum.

Hin und wieder stellte jemand eine Frage, wobei vor allem die Männer drauf achteten, dies auf Italienisch zu tun. Maya antwortete auf Deutsch und, wenn es sich um eine sehr scharfe Erwiderung handelte, auch mal in Italienisch.

"Zusammengefasst heißt das, du heißt jetzt Maya Carter und wirst in Amerika leben", sagte Camilla, Mayas große Schwester.

Maya nickte.

"Und wie sollen wir unsere Enkel sehen?", fragte Mayas Mutter. Shane musste sich ziemlich zusammenreißen, um nicht zusammenzuzucken.

"Ja, wann ist es überhaupt soweit?", fragte Mayas Vater und starrte auf Mayas Bauch, als würden dort jeden Moment ein ganzer Haufen Babys herauspurzeln.

"Ich bin nicht schwanger", sagte Maya leise und Shane bemerkte, wie sie sich immer mehr unter seiner Hand verspannte.

Wieder wurden einige hitzige Worte auf Italienisch gewechselt. Mayas Nacken wurde von Sekunde zu Sekunde härter und die Anwesenden am Tisch lehnten sich immer weiter nach vorn.

Shane hatte keinen Zweifel daran, dass der Ton bald die gleichen Ausmaße wie heute früh angenommen hatte.

Er räusperte sich einmal und dann noch einmal, um auch einmal zu Wort kommen zu können, hatte so aber keinen Erfolg.

Also stand er auf und zog Maya an ihrem Arm mit nach oben. Sie sah ihn verwirrt an.

"Kann ich dich einen Moment vor der Tür sprechen, bitte", sagte er, extra ruhig und bemüht, die noch lauter gewordenen Stimmen zu ignorieren.

Teilweise fluchten sie jetzt auch auf Deutsch. Sie konnten jetzt nicht einfach gehen, aber so angespannt, wie sein Mädchen im Moment war, brauchte er dringend ein paar Erklärungen.

Shane zog die Terrassentür einfach hinter ihnen zu.

"Was ist los, Honey?", fragte er, als er sich wieder zu ihr umgedreht hatte.

Sie lehnte am Gartentisch. Ihre Schultern und der Kopf hingen hinab.

"Nichts, nichts", sagte sie, aber Shane glaubte ihr absolut nicht.

Er ging zu ihr und hob ihr Kinn mit einem Finger an, sodass sie ihm in die Augen blicken musste.

"Kein Verschweigen, keine Wortspielchen, keine Interpretationsspielräume, erinnerst du dich, Baby?", fragte er sanft und küsste sie dann zart auf ihre Lippen.

Sie atmete tief durch. "Nur ein bisschen Drama wegen Vegas ..."

"Und?"

"Weil wir noch keine konkrete Kinderplanung haben", sagte sie leise. Shane nahm ihr Gesicht in beide Hände und küsste sie. Er küsste sie so lange, bis alle Anspannung aus ihrem Körper gewichen war und sie sich wieder wie ein Kätzchen an ihn schmiegte.

"Na endlich!", flüsterte er lächelnd, als er sich wieder ein Stückchen von ihr gelöst hatte. Auch Maya lächelte zaghaft.

"Und den Rest lässt du mich jetzt einfach regeln, okay?", fragte er und sah die Skepsis in ihren Augen.

Um sie ein wenig aufzuheitern, trat er einen Schritt zurück und fuhr sich über das Revers seines Jacketts.

"Ich werde doch wohl mit einem Familienrat fertig werden. Ich bin CEO von JB-Industrials!", sagte er gespielt ernst und reichte ihr dann extra galant seinen Arm.

Als sie sich zurück zum Haus umwandten, sahen sie, dass die komplette Familie an der Terrassentür stand. Sogar das kleine Fenster neben der Tür war gekippt, um die Tonübertragung sicher zustellen.

Lächelnd schüttelte Shane den Kopf.

"Okay, hört mal, wir können das mit der Hochzeit gern nochmal nachholen. Eine richtige Feier, mit richtiger Kirche, der ganzen Familie und unseren Freunden. Wenn es euch lieber wäre, sogar hier auf Sizilien. Aber Maya und ich haben unseren eigenen Zeitplan, was die Familienplanung angeht, also wäre ich euch sehr verbunden, wenn ihr sie damit in Ruhe lassen könntet", sagte er betont ruhig mit seiner 'Ich-bin-euer-Chef'-Stimme.

Leider schien sie nicht sonderlich gut zu funktionieren, denn bereits nach wenigen Sekunden fragte Mayas Vater: "Und die wäre?"

"Wir sind jung, wir möchten uns noch ein klein wenig Zeit lassen."

Die Diskussion drehte sich weiter 15 Minuten im Kreis, bis Shane endgültig die Schnauze voll hatte. Harscher, als jedes bis jetzt gesprochene Wort sagte: "Ende der Diskussion. Es ist unser Leben und keiner von euch hat da ein Wort mitzureden."

Die Gespräche, die den Vormittag über folgten, waren zwar alle samt hitzig und laut, aber Maya war deutlich entspannter als in den letzten 24 Stunden.

Gegen drei Uhr am Nachmittag trudelten die anderen Gäste ein. Insgesamt 60 Feiernde wurden erwartet und Shane war sehr schnell mit all den Namen und Verwandtschaftsverhältnissen überfordert.

Kein Mensch konnte sich so viel merken!

Charme und Lächeln waren auf Anschlag aufgedreht und er flirtete auf Teufel komm raus mit den älteren Damen. Sie liebten ihn und Shane genoss es nach der sehr anstrengenden Zeit mit Mayas Brüdern.

Sie hatten noch nicht wirklich mit ihm gesprochen und schienen im Allgemeinen auch nicht sonderlich viel Interesse an ihm zu haben, aber nun gut, er durfte sich bestimmt nicht beschweren, so, wie Carry sich gegenüber Maya aufführte.

Shane war mehr als froh, dass Maya das Telefonat vor zwei Tagen nicht mitbekommen hatte. Carry hatte sie beide aufs Übelste beschimpft. Er wusste ja, dass Carrys Problem nicht bei Maya und ihm in Person lag, aber seine Frau hätte die bösen Worte bestimmt in den falschen Hals bekommen.

Carry war außer sich gewesen, nachdem sie erfahren hatte, dass Shane seine Maya tatsächlich geheiratet hatte. Ihre Mama musste Carry wohl ziemlich zugesetzt haben, so wie diese ausgetickt war.

Er hatte sicherheitshalber beschlossen, Maya nicht mehr in Carrys Nähe zu lassen, bis diese sich wieder von diesem Vorfall erholt hatte.

Maya hatte gerade das Gespräch mit einer älteren Dame hinter sich und Shane nutze die Chance, um selber kurz zwei Worte mit ihr zu wechseln.

Er trat hinter sie und zog sie mit ihrem Rücken an seine Brust.

"Hey Honey", raunte er ihr ins Ohr und küsste sie auf die Stelle, gleich unter ihrem Ohr, an der sie es so gern mochte.

Wie jedes Mal schmiegte sie sich noch fester in seine Arme und seufzte wohlig.

"Ich muss kurz auf die Toilette, kommst du mit?", flüsterte er und knabberte leicht an ihrem Hals.

"Nein, weil wir hier keinen Sex haben werden, schon vergessen?", fragte sie lachend.

Shane stöhnte und ließ seine Stirn an ihren Hals fallen. Er hatte doch glatt vergessen, ein Hotelzimmer zu buchen!

Maya drehte sich in seinen Armen, stellte sich auf die Zehenspitzen und küsste ihn sacht.

"Armer Shany", sagte sie lächelnd.

"Deine einzige Warnung, Honey, ich habe auch vor deiner Familie keine Hemmungen, auf diesen herrlichen Arsch zu klatschen, also versuch es nicht noch einmal."

Ihr Lächeln verrutschte ein klein wenig, ehe sie ihr Gesicht an seinem Hals vergrub. Was Shane wiederrum unterdrückt auflachen ließ.

"Bis gleich, Baby", sagte er, drückte ihr einen Kuss auf die Stirn und ging ins Haus.

Als er zurück kam, wurde er bereits an der Terrassentür von Mayas Brüdern abgefangen.

"Alles okay, Carter?", fragte einer von ihnen, Shane glaubte, es war Phillipo.

"Alles Bestens, danke", antwortete er und scannte bereits den Garten nach seiner Frau.

"Hey Mann, warte eine Minute", sagte ein anderer von Mayas Brüdern.

Warum die beiden ihn so unbedingt aufhalten wollten, wusste Shane nicht, aber irgendwas sagte ihm, dass es ihm nicht gefallen würde.

Er überflog den Garten mit seinem Blick, bis er seine Frau erspähte. Bei ihr stand ein Mann in einem schwarzen Anzug und Sonnenbrille. Sie standen nah beieinander und diskutierten über irgendetwas.

"Ich hab jetzt keine Zeit", sagte er deshalb zu Mayas Brüdern und versuchte, sich ohne Drama aus seinem Griff zu lösen.

"Nein, nein. Warte!", sagte ein zweiter und hielt ihn an der Schulter fest. "Du kannst da jetzt nicht dazwischen platzen!"

"Warum?", fragte Shane, der dieses Spielchen jetzt langsam satt hatte. Der Typ versuchte immer wieder, nach ihrem Arm zu greifen!

"Nun ja, eigentlich war sie ja ihm versprochen", sagte Mario ... glaubte Shane zumindest.

"WAS?"

"Ja, hör mal, das ist Salvatore Acatrini und dem quatscht man nicht einfach so dazwischen. Der ist ein hohes Tier!"

"Jetzt reicht's aber langsam! Sie ist meine Frau und ihr führt euch ziemlich lächerlich auf! Hohes Tier, was soll der Scheiß!"

"Bei der Mafia", sagte der vierte Bruder, Vincent, wenn Shane sich richtig erinnerte, der jetzt ebenfalls zu der Gruppe stieß. "Und er mag es überhaupt nicht, wenn ihm jemand an den Karren pinkelt!"

Besagter Salvatore beugte sich gerade zu seiner Frau hinunter und küsste sie auf die Wange.

Genug ist genug!

Dieser Möchtegern-Gangster konnte hier auch nicht machen, was er wollte. Immerhin war Maya mit ihm verheiratet!

Shane riss sich wutschnaubend von Mayas Brüdern los, um diesem Acatrini seine Meinung zu sagen. Wenn es sein musste, würde er ihn in Grund und Boden stampfen. Beginnend mit seiner Faust in seinem Gesicht. Dann würde er all seine Kontakte spielen lassen und diesen Wichser in den Ruin treiben. Der Typ steuerte gerade auf den Gartenausgang zu.

"Hey", hörte er Mayas Stimme und spürte kurz darauf ihre Hand auf seinem Arm.

"Hey Honey", sagte er, wandte sich zu ihr um und küsste sie dann besitzergreifend. Jeder in diesem beschissenen Garten, einschließlich Maya selbst, sollte wissen, wem sie wirklich gehörte.

"Oh ... wow", sagte sie, als Shane schwer atmend den Kuss beendete. Ihre Hände hatten sich in seine Oberarme verkrallt und sie schwankte ein klein wenig.

"Wer war der Typ gerade?", fragte Shane und

beobachtete genau ihre Mimik. Sie wandte ihren Blick ab und sagte leicht stockend: "Ein alter Freund."

Ah ja, also steckte tatsächlich mehr dahinter.

"Maya, Maya!", rief eine ältere Frau und quetschte Maya an sich. Shane lächelte sie strahlend an.

"Ihr entschuldigt mich sicher einen Moment", sagte er dann. Die Frau nickte und tätschelte seinen Arm. Mayas Blick war ein wenig misstrauischer, aber Shane ignorierte es einfach, küsste sie auf den Scheitel und ging in Richtung Haus.

Er durchquerte es schnell und trat auf der anderen Seite auf die Straße. Shane scannte die Umgebung und erspähte tatsächlich am Ende der Straße den schwarzen Anzug dieses Idioten! Ohne weiter nachzudenken verfiel er in ein lockeres Joggingtempo.

Als er noch ungefähr 20 Meter entfernt war, rief er: "Hey, hey Mann! Bleib stehen!"

Der Typ hielt an und zog seine Augenbrauen über der Sonnenbrille zusammen.

"Ciao, tutto a posto?", fragte Salvatore an ihn gewandt.

"Nein, nichts ist gut!", zumindest so viel konnte er noch verstehen. "Sie ist meine Frau! Meine Mrs. Carter! Capito?", sagte Shane und stieß den Fremden hart vor die Brust.

Dieser erwiderte heftig irgendetwas auf Italienisch. Dann wollte er in seine Jacke greifen, da Shane aber bei Gott keine Lust auf eine Kugel in seinem Körper hatte, holte er schnell aus und platzierte seine Faust am Kinn dieses Möchtegerngangsters. Er taumelte leicht, fluchte und rief etwas.

Shane konnte sich nicht mehr umdrehen. Er spürte den Schmerz und den harten Schlag in seinem Genick, dann wurde alles schwarz.

MAYA

Wo zum Teufel war Shane?

Maya stand seit über einer halben Stunde bei ihrer Tante Gini und musste sich Non-Stop anhören, wie wunderbar Shane war.

Der gleiche Shane, der sie das hier überhaupt erst hatte erleiden lassen. Da Tante Gini doch nur gekommen war, um ihren Mann kennenzulernen.

Dass die beiden nicht dieselbe Sprache sprachen, hatte Tante Gini wenig interessiert. Maya hätte einfach als Dolmetscher herhalten müssen.

All ihre Tanten, Cousinen und sogar ihre Mum liebten Shane. Er hatte einfach sein 1000 Watt Lächeln in die Menge blitzen lassen, eine Runde Shane-Charme versprüht und die ganze weibliche Santana-Familie lag dem Sunnyboy zu Füßen.

Nur ihre Granny hatte Shane sofort durschaut und es war ein Bild für die Götter, zu beobachten, wie Shane erkannte, dass er bei ihr nicht so leichtes Spiel haben würde.

Ohhh, Granny vergötterte Shane, aber sie hatte ihn sofort durchschaut. Maya hatte einen ziemlich langen Vortrag über "Männer-wie-Shane-und-Papa-Giuseppe" erhalten. Einiges davon hätte Maya lieber nicht gewusst und versuchte, es auch jetzt noch aus ihren Gedanken zu streichen.

Sie war immer noch ihre Granny, verdammt!

"Tante Gini, ich muss dich jetzt leider kurz verlassen, ich weiß gar nicht, wo Shane bleibt, nicht dass er noch Tante Vicky in die Arme gelaufen ist", sagte Maya und nutzte damit bewusst den Streit ihrer beiden Tanten aus.

Und es funktionierte. Gini scheuchte sie eilends davon und Maya konnte sich auf die Suche nach ihrem Ehemann machen.

Über eine Stunde später hatte sie jeden Winkel des

Hauses durchsucht. Er war weg. Definitiv.

Sein Gepäck hatte er zwar nicht eingesteckt, aber zumindest Geldbörse und Handy waren weg. Maya war mit ihren Nerven am Ende und saß weinend auf der Treppe zum ersten Obergeschoss.

"Was ist denn los, meine Kleine?", fragte ihre Granny Pico mitfühlend und sprach, da sie alleine waren, ganz automatisch Italienisch mit ihr.

"Ich weiß nicht, wo er ist! Er ist einfach verschwunden, sogar sein Auto ist noch da!", schluchzte Maya und vergrub ihr Gesicht an Grannys Schulter.

"Na, na, na, weit wird er nicht sein", sagte sie und tätschelte mitfühlend ihren Arm.

"Aber wo sollte er nur hin sein?"

"Ich weiß nicht. Frag doch mal den Acatrini Jungen, der ist in der Leitung", sagte ihre Granny und reichte ihr das Telefon.

"Salvatore?", fragte Maya verwirrt ins Telefon.

"Si, Maya. Kennst du einen Shane Carter?"

"Ja, ja! Hast du ihn gesehen?", fragte Maya aufgeregt.

"Ja, er ist bei mir", antwortete Salvatore.

"Warum?", fragte Maya und war nun mehr als verwirrt.

"Er hat mich angegriffen. Ich verstehe einfach nicht, was er da faselt, es hört sich an wie Deutsch oder so, aber auch nicht richtig."

"Er ist Amerikaner, Salvatore, er kann kein Italienisch!", sagte Maya und war schon auf dem Weg zu ihrem Auto.

"Wie auch immer, er faselte irgendwas von wegen Maya Carter und seine Maya, da dachte ich, ich rufe dich mal an, nach allem, was du mir vorher erzählt hast."

"Ohh danke, danke, Salvatore! Und alles Weitere lässt sich bestimmt aufklären, ich bin in einer Stunde bei dir!"

SHANE

Sein Kopf dröhnte unglaublich. Als er versuchte, ihn anzuheben, fuhr ihm ein stechender Schmerz in den Nacken. Stöhnend legte er den wenige Zentimeter angehobenen Kopf zurück auf die Bank.

Er öffnete seine Augen nur wenige Millimeter, weil das helle Licht in seinen Augen schmerzte. Er lag in einem Raum, der rundum gefliest war. In der Ecke befand sich eine Edelstahltoilette und die Tür sah aus, als wäre sie aus massivem Stahl. Mehr gab es nicht.

Was war passiert? Shane erinnerte sich noch an das Gespräch mit Maya und dass er diesen Idioten Salvatore zur Rede stellen wollte.

Er musste einen Komplizen gehabt haben, denn der Schlag, der ihn K.O. schickte, kam definitiv nicht von Salvatore. Stöhnend legte er eine Hand in seinen Nacken und ertastete dann eine Platzwunde an seinem Hinterkopf.

"Fuck", fluchte er und versuchte noch einmal, sich aufzurichten. Shane musste seine Augen schließen, da starker Schwindel ihn erfasste.

Stöhnend legte er seinen Kopf in seine Hände und zuckte sofort zurück, weil die gerade erst verheilte Platzwunde an seiner Augenbraue aufs Neue aufgeplatzt war. Leider war dieses Mal keine kleine Nina da, die ihn mit Steristrips versorgte.

Wie zum Teufel war er hier nur rein geraten und wie kam er hier wieder heraus? In letzter verzweifelter Hoffnung tastete er nach seinem Handy. Weg. Natürlich, so dumm konnten seine Entführer nicht sein.

Plötzlich hörte er Stimmen vor der Tür. Sie wurde geöffnet und Salvatore stand mit gezogener Waffe vor ihm. Er brüllte unverständliches auf Italienisch. Shane hob seine Hände und stand langsam auf. Er ließ die beiden Männer nicht aus den Augen.

"Ich verstehe Sie nicht", sagte er langsam und

überdeutlich. Der Mann sagte wieder etwas auf Italienisch und Shane wiederholte: "Ich verstehe Sie nicht. No comprende!"

Die beiden unterhielten sich und Shane meinte, in dem Wort Wirr-Warr den Namen Santana zu hören.

"Ja, hey, Santana. Ich kenne sie!", sagte er in der Hoffnung, jemanden zu finden, mit dem er sich verständigen konnte.

"Maya Santana?", fragte Salvatore und Shane wurde sofort wieder wütend. Er nahm seine Hände ein Stück nach unten und musste schwer an sich halten, um sich nicht auf diesen Idioten zu stürzen.

Er fixierte ihn aus schmalen Augen und zischte: "Nein! Maya Carter. Mrs. Maya Carter. Meine Frau! Mio Maya!"

Beide Männer zogen die Augenbrauen zusammen. Salvatore senkte die Waffe und kramte in seiner Tasche. Shane bemerkte mit Genugtuung, dass Salvatores Lippe aufgeplatzt war und ziemlich geschwollen wirkte.

Er sprach auf Italienisch in sein Telefon. Dann lauschte er und sprach wieder. Das Ganze ging ungefähr eine Minute so, dann sagte er irgendetwas zu seinem Komplizen und sie schlossen die Tür.

Shane wusste nicht, ob es eine halbe Stunde oder eine Stunde war, die verging, bis die Tür sich wieder öffnete. Salvatore stand in der Tür und brüllte ihn wieder auf Italienisch an.

Eine ziemlich laute, weibliche Stimme fuhr dazwischen und Salvatore wurde zur Seite geschoben.

"Oh mein Gott! Wie siehst du denn aus!", rief Maya. Seine Maya! Gott sei Dank! Und er würde ihr auch danken, wenn sie nur etwas leiser sprechen würde. Ihre Stimme hallte durch seinen Kopf und verursachte Schmerzen ungekannten Ausmaßes in seinem Gehirn.

Sie lief auf ihn zu, auch wenn Salvatore ihr etwas hinterher rief und versuchte, sie festzuhalten. Maya entschlüpfte ihm einfach und ließ sich vor Shane auf die

Knie fallen.

"Oh Scheiße! Was haben sie denn mit dir gemacht?", sagte sie und betastete mit zittrigen Fingern seine Wunden.

"Oh je, das sieht ja furchtbar aus!", rief sie aus und sah dabei wirklich verzweifelt aus.

"Macht nichts, Ty sagte, dass ich jetzt kein hübsches Gesicht mehr bräuchte, weil ich die Frau meines Lebens schon gefunden habe", antwortete Shane leise und versuchte zu lächeln. Richtig klappen wollte es nicht, weil seine Augenbraue sofort zu schmerzen begann.

"Was hast du dir überhaupt dabei gedacht?", fragte Maya und kramte in ihrer Handtasche nach einem Taschentuch.

"Du glaubst doch nicht im Ernst, dass dieser Clown dich mir einfach so wegnehmen kann!", antwortete Shane schockiert. Vorsichtig tupfte Maya das Blut von seinem Gesicht.

"Warum sollte er, ich habe dir gesagt, dass wir nur alte Freunde sind."

"Ja, aber du hast gelogen", sagte Shane zwischen zusammen gepressten Zähnen hervor, weil Mayas Behandlung wirklich schmerzhaft war.

Sie schrie irgendetwas in Richtung Salvatore. Was, wusste Shane nicht, und er war einfach nur froh, als es endlich wieder aufhörte, denn ihre Stimme hallte unglaublich schmerzhaft durch seinen Kopf.

"Hör zu, wir hatten mal was miteinander, aber das ist Vergangenheit. Es ist vorbei. Jetzt gibt es nur noch dich und mich!"

Salvator ließ einen Verbandkasten neben Maya auf den Boden fallen. Dass Maya einen Mafiosi so gut im Griff hatte, fand Shane einerseits ziemlich cool, andererseits fand er es sehr beängstigend. Konnte sie nicht einen ganz normalen Ex haben?

Dann fiel ihm wieder ein, dass er ja nicht nur ihr Ex war, sondern sie ihm auch versprochen wurde.

"Das ist immer noch nicht alles, Maya", sagte er

deshalb.

"Gott, musst du so auf diesem Thema herum reiten? Okay, wir hatten quasi ein Arrangement, wenn ich hier war. Aber wie gesagt, Shane, es ist vorbei!"

"Und warum sitze ich dann in diesem Loch?", fragte er und zog zischend die Luft ein, als sie ihm irgendein Desinfektionsmittel auf die Platzwunde tat. Entweder war Italien so rückständig oder die Mafia benutzte extra Desinfektionsmittel, die brannten. Wobei es keinen Sinn machte, warum sollten sie überhaupt Desinfektionsmittel ausgeben?

"Das würde mich auch interessieren. Salvatore hat mich angerufen und gefragt, ob du zu mir gehörst", sagte Maya, trocknete die desinfizierte Stelle und beklebte sie mit Steristrips.

"Ich habe ihm gesagt, dass du mir gehörst!"

"Shane, wie kommst du überhaupt auf diesen ganzen Mist?", fragte Maya und hielt in ihrer Behandlung inne.

"Deine Brüder haben mir von ihm erzählt."

"Und was genau?"

"Dass du ihm versprochen bist."

"So ein Quatsch! Das hier ist Italien im 21 Jahrhundert und meine Familie ist alles andere als rückständig!", sagte sie und sah ihn so an, als hätte er nicht mehr alle Tassen im Schrank.

"Woher soll ich denn wissen, wie es bei der Mafia so läuft?", fragte Shane und war jetzt auch ein wenig angefressen. Warum zum Teufel sollte er jetzt der Dumme in dieser Situation sein.

"Mafia?"

"Ja, Salvatore Acatrini. Mafia. Warum sollte ich sonst in diesem Loch hier sitzen?"

"Wie kommst du denn auf die Idee?"

"Deine Brüder haben es mir gesagt. Und immerhin wurde ich niedergeschlagen und eingesperrt. Das würde wohl kaum ein Normalsterblicher tun!"

Maya stöhne laut auf und Shane wollte sich schon bei

ihr beschweren, als sie sagte: "Du wurdest wegen Angriffs auf einen Polizisten verhaftet."

"WAS?", schrie Shane und beinahe augenblicklich erschien Salvatore in der Tür.

Maya sagte einige Worte zu ihm, doch er schüttelte nur den Kopf.

"Was hast du gesagt?", fragte Shane.

"Das alles in Ordnung ist und du mir nichts tun wirst, aber er will uns trotzdem nicht mehr alleine lassen", sagte Maya und klang ein wenig erschöpft. Sie setzte sich neben ihn und untersuchte die Wunde am Kopf.

"Ich muss das ausrasieren, das wird weh tun", sagte sie und kramte in dem Kasten.

"Ich bin kein Weichei, Maya!"

"Ich werde meine Brüder umbringen", murmelte sie.

"Au, au, verdammte Scheiße! Du sollst nicht die Haut mit abrasieren!", rief Shane und entwand sich dieser Sadistin.

"Männer sind alle Weicheier, egal welches Alter", murmelte sie.

"Das hab ich gehört!", rief Shane und funkelte sie böse an.

"Setz dich hin, bevor Salvatore wieder seine Waffe zieht", sagte Maya, als hätte sie ihn gar nicht gehört.

Argwöhnisch setzte er sich. Das tat verdammt weh!

"Also hör mal, Salvatore ist Polizist in diesem Dorf. Er sagte, du hättest ihn auf offener Straße angegriffen und ihm eine verpasst, als er sich ausweisen wollte. Da ging sein Partner dazwischen."

"Scheiße!", stöhnte Shane.

"Kannst du laut sagen! So, fertig. Ich rufe jetzt mal meine Brüder an, die sollen hierher kommen und dieses Dilemma klären. Sei froh, dass das Ganze hier wirklich unbürokratisch läuft, sonst hätten wir zwei echte Probleme!"

Drei lange Stunden später konnten sie das Polizeirevier

endlich verlassen. Shane hatte sich entschuldigt, so gut es eben ging, wenn man nicht eine Sprache teilte.

Auch bei Mayas Familie entschuldigte er sich wortreich und diese genauso bei ihm. Mayas Brüder sahen ein bisschen wie geprügelte Hunde aus, als sie vor ihm unter den strengen Blicken der Santana-Frauen zu Kreuze kriechen mussten.

Alles in allem hatte Shane aber das Gefühl, mit dieser ganzen Misere deutlich im Ansehen der Familie gestiegen zu sein. Also nahm er es ihnen nicht allzu übel.

"So, und jetzt suchen wir uns ein Hotelzimmer", sagte Shane.

"Wie um alles in der Welt willst du erklären, dass wir uns nachts um 10 ein Hotelzimmer nehmen?", zischte Maya.

Shane klopfte kurzerhand mit seinen Fingerknöcheln auf den Tisch und sagte: "Wir gehen in ein Hotel. Maya bekommt ein Baby und ich meinen Seelenfrieden."

Als er sich zu ihr umdrehte, starrte sie ihn mit offenen Mund an. Ihre Familie war einen kurzen Moment mucksmäuschenstill, ehe sie in Jubel ausbrach und applaudierte.

Shane grinste seine Frau einfach spitzbübisch wie immer an und auch Maya konnte sich ein Zucken ihrer Mundwinkel nicht mehr verkneifen.

Er packte sie am Handgelenk und zog sie aus dem Haus zum Auto.

Bereits das nächste Hotel hatte ein Zimmer frei und die beiden checkten eilig ein.

"Du musst mich für einen wirklich grauenvollen Tag entschädigen, Honey", sagte Shane mit seiner Verführerstimme und drängte Maya gegen die Tür des Hotelzimmers.

"Habe ich oder du einen Polizisten geschlagen?", fragte Maya und ihre Stimme klang bereits atemlos. Er küsste sie und fuhr mit seinen Händen unter ihren Pullover. Sanft neckte er die bereits harten Spitzen ihrer schönen Brüste.

"Deine Brüder waren schuld!", sagte Shane, nachdem er den Kuss unterbrochen hatte und zog ihr den Pullover über den Kopf.

"Mhm, du hast recht", murmelte sie, während Shane sie am Hals küsste. Immer wieder knabberte er an ihrer Haut und genoss ihr Stöhnen. Es gab einfach nichts Schöneres, als zu wissen, dass er seine Frau vollkommen um den Verstand bringen konnte.

Auf dem Weg zum Bett ihres Hotelzimmer zogen sie sich Stück für Stück aus. Shane schubste seine Angebetete aufs Bett. Und legte sich dann der ganzen Länge nach auf sie.

Eine Hand schob er unter ihren Nacken, die andere zwischen ihre Beine. Sacht streichelte er über ihre bereits feuchte Pussy.

Er sah ihr tief in die Augen. "Ich liebe dich, Maya", sagte er leise.

"Ich liebe dich unglaublich fest, Shane", sagte Maya und endete mit einem lauten Stöhnen, da er zwei seiner Finger tief in sie schob. Sie hatte ihren Kopf in den Nacken geworfen und ihren Körper seinen Bewegungen entgegen gebogen.

Immer schneller schob er seine langen Finger in sie und rieb ihre Klit mit seinem Handballen. Er saugte und knabberte an ihren Brustwarzen, bis ihr Unterleib von Minute zu Minute unkontrollierter zuckte.

"Komm für mich, Honey. Du siehst gerade so unglaublich heiß aus!", brummte er abgehackt, da er selbst nicht mehr weit entfernt davon war.

Er spürte die ersten Zuckungen ihrer Muskulatur und konnte sich nicht mehr beherrschen. Schnell ersetzte er seine Hand durch seinen zum Bersten gefüllten Schwanz und stieß mit einer einzigen harten Bewegung in sie.

Maya schrie auf und bäumte sich ihm entgegen.

"Gott, Honey, du bist einfach der Hammer", stöhnte er

und stieß schnell und heftig in sie.

Sie umklammerte seinen Hals und zog ihn näher zu sich. Bei diesem Winkel traf er mit jedem Stoß ihre Klit und es war nur noch eine Frage von Sekunden, bis sie kommen würde.

Er hörte ihren hektischen Atem, den sie ihm mit jedem Stoß ins Ohr keuchte. Spürte ihre Arme und Beine, wie sie um ihn geschlungen waren. Die Kontraktionen ihrer inneren Muskulatur machten ihn wahnsinnig.

"Shane ...", stöhnte sie und ihre heiße, nasse Enge zog sich noch fester um ihn zusammen.

"Jaaa", stöhnte sie an sein Ohr und auch Shane konnte nicht mehr widerstehen. Der Orgasmus überrollte ihn wie ein Güterzug und er kam tief in ihr.

Schwer atmend blieben sie minutenlang regungslos liegen. Ihre keuchenden Atemzüge direkt am Ohr des anderen.

"Du hast es wohl ernst gemeint, mit dem Baby", sagte Maya nach einiger Zeit.

"Ich werde dir ab sofort jedes Jahr ein Baby machen, damit du dauernd mit einem kugelrunden Bauch herumläufst und jeder zweifelsfrei und eindeutiger als diese kleinen Ringe hier weiß, dass du meine Frau bist. Meine ganz allein. Meine Mrs. Carter", sagte er eindringlich und sah ihr dabei tief in die Augen.

In den drauffolgenden Kuss legte er all seine Liebe und die Zärtlichkeit, die er für sie empfand.

Liebevoll lächelte Maya ihn an. "Ob du dieses Versprechen nicht noch einmal bereuen wirst?"

"Da Ty und Ryan mir diesen Rat gegeben haben, werden sie auch regelmäßig babysitten. Und wenn eins der Babys böse ist, drohe ich ihm einfach mit einem Besuch bei Tante Carry", sagte Shane und lächelte sein übliches Shane Lächeln.

Maya lachte aus voller Seele. Shane war sich sicher, nie ein schöneres Geräusch gehört zu haben und war mehr als nur dankbar, diese wunderbare Frau getroffen zu haben.

"Danke", sagte er leise und streichelte ihr mit seinem Daumen über die Wange.

"Wofür?"

"Dass du da bist. Dass du mich liebst. Und vor allem, dass du mir verzeihen kannst und mir eine zweite Chance gegeben hast", sagte Shane nachdrücklich und küsste sie, wie er sie ab sofort jeden Tag küssen würde.

So, als gäbe es kein Morgen mehr und als gäbe es keine Zeit zu verlieren, ihr all die Liebe zu geben, die sie verdient hatte.

"Unter diesem atemberaubenden Lächeln und diesem wunderschönen Gesicht liegt die einmalige Geschichte und die unendlich schöne Seele des Mannes, den ich mir ausgesucht habe. Und ich hätte keine bessere Wahl treffen können, Shane. Ich liebe dich!"

"Ich liebe dich, Honey!"

--ENDE--

Für E.,

ich schreibe dir dein Happy End, bis du es im wahren Leben bekommst.

Rechtliches, oder was keiner lesen will und trotzdem drin stehen muss ...

Impressum: Herausgeberin Allie Kinsley, allie.kinsley@web.de. Ladungsfähige Adresse für Deutschland: Jennifer Beck, Rotkreuzstr. 8, 87488 Betzigau.

5134104R00176

Printed in Germany
by Amazon Distribution
GmbH, Leipzig